살롱 드 홈즈

SALON
DE
HOLMES

전건우 장편소설

살롱 드 홈즈

MONGSIL
BOOKS

차례

프롤로그

김박복 할머니는 그날 밤 악마를 만났다. 소가 핥아 놓은 것 처럼 생긴 그 매끈한 얼굴의 젊은 놈이 악마라는 데 김박복 할 머니는 전 재산을 걸 수도 있었다. 전 재산이라 해 봐야 봉투에 넣어 장롱 깊숙이 숨겨 놓은 현금 사십구만 원이 전부지만, 아 무튼 그랬다.

가끔 공짜 밥을 얻어먹으러 가는 평강교회의 최 목사도 몇 번이나 말하지 않았는가. 요즘처럼 험한 세상에는 악마가 멀쩡 한 이웃의 얼굴을 하고 돌아다닌다고. 그러니까 십일조를 잘 내 야 한다고.

십일조야 어찌 되었건, 그 후레자식이 악마라는 사실은 틀림 없었다.

김박복 할머니는 폐지를 주워다 팔았다. 작은 리어카에 폐지 를 가득 채워 고물상에 가져가면 칠천 원을 받았다. 칠천 원이 면 이틀을 버티는 게 가능했는데 문제는 경쟁자들이었다.

슈퍼 옆집 박씨 할멈, 옥탑방 최 영감, 그리고 싸가지 없는 이언년까지 같은 동네에 어림잡아도 네 명 이상이 폐지를 주우러 돌아다니니 리어카 한 번 채우기가 하늘의 별 따기였다. 특히 이언년 고년은 생생한 무릎으로 거의 매일 쉬지 않고 동네를 누비며 폐지란 폐지는 모조리 쓸어 담았다.

김박복 할머니가 빌라 앞에 놓여진 종이박스 여러 개를 발견하고 잰걸음으로 다가가는데 이언년이 쪼르르 먼저 달려가 가로챈 적도 있었다.

"어휴. 언니. 이번엔 내가 빨랐네. 미안."

그렇게 말하며 이죽거리는 이언년의 면상에 틀니를 집어 던지고 싶은 걸 김박복 할머니는 간신히 참았다.

그날 밤도 김박복 할머니는 리어카를 끌고 동네를 돌고 있었다.

봄의 끝 무렵이지만 유달리 바람이 찼다. 어쩌면 속이 비어서 유독 춥게 느꼈는지도 모른다. 아침에 보리차랑 넘긴 식은 감자가 그날 먹은 것의 다였다. 뜨끈한 라면 국물이 간절했다.

리어카는 텅 비다시피 했다. 젖은 전단지 몇 장이 다였다. 돈이 되는 건 종이박스였다. 오늘만 해도 수십 번 이상 택배 트럭과 마주쳤는데 택배를 뜯고 나면 다들 박스는 어디에 버리는 건지 눈을 씻고 봐도 찾을 수가 없었다.

'고년이야. 고년이 다 가져간 거야.'

이언년의 밉살스러운 얼굴이 떠올랐다.

"마주치기만 해 봐라. 마주치기만 하면…."

김박복 할머니가 중얼거리며 성당과 놀이터 사이 골목으로 들어섰다.

그때 한 무더기의 박스가 눈에 들어왔다. 빛을 발하고 있는 가로등 아래, 마치 김박복 할머니를 내내 기다렸다는 듯 다소곳한 모습으로 박스가 켜켜이 쌓여 있었다.

젖지도 않았고 이물질이 묻지도 않은, 그야말로 순수한 종이 박스였다.

"아이고, 하나님 아버지. 감사합니다."

김박복 할머니는 필요한 순간에만 발휘되는 신앙심이 최고조에 이르는 걸 느끼며 종이박스를 향해 잰걸음으로 다가갔다.

"어르신. 잠시만요."

목소리가 들려온 것은 김박복 할머니가 종이박스에 막 다가서던 순간이었다. 할머니는 멈칫하며 뒤를 돌아봤다.

가끔 그런 일이 있다.

이유가 있어서 내놓은 거니 가져가지 말라고 하는 못된 인간을 만나는 일.

폐지는 밖에 내놓는 순간 공공의 소유가 된다는 사실을 모르는 놈들은 급살을 맞아도 싸다.

하지만 어둠이 오목하게 내려앉은 골목 입구에 선 남자는 급살을 맞을 것처럼 보이지는 않았다. 적당하게 마른 몸매에 잘 빗어 넘긴 머리와 단정한 차림새가 일단 호감을 샀다. 안경도 썩 잘 어울렸다.

"뭔 일이요?"

김박복 할머니는 최대한 부드러운 표정을 지어 보이며 물었다. 상황에 따라서는 헤프게 웃을 준비도 되어 있었다.

"폐지 주우러 다니시는 거죠?"

남자는 사근사근하게 물었다. 웃는 인상이라는 점도 마음에 들었다. 말을 할 때마다 눈꼬리가 내려갔다가 올라갔다가를 반복했다.

"그래. 저거 가져가려고. 혹시 그쪽 건 아니죠?"

김박복 할머니는 폐지를 향해 한 걸음 더 다가갔다. 설령 폐지의 주인이다 하더라도 절대 양보하지 않을 생각이었다.

"아! 할머니. 그런 게 아니고요."

남자는 뭔가를 깨달았다는 듯 조용히 웃었다. 그 태도가 제법 정중해서 김박복 할머니의 마음속에 자리 잡은 일말의 의심마저 사라졌다. 주름에 신경 쓸 나이를 지나게 되면 의심보다 믿음에 더 많은 시간을 할애하게 된다. 교회에 넘쳐나는 노인들을 보라. 옥장판이나 바이오 뭐라고 하는 정체불명의 기계를 파는 체험장은 또 어떤가. 믿는 쪽이 훨씬 덜 피곤한 법이다.

"저기 슈퍼 아래쪽 골목 있잖아요. 제가 그 앞을 지나오는데 커다란 냉장고 박스랑 텔레비전 박스, 그리고 세탁기 박스 같은 것들이 막 나와 있는 거예요. 어디서 들었는데 그런 게 돈이 된다면서요? 방금 전까진 누가 가져간 것 같지는 않은데…."

더 들을 것도 없었다.

김박복 할머니는 자신이 낼 수 있는 최고 속력으로 슈퍼를 향해 내달렸다. 무릎이 비명을 질러댔지만 싹 무시했다. 눈치 없고 멍청한 무릎 따위 가만히 있으라지.

커다란 박스가 세 개.

그거라면 내일 하루 종일 끼니를 해결할 수 있다.

냉장고나 세탁기 박스는 자신 역시 한 번도 건져 본 적 없는 대형 물건이었다. 작은 리어카에 넣을 방법이 고민이었지만 어떻게든 옮길 수는 있으리라 생각했다.

슈퍼를 지나 골목으로 내려갔다.

없었다.

있어야 할 만한 자리에 박스들이 없었다.

고양이가 뒤지기 딱 좋게 내놓은 음식물 쓰레기뿐이었다.

남자가 거짓말을 한 것 같지는 않았다. 그 웃는 얼굴에서 거짓말이 나올 리 없었다. 목사가 그러지 않았나. 웃는 얼굴에 침 못 뱉는다고. 아, 그건 다른 사람 말이었나? 아무튼 사랑스러운 그 박스들이 감쪽같이 사라져 버렸다.

'고년!'

현장을 보자마자 감이 꽉 왔다. 고년이었다. 고년뿐이었다.

"어머. 언니."

범인은 현장으로 되돌아온다고 했던가? 때마침 뒤에서 이언년의 목소리가 들렸다. 김박복 할머니는 고개를 홱 돌렸다.

루주를 치덕치덕 처바른 새빨간 입술을 씰룩이며 이언년이

코맹맹이 소리를 냈다.

"언니가 가져갔지?"

김박복 할머니는 순간 뒷골이 빡, 당겼다. 오랜만에 혈압이 오르는 느낌이었다. 영감탱이가 죽고 나서는 고혈압의 '고' 자도 들어 본 적이 없는데….

"네가 가져가 놓고 뭔 소리야?"

김박복 할머니는 참지 못하고 빽 소리를 질렀다.

"언니야말로 뭔 소리야? 여기 큰 박스들 잔뜩 있다고 하길래 부랴부랴 달려왔는데. 좀 나눠 가집시다. 같이 어려운 처지에. 나 텔레비전 하나만 줘."

그렇게 말하는 천연덕스러운 얼굴을 향해 김박복 할머니는 달려들었다.

손톱을 잔뜩 세우고서.

목표는 얼마 전 새로 했다며 자랑하던 저 빠글빠글한 파마머리였다.

"으악!"

평화롭던 골목에 비명이 울려 퍼졌다.

싸움은 생각보다 싱겁게 끝났다.

머리채를 잡힌 이언년이 몇 번 발버둥을 치더니 입술이 새파랗게 변하면서 그 자리에 주저앉았다. 얕은 꼼수를 쓰는 것만 같아 김박복 할머니는 머리채를 몇 번 더 흔들었다. 물론 "야!

이년아." 같은 말도 계속 덧붙였다.

이언년은 별다른 저항도 없이 이번에는 바닥에 픽 쓰러졌다. 손발을 부들부들 떨기도 했다. 그제야 뭔가가 이상하다는 사실을 알아챈 김박복 할머니는 재빨리 손을 놓고 한 발 뒤로 물러섰다.

그때, 마침 지켜보고 있었다는 듯이 슈퍼 집 주인 부부가 뛰어나와 쓰러진 이언년에게로 달려갔다.

"아이고. 이게 무슨 일이래?"

"동네 어르신들끼리 왜 이래요?"

"이 할머니 저혈압인 것 몰라요? 큰일 났네!"

여러 소리들이 들렸지만 김박복 할머니는 상황을 인지하지 못했다. 눈앞이 하얗고 귓가에서 웅, 웅 하는 소음만 들릴 뿐이었다.

"나, 나는 여기에 박스가 많다고 해서. 그것 때문에."

아무도 김박복 할머니의 말을 들어 주지 않았다. 사람들은 점점 더 많이 몰려들었고 개중에는 112와 119에 신고를 하는 사람도 나왔다.

조금 정신을 차린 김박복 할머니는 슬그머니 자리를 피했다. 작은 리어카를 손에 꼭 쥐고, 절대 뒤를 돌아보지 않겠다는 굳은 의지를 다지며 슈퍼 골목을 떠났다. 멀리서 사이렌 소리가 들리는 것만 같았다. 그것보다도 훨씬 빠르고 강력하게 김박복 할머니의 심장이 뛰었다.

뭔 일이지?

무슨 일이 벌어진 건지 여전히 알 수 없었다.

다만 폐지를 주우려고 했을 뿐인데.

폐지?

그제야 자신이 놓고 온, 처음 발견했던 그 폐지 뭉치들이 생각났다. 그냥 그걸 주워서 미련 없이 떠날걸. 그랬으면 지금쯤이라면 한 그릇이라도 먹고 있을 텐데.

김박복 할머니의 발걸음은 자연스레 그곳으로 향했다.

가로등 아래 택배 박스가 무더기로 쌓여 있던 곳.

냉장고 박스에는 미치지 못하지만 그것만으로도 충분했는데 내가 왜 그랬을까.

김박복 할머니는 그곳으로 향하는 내내 홀린 것처럼 중얼거렸다. 내가 왜 그랬을까. 내가 왜 그랬을까. 내가 왜….

허연 연기가 피어올랐다. 아주 잘 마른 폐지를 태울 때만 나오는 연기였다. 냄새 역시 달콤했다. 젖거나 오염된 폐지를 태울 땐 아주 고약한 냄새가 나 눈을 뜰 수가 없다.

그 남자가 가로등 아래 서 있었다. 어디서 구했는지 제법 커다란 드럼통을 앞에 놓고서. 드럼통 안에서는 박스들이 신나게 타는 중이었다. 새빨간 불길이 너도나도 박스에 달려들어 뜨거운 열기와 뿌연 연기를 쏟아 냈다.

"어르신. 잘 다녀오셨어요? 여긴 제가 깨끗하게 정리했습니다. 남은 박스들도 다 태우고요. 그럼 수고하세요."

남자는 웃었다.

웃으며, 말했다.

그 얼굴을 향해 욕이라도 한 사발 퍼부어야 하건만 김박복 할머니는 바닥에 주저앉은 채 한 마디도 하지 못했다.

악마다!

악마가 틀림없다.

인간의 거죽을 둘러쓴 악마.

김박복 할머니는 남자의 웃는 얼굴에서 악마를 보았다. 이제는 잘 돌아가지 않는 머리로도 어떤 일이 벌어진 건지 어렵지 않게 짐작할 수 있었다. 왜 그랬느냐고, 일부러 그런 거냐고, 묻고 싶었지만 입이 떨어지지 않았다. 이번에도 최 목사 설교가 떠올랐다.

"그들은 우리의 행복을 질투합니다. 그래서 우리가 행복하지 못하도록 끊임없이 유혹하고 술책을 부립니다!"

결론은 그러니 십일조를, 이지만 아무튼 맞는 말이었다. 정말로 악마는 그런 놈이었다.

"그럼 수고하세요, 어르신."

남자가 김박복 할머니를 지나쳐 가로등 불빛이 닿지 않는 어둠 속으로 사라졌다. 마치 어둠과 한 몸이었던 듯 남자의 모습은 금세 보이지 않았다. 사이렌 소리가 점점 가까워졌다. 큰일이 난 모양이었다. 아주 큰일. 아마 경찰에 잡혀갈지도 모른다. 이언년이 고년은 괜찮을까? 저혈압이라면 약을 잘 챙겨 먹었어야지. 답답한 년.

김박복 할머니는 순서 없이 떠오르는 생각들 속에서도 그 남자의 미소를 잊을 수 없었다. 아마 평생 그럴 것이다. 한 가지 다행이라면 남은 생이 그리 많지 않다는 점이었다. 교회에 더 열심히 다니고, 십일조라는 것도 한번 내 봐야겠다고 생각하며 김박복 할머니는 무릎을 짚고 일어났다.

폐지를 주우러 가야 한다.

악마를 만났건 어쨌건, 폐지가 없으면 밥을 굶게 된다.

미친개

공미리는 고백하기로 결심했다.

"남편을 죽였어요."

잠시 침묵이 흘렀다. 미리가 예상하고 또한 기대했던 상황이었다. 책상 위에 올려놓은 메트로놈만이 박자에 맞춰 딸깍딸깍 소리를 낼 뿐이었다. 유리로 만들어 속이 훤히 들여다보이는 메트로놈이었다. 톱니바퀴며 태엽 같은 것들이 그대로 보이는 것이 특이하면서도 멋스러웠다. 커다란 창문을 통해 들어오는 빛이 맺히면서 투명 메트로놈은 더 신비로워 보였다.

"이유를 여쭤봐도 되나요?"

남자가 드디어 입을 열었다. 언제나 그렇듯 다정하고 나긋한, 한편으로는 간질간질한 목소리였다. 공미리는 가슴 깊은 곳에서 솟아오르는 쾌감을 애써 감춘 채 무덤덤하게 대답했다.

"집에 와서 하는 일이라곤 축구 보는 거밖에 없어요. 국내 축구는 물론이고 영국 축구, 스페인 축구, 독일 축구, 이탈리아 축구, 중국 축구, 일본 축구, 심지어는 베트남 축구까지 챙겨

본다니까요. 자기가 무슨 피파 회장도 아니면서. 또 무슨 놈의
축구는 세계 곳곳에서 하는지."

"축구라… 축구가 문제군요."

"말이 그렇다는 거지 축구는 진짜 문제의 십 분의 일도 안 돼
요. 이제 겨우 8년 찬데 남편이라는 인간 거길 본 지가 언젠지
기억도 안 나요. 아! 헐렁한 사각팬티 입고 다닐 때 그 사이로
슬쩍 보긴 했는데 그게 어디 진짜 본 건가요. 그렇다고 그걸 기
가 막히게 잘 쓰는 것도 아니에요. 그럴 거 그냥 떼고 다니면
변기 가에 오줌 질질 흘릴 일도 없고 얼마나 좋아."

"음… 그러면 두 분 사이의 문제는 잠자리에 있다고 봐도 될
까요?"

"아, 그러니까. 그런 건 표면적인 이유라니까요. 이번에 또
떨어졌어요. 승진 말이에요. 애는 커 가지 보내야 할 학원은 또
늘어나, 물가는 얼마나 뛰는지. 달걀 하나에 얼마 하는지 아세
요? 근데 말이에요, 월급은 일 년 내내 사시사철 오를 생각을
안 해요. 경기 어렵다고 연봉 동결된 지 벌써 몇 년 됐어요. 몇
년 동안 통장에 매달 같은 액수가 찍히는 걸 보고 있으면요, 우
리 가족 목숨값이 딱 그 정도인 것 같아 섬뜩하다니까요."

"그럼 남편분의 경제력 때문에…."

"아니요!"

미리는 단호한 목소리로 남자의 말을 끊었다. 남자가 호기심
에 가득 찬 눈빛으로 미리를 바라봤다.

됐다. 바로 이 눈빛이었고, 바로 이 순간이었다. 미리는 입술을 살짝 깨물며 다리를 꼬았다. 타이트한 미니스커트 아래로 쭉 뻗은 다리가 슬쩍 보였다면 더할 나위 없겠지만 제철 맞은 고랭지 무 같은 미리의 다리는 고무줄바지 속에 들어가 있었다. 아주 얌전히.

"그렇다면 대체 무슨 이유로?"

남자가 물었다.

"쓸모가 없어졌거든요."

"쓸모요?"

"남자는 어느 순간 쓸모없어질 때가 있어요. 손잡이 떨어진 냄비나 유행이 한참 지난 블라우스처럼. 그럴 때는 처리를 해야죠. 가지고 있어 봐야 짐만 되니까."

미리는 남자의 눈을 똑바로 바라봤다.

이 남자, 박도진 선생은 전체적으로 투명한 인상을 풍겼다. 실제로도 얼굴이 하얬지만 단순히 '희다'라는 말로는 박도진의 투명함을 제대로 설명하기 힘들었다. 뭐랄까, 가만히 들여다보면 피부를 뚫고 지방층과 근육, 그리고 뼈대까지 지나 박도진이라는 인간 그 자체에 닿을 것만 같았다. 허물없어 보이다가도 어느 순간 차갑게 다가오는 이유는 아마 그 때문일 것이라고, 미리는 생각했다.

얼음은 원래 투명하고 차갑잖아.

"그렇다면…."

박도진 선생이 천천히 입을 뗐다. 연기에는 서툰 모양인지 미간을 찌푸린 채 안경을 밀어 올리면서도 입꼬리는 슬쩍 올라갔다.

"아무쪼록 안 잡히는 데 신경을 쓰셔야겠습니다."

"그거로 끝이에요? 신고는 안 하시나요?"

"제 의무는 환자분의 치료에 있죠. 남편을 죽여서 우울증에서 해방될 수만 있다면 적극 권해 드리고 싶군요."

이번에는 웃음을 참지 않았다. 박도진은 햇빛이 얼음을 어루만질 때처럼 환하게 웃었다. 덕분에 공미리도 피식, 웃었다.

"아. 재미없네요."

"도움이 못 되었나 보네요. 죄송합니다."

박도진은 컴퓨터 모니터를 바라봤다. 아마 시간이 다 된 것이리라.

"아니에요. 아줌마들끼리 모여서 수다 떠는 것보단 훨씬 낫네요. 메트로놈 소리를 듣고 있으니까 마음이 안정되는 것 같기도 하고."

"이 메트로놈은 세상에 딱 두 개밖에 없는 특별한 물건이죠. 저도 환자한테 선물 받았어요."

"부럽네요. 그런 환자도 있고. 그럼 이만 가 볼게요."

미리는 자리에서 일어났다. 물 건너온 것이 분명한 이 푹신한 진료 의자는 삐걱대는 소리조차 내지 않았다. 그 완벽한 모습이 박도진과 닮았다고 미리는 생각했다.

"약은 지난주와 같은 것으로 처방해 드리겠습니다. 아! 그리고 이거 가져가세요."

박도진이 종이 한 장을 건넸다. 아까부터 종이에 뭔가를 끄적거리고 있던 박도진이었다.

"이게 뭔가요?"

"이미 잘 알고 계시겠지만 그래도 꼭 지켜야 할 사항들을 적어 봤어요."

종이에는 세 가지 항목이 적혀 있었다.

1. 매일 햇볕 쬐기.
2. 매일 산책하기.
3. 매일 약 잘 챙겨 먹기. ^^

"풋."

미리는 웃음이 터지려는 걸 간신히 참았다. 마지막 항목인 '매일 약 잘 챙겨 먹기'에 밑줄이 그어져 있었다. 게다가 마침표 옆에는 귀엽게도 웃는 눈까지 그려 놓았다.

매주 약을 받아 오기는 하지만 어차피 꼬박꼬박 챙겨 먹는 건 거의 수면제밖에 없다. 색깔과 모양도 다양한 여러 종류의 항우울제는 대부분 서랍 깊숙이 처박아 두었다. 부작용이 없다고는 하지만 항우울제를 먹으면 자꾸만 손발이 붓고 하루 종일 머리가 멍했다. 서랍에 잔뜩 쌓인 항우울제는 최후의 보루였다.

도저히 못 견딜 정도로 우울한 순간이 찾아오면 족히 수십 알은 되는 그 약들을 한 번에 털어 넣고 미련 없이 이 세상을 떠날 생각이었다. 박도진은 미리의 그런 마음을 훤히 꿰뚫고 있는 것 같았다.

"안녕히 계세요."

미리가 인사를 건네자 박도진은 환하게 웃었다. 그 웃음이 너무 밝고 눈부셔서 살짝 짜증이 났다.

불어터진 짜장면처럼 뚱한 표정의 간호사에게 처방전을 받아 병원을 나오려는데 들어오던 남자와 어깨가 부딪히고 말았다. 모자를 푹 눌러쓴 빼빼 마른 남자였다. 미리는 남자의 멱살을 틀어쥐고 사타구니를 걷어차 버릴까 고민하다가 그냥 나왔다.

엘리베이터를 타고 1층에 내리니 열기가 훅 달려들었다. 햇빛은 슬슬 사나워지기 시작했다. 일기예보에서는 이번 여름에 무시무시한 폭염이 찾아올 거라고 연신 겁을 줬다. 아니나 다를까, 병원 옆 전자제품 매장 앞에는 헐벗은 여자들이 최신 댄스곡에 맞춰 바람인형과 함께 엉덩이를 흔들어대고 있었다.

"에어컨 폭탄 세일에 여러분을 모십니다! 자, 백 년 만에 찾아오는 무더위에 미리 대비하세요."

여자는 독특한 리듬으로 연신 외쳐댔다. 다른 여자들은 전단을 나눠 줬다. 이딴 건 필요 없다며 박박 구겨 버리고 싶었지만, 미리는 조용히 받아들였다.

남편을 죽이고, 젊은 의사를 유혹하고, 어깨를 부딪힌 남자의 급소를 걷어차고, 냉소적인 표정으로 마트 전단을 구기는 건 상상 속에서나 가능한 일이었다.

현실의 공미리는 살이 축축 처지기 시작하는, 삼십 대 후반의 평범한 아줌마였다.

미리는 아파트 단지로 들어섰다. 두 달 전부터 진행하고 있는 아파트 조경 작업이 막바지에 이른 듯 정원마다 예쁜 꽃나무들이 가득했다.

"CCTV나 더 달 것이지."

미리는 꽃에는 별 관심이 없었다.

"어제도 실패했어."

추경자가 허리를 쭉 펴며 말했다. 튼실한 허리에서 우두둑하는 소리가 났다.

"뭘요?"

박소희가 눈을 동그랗게 뜨고 물었다. 호기심 어린 표정으로 입을 비죽 내밀고 정면을 바라보면 안 그래도 앳된 얼굴이 더 어려 보였다.

"뭐긴 뭐야. 애 아빠 죽이는 거지. 어제는 그냥 독한 맘 먹고 국에다가 독약을 타려고 했는데 이 양반이 퇴근하자마자 엉덩이를 주무르잖아. 오랜만에 한 번 하자나 뭐라나. 그래서 결국 다음으로 미루기로 했어."

"어머, 언니도!"

소희가 당황하자 경자는 박장대소를 했다. 원체 웃음을 못 참는 경자는 킥킥 숨이 넘어갈 듯 웃다가 결국 자기 가슴을 치기 시작했다. 그 모습에 소희도 피식 웃음을 터트렸다.

"염병. 국에 넣을 독은 있고?"

전지현이 핀잔을 줬다. 바늘귀에 실을 꿰느라 미간을 잔뜩 찌푸렸다. 그래도 보일까 말까다. 작년만 해도 너끈했는데 예순을 넘긴 후로는 하루하루가 다르다. 또래보다 피부가 팽팽하다는 게 그나마 자랑거리다. 염색은 꼬박꼬박 한다. 동네 한가운데서 장사를 하려면 어쩔 수 없이 외모에 신경을 쓰게 된다.

"어머, 언니. 독약이 뭐 별건가. 락스도 독약이고 퐁퐁도 독약이고 피존도 독약이지."

"너희 남편은 상한 우유 먹고도 멀쩡하다며? 그깟 피존으로 되겠어? 웬 복숭아 주스냐며 잘도 마시겠지."

지현의 말에 경자는 또 까르르 웃었다. 이번에는 소희도 배꼽을 잡았다. 집에서는 웃을 일이 통 없지만 여자들끼리 모이기만 하면 웃음보가 터진다. 여고생 때와 다를 바가 없다. 인형 눈을 붙이는 단순한 작업도 수다를 떨다 보면 지루할 틈 없이 금세 끝난다.

'엘리제를 위하여'와 함께 문이 열렸다. 모두 웃음을 멈추고 입구 쪽으로 고개를 돌렸다.

"뭐가 그렇게 재밌어?"

미리가 들어왔다.

"난 또 손님인 줄 알았네."

지현이 입술을 비죽 내밀며 말했다.

"나도 손님이지. 이따가 두부 사 갈 거야."

미리가 그렇게 말하거나 말거나 지현은 실 꿰는 일에 온 신경을 집중했다. 미리는 숄더백을 아무렇게나 던져 놓고 평상에 걸터앉았다. 아직 붙이기 전인 곰인형 눈깔들이 미리를 빤히 바라봤다. 못 해도 천 개 가까이 될 것이다. 봉제 곰인형은 눈먼 봉사 꼴을 하고서 한쪽 구석에 잔뜩 쌓여 있다.

"벌써부터 왜 이렇게 더운지 모르겠어."

미리는 손으로 부채질을 했다.

"오늘도 찔 것 같지? 못 살겠어 정말. 벌써부터 에어컨을 틀 수도 없고."

경자가 맞장구를 쳤다.

"언니. 여기 물."

소희가 냉장고에서 물을 꺼내 내밀었다. 미리는 고맙다는 뜻으로 고개를 끄덕이고는 벌컥벌컥 물을 들이켰다. 후아. 저절로 그런 소리가 나왔다.

"병원은 어땠어요?"

소희가 물었다.

"어떻긴. 맨날 똑같지. 6층까지 올라가서 안부 물으면 대답하고 약 받아 오고."

"그래도 거긴 박 선생님 보는 재미가 있잖아."

경자가 느물느물 웃으며 말했다.

"잘들 한다. 병원이 의사 구경하는 곳이야? 서방이 알면 참 좋다고 하겠네."

지현이 또 퉁을 줬다.

"이왕이면 다홍치마지. 임도 보고 뽕도 따고, 마당 쓸고 돈도 줍고. 게다가 그 선생이 약도 잘 지어서 다들 효과를 톡톡히 본다니까요. 안 그래?"

경자의 말에 미리는 고개를 끄덕였다. 약을 잘 짓는지는 모르겠지만 몇 달 전까지 다니던 신경정신과의 늙은 메기 선생보다는 확실히 나았다. 간신배처럼 수염을 길러 환자들 사이에서 메기라 불리는 그 선생은 늘 울상이었다. 진료를 할 때도 덜 마른 걸레 같은 얼굴로 딱 두 마디만 할 뿐이었다.

좀 어때요?

다음에 봅시다.

그에 비하면 박도진은 연한 배였다. 광선동 주민들, 특히 주부들 사이에서 박도진 선생의 '미소신경정신과'가 인기인 이유는 호남형의 외모뿐 아니라 사근사근하고 친절한 태도 때문이었다. 덕분에 개업한 지 석 달이 채 되지 않았는데도 병원은 늘 북적거렸다.

"잡담들 그만하고 서두르자고. 애들 오기 전까지 절반은 박아 놔야 할 거 아냐."

드디어 실 페기에 성공한 지현이 말했다.

"네. 대장!"

경자가 장난스럽게 경례를 붙이며 말했다.

미리도 신발을 벗고 평상으로 올라가 곰인형 하나를 집었다. 눈을 붙이지 않은 곰인형은 언제 봐도 기분 나쁘게 생겼다. 눈깔 붙이기 부업을 시작하고는 자주 악몽을 꿨다. 불면증으로 긴 밤을 뒤척이다가 설핏 잠이라도 들라치면 수백 마리의 곰인형이 어기적어기적 걸어오며 한목소리로 말했다.

내 눈 내놔!

"어이. 무슨 생각을 그렇게 해?"

경자의 말에 미리는 퍼뜩 정신을 차렸다. 요즘 들어 정신을 쏙 빼놓을 정도로 딴생각에 잠기는 경우가 많아졌다.

"미안. 뭐라고 했는데?"

"쥐방울 말이에요, 언니."

소희가 고개를 쑥 내밀고 속삭이듯 말했다.

"쥐방울?"

"그 왜, 요즘 아파트 단지에 나타나는 변태 새끼 있잖아. 여자 타길 기다렸다가 엘리베이터에서 바지 벗고 이상한 짓 한다는 그놈."

"아!"

미리도 알 것 같았다.

"엘리베이터만이 아니래요. 다른 동 사는 언니한테 들었는데 애들 놀이터에 숨어 있다가 여자들 지나가면 튀어나와서 바지를 쑥 내린대요. 어우. 징그러워!"

소희는 몸서리를 치면서 팔뚝을 쓸어내렸다.

"현상금을 건다는 것 같던데."

지현이 끼어들었다. 잡담 금지라고 해 봐야 얼마 가지 못한다. 사실 제일 말이 많은 사람도 지현이었다. 하루 종일 슈퍼에 앉아 있어도 오만 소문을 다 들으니, 듣는 게 많은 만큼 쏟아낼 것 역시 많았다.

"얼마나요?"

경자가 물었다.

"천."

"천?"

"우와. 진짜 많네요!"

경자와 소희가 동시에 감탄했다.

"성추행범치고는 현상금이 너무 많은데."

미리는 고개를 갸웃했다.

"그게 말이야. 이놈이 몇 달 동안 워낙 신출귀몰하다 보니까 경찰들도 열이 받을 대로 받은 거지."

"맞아. 우리 남편도 이야길 하더라고. 경찰들 사이에서 난리 났다고."

경찰 남편을 둔 경자가 지현의 말을 거들었다.

"며칠 전에는 아홉 시 뉴스에도 나왔잖아. 기자가 나하고도 인터뷰를 하려고 했는데 그때 내가 하필 화장을 안 해서… 하여튼 그래서 경찰 쪽에서 오백을 걸고, 우리 아파트 관리사무소에서 또 오백을 걸어서 합이 천이 된 거지."

"와! 그 돈이면 우리 애 좋은 옷도 사 입히고 유기농으로 이유식도 만들어서 먹이고….”

소희가 중얼거렸다.

"맨날 애 타령만 하지 말고 널 위해서도 좀 써. 어릴 때 애들 좋은 거 입히고 먹여 봐야 아무 소용없어. 기억도 못하고 결국엔 엄마가 해 준 게 뭐냐고 대든다니까.”

경자는 중학교에 올라가는 딸이 있다. 요즘 사춘기가 와서 맨날 얼굴을 찡그리고 다니며 밉살스러운 행동만 골라서 한다. 오늘 아침에도 국이 맛이 없다며 밥을 싹 다 남기고 갔다. 경자는 그 국에다가 밥을 말아서 꾸역꾸역 퍼먹고 나왔다.

"언닌 뭐 할 거예요? 천 생기면?"

소희가 경자를 향해 물었다.

"나? 난 혼자 유럽 여행 갈 거야. 남편이고 자식들이고 다 버리고 나만. 현지에서 만난 남자랑 진한 사랑도 하고.”

경자는 말을 마치고 또 호탕하게 웃었다.

"지랄도 풍년이다. 허튼 생각 말고 눈이나 열심히 붙이자고. 천이 하늘에서 뚝 떨어지는 것도 아니고 쥐방울인지 소방울인지 그놈을 잡아야 하는 건데 그게 좀 위험한 일이야?”

지현의 말에 경자와 소희는 손을 바삐 움직였다.

그때까지도 미리는 인형과 눈깔 하나를 들기만 한 채 멍하니

딴 곳을 바라보고 있었다.

"미리 동생. 뭐 생각을 그렇게 해? 오늘 상태 안 좋아? 그냥 들어갈래? 나머진 우리가 해 줄게."

잔소리가 심하긴 했지만 지현은 속정이 깊었다. 연장자이자 곰인형 눈 붙이기 부업의 책임자라 어쩔 수 없이 다그치기는 했지만 지현은 누구보다 동생들을 잘 챙겼다.

"아니. 언니. 그게 아니라 그 쥐방울 있잖아. 그거 우리가 잡을까?"

미리가 한참 만에 대답을 했다.

"뭐?"

경자가 되물었다.

"어떻게요?"

소희가 바싹 몸을 붙여 왔다.

"어허. 흰소리하지 말고."

그렇게 말하긴 했지만 지현도 관심을 보이는 눈치였다.

"경찰들은 수사하는 데 한계가 있어. 여자들은 말을 다 하기가 어렵거든."

"그게 뭔 소리야? 우리 남편 말로는 기를 쓰고 찾는다는데."

"열심히 수사야 하겠지. 그런데 피해자들이 과연 이야기를 속속들이 다 할까? 소희 너 같으면 어쩌겠어? 그 남자 고추 크기부터 그때 네가 어떤 생각이 들었는지 이런 걸 다 말할 수 있을까?"

"에이. 그런 건 얘기 못 하죠. 우리끼리면 몰라도."

소희의 얼굴이 빨개졌다.

"봐! 우리끼리면 몰라도라고 했지? 여자들끼리만 할 수 있는 이야기가 따로 있다니까."

"그러니까 네 말은 우리가 묻고 다니면 더 많은 정보를 모을 수 있다는 거지?"

경자가 물었다.

"아마도."

미리는 애매하게 고개를 끄덕였다.

"확실한 건 아니고."

그러고 나선 슬며시 한마디를 덧붙였다.

"아이고. 의미 없다. 그런 일들은 경자 남편 같은 경찰 나리들이 하게 놔두고 우린 우리 할 일이나 마저 하자고. 곰 눈깔을 경찰들이 대신 붙여 줄 순 없잖아. 안 그래?"

지현의 말에 경자와 소희가 웃음을 터트렸다. 미리도 슬며시 미소를 지었다. 한번 시도해 보고 싶지 않다면 거짓말이었다. 돈도 돈이지만 꿈에도 그리던 그 일이라면 이 지긋지긋한 우울증이 조금은 사라질 것 같았다. 그래도 혼자는 무리다. 지현 언니 말마따나 곰 눈깔 붙이는 게 더 급한 일이기도 하고.

미리도 눈깔 붙이기에 박차를 가하기 시작했을 때, 슈퍼 문이 거칠게 열렸다. '엘리제를 위하여'는 숫제 비명처럼 들렸다.

"깜짝이야! 그렇게 열어서 문이 부서…."

지현이 버럭 쏘아붙이려다가 말을 멈췄다.

뛰어 들어온 사람은 노지숙이었다. 지숙 역시 광선슈퍼 멤버였다. 함께 곰 눈깔을 붙이기도 하고 수다를 떨기도 하고. 다만 지숙은 뒤늦게 합류한 탓에 살짝 겉돌았다. 뇌를 거치지 않고 말을 내뱉는 것도 문제였다. 더 큰 문제는 자기 말이 다른 사람에게 얼마나 상처가 되는지 알지 못한다는 사실이었다. 귀엽고 예쁘장한 얼굴로 독한 말을 서슴없이 했다. 천진하고, 해맑게. 그래서 밉살스러웠지만, 그렇기에 온전히 미워하기는 힘든 상대가 바로 노지숙이었다.

그런 노지숙의 얼굴이 못 알아볼 정도로 퉁퉁 부어 있었다.

산발을 한 머리카락, 반쯤 찢어진 원피스. 슬리퍼는 한 쪽뿐이었다.

"야! 너 무슨 일이야?"

지현이 맨발로 달려 나갔다.

"지숙 언니!"

"지숙아."

다른 사람들도 지현의 뒤를 따랐다.

"언니."

지숙이 지현의 품 안에서 쓰러졌다. 동시에 상가 입구에서부터 걸쭉한 욕설이 들려왔다.

"이년아! 빨리 안 튀어나와?"

"소희야. 빨리 문 닫아."

미리가 말했다.

걱정스레 지숙을 내려다보고 있던 소희가 슈퍼 문을 닫으려던 바로 그때였다. 지숙의 남편이 문 안으로 상체를 쑥 밀어 넣었다.

미친개, 박현민이었다.

미친개로 말할 것 같으면 그야말로 미친개였다. 술만 마시면 아파트 단지가 쩌렁쩌렁 울리도록 욕을 해댔고 그 욕에 추임새를 넣듯 아내인 지숙을 때렸다. 무역업을 해서 돈을 꽤 모았다가 도박에 빠져 인생을 망친 전형적인 인간, 아니 개였다. 술독이 올라 새까만 얼굴에 살도 쪽 빠져 뼈만 남은 인간이 지숙을 때릴 때면 어디서 그렇게 힘이 솟는지 경찰이 출동해도 막무가내였다. 장정 둘을 달고도 지숙을 향해 주먹을 휘두르는 현민의 모습은 미친개 그 자체였다.

지금이 바로 그랬다.

덩치 큰 경자가 문 앞을 막아섰지만 소용이 없었다. 현민은 어마어마한 힘으로 경자를 밀어낸 후 지숙에게 달려들었다. 밀려난 경자가 엉덩방아를 찧었다.

"여기가 어디라고 행패야?"

지현이 온몸으로 지숙을 보호했다. 소희도 도왔다.

"언니. 경찰에 신고해요."

미리가 경자를 향해 말한 후 현민에게로 달려갔다. 현민은 그 사이에 지숙의 머리채를 잡고 끌어당기기 시작했다.

"아악!"

지숙이 슈퍼가 떠나가라 비명을 질러댔다. 아파트 단지에서부터 따라온 사람들이 슈퍼 앞에 모여들었다. 광선주공아파트에서는 익숙한 광경이었으나 여전히 인기가 많은 구경거리이기도 했다.

"이년이! 이년이! 어디서 다른 남자를 보고 꼬리를 쳐!"

현민이 시큰거리며 외쳤다. 술 냄새가 확 올라왔다. 불콰한 얼굴에 자꾸만 꼬이는 발음까지, 오전이 채 지나지 않았는데도 이미 거하게 취한 상태였다.

"그만 좀 해 이 새끼야!"

미리가 현민의 엉덩이를 힘껏 걷어찼다.

"억!"

현민이 예상치 못한 공격을 받고 휘청거렸다. 잡고 있던 지숙의 머리채도 놓쳤다. 그 틈을 타 지현과 소희가 지숙을 데리고 슈퍼 안쪽으로 재빨리 들어갔다.

"거기 안 서!"

희뜩 뒤집힌 눈으로 따라 들어가려던 현민의 발을 미리가 냅다 걸어 버렸다. 현민이 대자로 쓰러지며 곰 눈깔이 든 바구니를 엎었다. 주인 없는 눈깔들이 촤르르, 맑고 경쾌한 소리를 내며 슈퍼 바닥을 굴렀다.

"거. 보고만 있지 말고 와서 좀 말려요!"

미리가 구경꾼들을 향해 외쳤다.

경자는 쓰러진 현민이 일어나지 못하게 위에서 내리누르는 중이었다.

"좀 말리라니까요!"

미리가 다시 외치자 머리가 벗어진 경비원 한 명이 주뼛주뼛 앞으로 나왔다. 광선주공아파트 경비 책임자인 김광규였다.

"아니. 지난번에도 부부싸움에 끼어들었다가 오히려 경찰들한테 한 소리 들어가지고."

광규가 말했다.

"이게 무슨 부부싸움이에요? 일방적인 폭력이지. 제가 증인 설 테니까 저 인간 좀 누르고 있어요. 경자 언니 혼자선 힘들어요."

"이거 참. 곤란한데."

광규는 툴툴거리면서도 경자 옆으로 다가가 현민의 등을 눌렀다.

"놔! 안 놔? 이 새끼들아. 놓으라고!"

현민은 미친개라는 별명에 누가 가지 않게 열심히 지랄발광을 해댔다. 아침부터 짖어대던 동네 개들이 모두 주둥이를 닫을 정도였다.

"윤서 아빠. 말해 봐요. 윤서 엄마가 뭔 잘못을 했기에 또 이러는 거예요?"

미리가 바닥에 엎드린 현민 앞에 가서 따지듯 물었다.

"내, 내가 비즈니스 때문에 미팅을 하고 오는데 저 여편네가
모르는 남자를 보고선 실실 웃으며 인사를 하더라고. 그게 꼬리
치는 거 아니고 뭐야? 엉?"

아무리 술에 취해도 일단 대화는 된다. 그게 미친개의 특징
이었다. 문제는 술에서 깬 후에는 기억을 못한다는 사실이었다.
기억을 못하는 건지, 못하는 척하는 건지 모르겠다던 지숙의 말
을 미리는 기억해 냈다.

미리는 주머니에서 핸드폰을 꺼내 녹음을 시작했다.

"자, 미리 말하는데 저 지금 녹음하고 있으니까 욕하기만 해
봐요. 모욕죄로 고소할 거니까!"

미리가 말했다.

"뭐? 그게 무슨 말이야. 이거 안 놔? 내가 내 마누라하고 이
야기 좀 하겠다는데 다들 왜 이 난리야?"

"난리는 자기가 다 치면서."

경자가 중얼거렸다.

"조용히 안 해?"

현민이 소리를 질렀다.

"윤서 아빠나 조용히 하세요. 지금부터 사건 재구성에 들어갈
거니까."

미리의 말에 현민이 눈을 동그랗게 떴다. 경자와 광규도 마
찬가지였다. 사건 재구성이라니, TV 프로그램에서나 들어 보던
말이었다.

"윤서 엄마는 다른 사람들한테 친절할 수밖에 없었을 거예요. 그건 바로 당신, 윤서 아빠 때문이죠. 당신이 시도 때도 없이 술 먹고 다른 사람들에게 피해를 주니까 윤서 엄마가 사과하고 다니기 바쁘잖아요. 오늘도 그랬어요. 아파트 단지에서 사람들 만날 때마다 애써 웃으면서 고개를 꾸벅꾸벅 숙였죠. 윤서 엄마 라고 그러고 싶어서 그랬겠어요?"

속사포처럼 쏟아 내는 미리의 말에 다른 사람들은 물론이고 미친개마저 입을 다물었다.

"그러고 또 하나. 윤서 아빠는 비즈니스 때문에 미팅을 하고 왔다고 했죠? 그런데 왜 셔츠 가운데 단추가 풀어졌을까요? 당 신은 한여름에도 재킷까지 챙겨 입기로 유명한데 그런 사람이 셔츠 가운데 단추를 풀고 다닐 이유가 없죠. 어딘가에서 셔츠를 벗었다가 다시 입지 않았다면! 게다가 뒤통수 쪽 머리카락이 잔뜩 눌렸어요. 앞은 생생한데. 어디 누워 있다가 왔나 봐요?"

"이것 봐요 현지 엄마. 지, 지금 무슨 소리를 하는 겁니까."

현민이 더듬더듬 입을 열었다. 갑자기 술이 확 깼는지 발음 은 오히려 또렷하게 변했다. 현민을 노려보던 미리는 자리에서 일어나 구경꾼들을 천천히 둘러봤다. 원래 이렇게 하는 것이다. 명탐정이란 마지막 수사 결과를 발표하기 전 연극적으로 주위 를 의식한 뒤….

"자. 비켜 주세요. 경찰입니다. 자자."

때마침 경찰이 나타났다.

미리는 입을 열려다 만 그 자세 그대로 딱 굳어 버렸다. 경찰관 두 명이 슈퍼 안으로 들어왔다. 구경꾼들의 시선은 일제히 경찰관들에게로 향했다.

"이제 놔 주세요. 그러다 다쳐요."

경찰관의 말에 경자와 광규가 벌떡 일어났다.

"아이고 또 아저씨야? 좀 작작 해요, 작작."

현민을 알아본 경찰관이 지겹다는 듯 혀를 끌끌 찼다.

"구급차도 불러야겠어요."

그제야 고개를 내민 소희가 말했다. 세 사람은 맨 구석 라면 진열장 뒤에 숨어 있었다.

"지숙 언니 많이 다쳤어요."

소희의 말대로 지숙의 상태는 영 좋지 않았다. 얼굴에 멍도 문제였지만 숨을 쉴 때마다 가슴 근처가 아프다며 얼굴을 찡그렸다. 다리가 풀렸는지 아예 일어서지도 못했다.

"쯧쯧. 철천지원수라도 저렇게는 안 때리겠네."

지현이 뭐라 더 말을 하려다가 그냥 고개를 돌려 버렸다.

"내 마누라 내가 때리겠다는데…."

중얼거리던 현민을 경찰관이 끌고 나갔다. 미리는 따라 나가서 뒤통수를 한 대 후려치고 싶은 걸 간신히 참았다. 자신의 추리를 완성하지 못한 분노까지 담아서 후려쳐야 하는데.

구급차는 금세 도착했다. 지숙은 들것에 실렸고 경자가 보호자로 따라나섰다.

"언니. 우리 윤서 좀 부탁해."

지숙은 구급차에 탈 때까지도 계속 그 말뿐이었다. 지현이 걱정 말라며 고개를 끄덕였다. 미친개가 경찰차를 타고 사라지고, 지숙이 구급차에 실려 병원으로 향하고 나서야 구경꾼들도 흩어졌다. 광규는 모자를 벗어 멋쩍게 인사를 건넨 후 경비실로 돌아갔다.

남은 세 사람, 지현과 소희, 그리고 미리는 한동안 말이 없었다. 셋 다 멍하니 선 채로 바깥만 바라볼 뿐이었다. 바닥에 흩어진 곰 눈깔을 치울 힘도 없었다. 시간이 얼마간 지난 후 소희가 입을 열었다.

"미리 언니. 그래서요, 아까 그 미친개가 무슨 짓을 한 거예요?"

"그래. 나도 궁금했어."

지현도 말했다.

"별거 아니야. 풀어진 셔츠 단추, 그리고 눌린 머리까지 어디서 옷 벗고 누워 있다 온 게 분명해. 술자리와 누울 자리를 동시에 제공해 주는 곳이 우리 동네에서 어디 있겠어? 그것도 이 아침에. 저기 사거리 아래 작은 골목들 몇 개 있잖아. 그 안으로 들어가면 꽃송이니, 추억이니 하는 촌스러운 이름의 술집들이 몇 개 있거든. 여자들 나오고 하는 그런 곳 말이야. 아마 그중 하나에 갔을 거야. 거기서 거하게 마시고 그런 짓도 좀 하고 그러고 오던 길이겠지. 안 봐도 비디오야."

미리가 심드렁한 표정으로 말했다.

안 봐도 비디오였다. 그래서 더 화가 났다. 안 봐도 비디오인데 멍청한 지숙은 맨날 속는다. 아니, 속는 척한다.

"와! 언니는 진짜 대단해요. 어떻게 그런 걸 다 아세요?"

소희가 말했다.

"관찰이 중요해. 그다음에는 상상력. 무엇보다 추리 소설을 많이 읽어야지."

미리가 말했다.

"자, 좀 치우고 빨리 마무리하자고. 나중에 시간 되면 지숙이 병문안이라도 가고."

지현이 눈깔을 줍기 시작했다. 미리와 소희도 거들었다. 셋은 한동안 묵묵히 눈깔만 주웠다. 그런 후 다시 붙여야 할 것이다. 지긋지긋한 반복이었다.

지숙은 동네의 대형 정형외과에 입원했다. 갈비뼈 두 대가 부러진 상태였다. 다행히 부러진 곳은 갈비뼈뿐이고 퉁퉁 부은 광대뼈는 살짝 금이 간 정도였다. 그 외에는 찢어지고 터진 것이었다. 병원에서는 일주일 정도 입원을 하라는데 아들 때문에라도 내일 당장 퇴원을 할 거라며, 지숙은 여전히 퉁퉁 부은 얼굴로 말했다. 현민의 무지막지한 폭력이 있은 다음 날이었다.

"일주일을 말했는데 사흘 만에 퇴원하면 어떻게 해? 뼈라도 붙어야 할 거 아냐."

지현이 말했다.

미리와 지현, 그리고 경자와 소희는 오전에 지숙을 찾았다. 다 같이 시간을 빼려면 오전뿐이었다. 오후가 되면 학교에 간 아이들이 돌아온다. 저녁에는 남편을 맞이해야 한다. 그 전에 집안일을 끝내고 저녁 준비라도 해 놓으려면 바쁘게 움직일 수밖에 없다. 게다가 곰 눈깔도 붙여야 하고.

"뼈 붙는 거야 한 달 넘게 걸린대요. 여기 있으면 뭐 맘 편히 쉬나요. 간호해 줄 사람도 없고. 우리 윤서도 걱정이고. 어제도 윤서가 여기서 자고 갔어요."

지숙이 말했다. 아직도 통증이 있는지 말을 할 때마다 얼굴을 찡그렸다.

"미안해. 나도 식구들 챙기느라 어제 끝까지 있질 못했네."

경자가 말했다.

"에이. 아니에요. 경자 언니도 뭐 도움 안 되는 건 똑같은데."

지숙은 아무렇지도 않게 말했다. 이런 게 지숙의 말버릇이었다. 이젠 익숙해져서 넷 중 누구도 반응하지 않았다. 일일이 화를 냈다가는 제대로 된 대화가 힘들 정도였다. 게다가 딱히 틀린 말을 하는 것도 아니었다.

"그 인간은?"

미리가 물었다.

"몰라. 어젯밤부터 계속 전화 오는데 안 받고 있거든. 술 깼으니까 또 미안하다고 그러겠지. 개새끼."

"이혼해 버려. 인생 길다. 남은 인생을 생각해야지."

지현이 말했다.

"이혼이 뭐 쉽나. 그러는 언니도 사장님이 맨날 콜라텍 다녀서 지겨워 죽겠다고 하면서도 이혼 못하잖아."

지숙이 말했다. 역시, 딱히 틀린 말을 하는 것은 아니었다.

"염병할. 주둥이는 살아 있네."

지현이 혼잣말처럼, 그러나 다 들리게 중얼거렸다.

"이상하게 남편이 입은 안 때리더라고."

"농담이 아니고 진짜로 이혼해."

미리가 말했다.

"안 해 줄 거야. 그 인간. 윤서도 있고, 내가 버는 돈도 탐날 거니까. 아마 소송 들어가고 할 텐데 변호사 선임할 비용도 없고. 난 틀렸어. 이대로 살아야지."

"저… 내가 너무 걱정돼서 하는 말인데."

경자가 자못 심각한 표정으로 입을 열었다.

"우리 남편이 그러더라고. 폭력이라는 게 갈수록 강도가 세진다고. 너 갈비뼈 부러진 건 이번이 처음이잖아. 근데 다음엔 이것보다 더 심할 거래. 그러다가 결국은…."

경자는 자기 손으로 목을 긋는 시늉을 해 보였다.

"야. 아서라. 그건 너무 끔찍하다."

지현이 말했다.

"아니야, 언니. 남편이 그런 경우 많이 담당했어. 처음엔 단순한 부부싸움이었다가 남자가 여자를 때리기 시작하고…."

거기까지 말하던 경자가 입을 닫았다. 지숙이 조용히 눈물을 흘리고 있었다. 얄밉도록 독하고, 자기 잇속 잘 챙기고, 말은 함부로 하는 데다가 허세도 적잖이 많아서 늘 밉상인 지숙이었다. 하지만 속은 한없이 여려서 작은 일에도 상처를 받았다. 가끔은 힘들어하는 사람들에게 진심 어린 위로를 하기도 했다. 그러면서도 눈물을 보이는 일은 한 번도 없었다. 지금, 지숙의 마음이 한쪽 구석부터 무너지기 시작했다. 네 명 모두 그 사실을 직감했다.

"나도 알아. 안다고. 그래서 너무 겁이 나. 내가 죽는 건 상관없는데 이제 겨우 여덟 살 된 우리 윤서는 어떻게 해? 할 수 있다면 나도 하고 싶어. 근데 방법이 없는 걸. 도망치고 싶어도 돈이 없어. 이러다가 아마…."

지숙은 목이 메어 더 이상 말을 잇지 못했다.

지현과 소희, 경자도 입을 열지 않았다. 셋 다 연신 눈물을 훔치기 바빴다. 미리만이 골똘히 생각에 잠긴 눈치였다.

"방법이 없으면 일단 몸이라도 잘 추슬러."

지현이 말했다.

"괜찮을 거야, 언니. 그 인간도 한동안은 잠잠할 거고. 문제는 일을 못하는 거야. 공장 일은 하루라도 빠지면 끝이거든."

"에휴. 딱하다, 참."

경자가 말했다.

"그냥 괜찮다고 말하면서 넘어가면 안 돼. 딱하다고 여기고 그냥 넘어가서도 안 되고."

미리가, 결연한 목소리로 말했다. 미리는 창밖을 바라보고 있었다. 미세먼지로 부연 하늘 저편에 한 줄기 햇빛이 비치고 있었다.

"갑자기 무슨 소리야?"

경자가 물었다.

"우리가 잡자."

미리가 말했다.

"쥐방울인가 하는 그 인간, 우리가 잡자고. 그래서 그 현상금으로 지숙이도 돕고 우리도 나눠 쓰고. 어때?"

그 남자 1

남자는 호시탐탐 기회를 노렸다.

언제가 좋을까?

지금까지 너무 많이 참아 왔다. 아무리 참을성 넘치는 포식자라고 해도 이제는 움직여야 할 때였다. 굶주림이 심해지면 어떤 일이 생길지 모르니까.

이사는 '그'의 아이디어였다.

상황이 안 좋으니 이사를 한 후 몇 달간 조용히 지내 보면 어떨까요?

그는 자신이 사는 곳을 추천해 주었다. 그곳이라면, 그가 있는 곳이라면 찬성이었다. 상황이 안 좋은 것도 사실이었지만 남자 역시 슬슬 흥미를 잃어 가고 있었다. 번번이 헛발질을 하는 경찰들을 보는 것도 지겨웠다.

새로운 자극이 필요했고, 그러자면 이사가 최선의 방법인 듯했다. 이른바 사냥터를 옮기는 것이다.

멍청하고 연약한 초식동물들이 포식자의 존재를 잊어 갈 때

바람의 반대 방향에서 나타나 모가지에 어금니를 꽂아 넣는다.

생각만 해도 짜릿했다. 너무 짜릿해서 온몸의 털이 곤두설 정도였다. 뉴스와 인터넷은 또다시 남자의 이름으로 도배가 되리라. 남자는 그가 부여해 준 인격이 마음에 들었고, 그것을 최대한 많이 알리고 싶었다. 더 많은 사람들에게 공포를 심어 주고 싶었다.

그래서 참았다.

극적인 효과를 위해 무려 넉 달간이나 참고 기다려 왔다. 그동안 남자는 이사한 곳을 돌아다니며 구석구석 살폈다. 실소가 나올 정도로 허술한 곳이었다. 이런 곳이라면 매일 사냥을 해도 좋을 것 같았다. 물론, 그가 허락하지 않겠지만.

천천히, 그러나 정확하게.

남자는 그 말을, 불끈불끈 살의가 솟아오를 때면 조용히 되뇌곤 했다. 그것은 '그'가 해 준 말이기도 했다.

자신의 머릿속으로 들어와 불씨를 심어 준 사람.

그가 속삭여 준 말 덕분에 지금의 자신이 존재한다. 사냥꾼이자 포식자인 자신이.

천천히, 그러나 정확하게.

이제 남자는 그 말을 실천할 수 있게 되었다. 그도 인정했다. 언제나 그렇듯 밝고 환한 목소리로 칭찬을 하지 않았던가.

굉장하네요. 지금까지 잘 참으셨습니다. 이제 다시 시작하셔도 되겠네요. 단, 천천히 그러나 정확하게. 아셨죠?

알다마다.

남자는 넉 달을 기다리는 동안 사냥감을 정해 놓기까지 했다. 눈앞에 있는 사냥감을 지켜보기만 하는 것은 매우 힘든 일이었지만 한편으로는 쾌감이 쌓이는 일이기도 했다. 사냥에 성공했을 때의 쾌감이 어느 정도일지, 남자는 충분히 짐작할 수 있었다.

남자는 모든 준비를 끝냈다.

다만 때를 노릴 뿐이었다.

바람의 방향이 바뀔 때.

그때, 남자는 움직일 것이다.

초보 탐정들

"그래서 다들 동의한 거네요?"

박도진 선생이 물었고, 미리는 고개를 끄덕였다.

"오늘부터 시작하기로 했어요. 수사."

"수사라. 원래 꿈이 탐정이었다고 하셨죠? 그럼 이 기회에 꿈
을 이루실 수도 있겠네요."

박도진 선생은 미리가 했던 사소한 말이라도 잊는 법이 없었
다. 그 점이 가장 고마웠다. 미리는 자기 꿈에 대해 남편에게도
이야기하지 못했다. 이십 대 초반에 만났던 사람들에게는 한국
최초의 여성 탐정이 되겠다며 큰소리를 쳤지만 그때마다 번번
이 비웃음을 샀다. 대놓고 비웃진 않더라도 현실적인 꿈을 가지
라고 조언하는 이가 대부분이었다.

"한국엔 탐정이란 직업이 없어. 게다가 여자 탐정이라니."

"그런 꿈이 있으면서 왜 여기서 경리를 보고 있어?"

"시집이나 가. 돈 많은 남자 만나서."

여태껏 미리가 들어 온 말이었다. 언젠가부터 미리는 탐정의

'탐' 자도 꺼내지 않게 되었다. 그저 추리 소설만 열심히 읽을 뿐이었다. 그러던 중에 박도진 선생에게 자기 꿈을 털어놓았다. 취미가 추리 소설 읽기라는 이야기를 하다가 엉겁결에 탐정 이야기가 나왔고, 한때는 탐정이 되고 싶었다는 말까지 하게 된 것이다. 화들짝 놀란 미리는 그 이야기 이후로 급히 화제를 돌렸는데 박도진은 그때의 미리 말을 기억하고 있었던 것이다.

"우리나라엔 아직 탐정이란 직업이 없죠. 그냥 재미 삼아 한 번 해 보려고요."

무심하게 말했지만 미리의 심장은 전에 없이 크게 뛰었다.

탐정.

쥐방울을 잡자는 생각을 처음 했을 때만 해도 그런 단어 따위 떠올릴 새가 없었다. 그저 돈이 필요하다는 현실적인 판단과 분노뿐이었다. 현상금을 받아서 미친개에게 한 방 먹일 수만 있다면 속이 시원할 것 같았다.

탐정.

그런데 이제 그 단어가 온통 머릿속을 가득 채웠다.

박도진 덕분이었다.

"꼭 직업으로 삼을 필요야 있습니까. 취미로 활동을 하시면 되죠. 그때 말씀드렸죠? 저도 추리 소설 좋아한다고. 응원할 테니까 쥐방울인지 뭔지 꼭 잡아 주세요. 단, 절대 위험한 일 하시면 안 됩니다. 약도 잘 챙겨 드시고. 약이 제일 중요합니다. 아셨죠?"

박도진 선생은 거듭 강조한 후 미소를 지어 보였다.

아! 저렇게 선량하게 웃는 남자라니.

명탐정의 조수로 쓰기 딱 좋겠다고 생각하며 미리는 진료실을 나왔다. 여전히 뚱한 표정의 간호사가 고개만 끄덕여 인사를 했다. 저 간호사는 도대체 언제 웃을까? 아무리 추리를 해 봐도 짐작조차 할 수 없었다. 한 가지 표정만 지을 수 있게 만든 인형 같았다. 얼굴을 바꿔 끼우지 않는 이상 다른 표정을 짓는 건 불가능한 일처럼 보였다.

이제 막 데워지기 시작한 태양은 변함없이 이글거렸지만 미리는 그 강렬한 햇빛이 싫지 않았다. 그야말로 선글라스를 끼기 딱 좋은 날씨였고, 명탐정이라면 역시 선글라스였다. 미리는 필리핀으로 신혼여행을 갈 때 산 유행 지난 선글라스를 끼고 거리로 나섰다. 오늘은 곰 눈깔 따위 붙이지 않는다. 그 일은 일주일 정도 쉬기로 했다. 더 중요한 일, 쥐방울 체포 작전이 기다리고 있기 때문이었다.

네 명은 광선슈퍼에 모였다. 광선슈퍼의 명목상 사장이자 전지현의 남편이며 올해 일흔을 바라보는 천용만은 오늘도 여전히 성인 콜라텍으로 출근했다. 흰색 정장을 입고 흰색 모자까지 맞춰 쓰고서. 구두도 물론 흰색이었다. 성인 콜라텍은 오전부터 문을 열었다. 아침 일찍 일어나 하릴없이 빈둥거리는 노인들이 주 고객층으로 그들의 당이 떨어질 무렵에 문을 닫았다. 천용만은 거기서 노래도 듣고 춤도 추고, 친구들과 만나 콜라도 한 잔씩 한다고 말했지만 지현은 다른 할망구를 만나는 게 아닌가 싶어 신경이 쓰였다. 일흔이 넘어도 사내라고, 젊었을 때부터 여자 문제로 속 썩이던 걸 여태껏 이어 오고 있었다.

"지숙은 차도가 좀 있대?"

지현이 물었다.

"어제 집에 들렀는데 꼼짝도 못하고 누워 있더라고요. 그래서 빨래랑 설거지 좀 해 주고 왔어요."

경자가 말했다.

"갈비뼈가 부러졌는데 쉽게 괜찮아질 리 없죠. 어휴. 지숙 언니 너무 불쌍해."

소희가 울상을 지었다.

"지난번에 지숙이가 철이한테 애비 없는 자식이라고 말할 땐 금방이라도 죽일 듯했으면서."

경자가 실실 웃으며 말했다.

"에이. 그건 그거고 이건 이거죠."

소희가 입을 비죽 내밀었다. 소희는 다른 건 다 참아도 이제 막 두 돌 지난 아들인 철이 얘기는 그냥 넘어가지 않았다.

"그러니까 빨리 잡아야 해."

미리가 말했다.

"쥐방울?"

경자가 물었다.

"계획은 있어? 그날도 잠깐 말했지만 경찰도 여태 못 잡은 걸 우리가 어찌 잡을지 싶다."

지현이 말했다.

"미리 언니가 말했잖아요. 여자들끼리만 따로 통하는 게 있다고. 저도 그 말에 찬성해요. 차근차근 살펴보면 경찰이 놓친 것도 발견할지 몰라요."

"계획도 계획이지만 일단 쥐방울에 대해 아는 게 중요할 것 같아서 좀 적어 왔어."

미리가 수첩을 꺼냈다. 전날 밤 인터넷을 뒤져 조사한 쥐방울에 대한 정보와 미리 짜 본 수사 계획이 거기 적혀 있었다. 수첩에 〈쥐방울 체포 작전〉이라고 적힌 글자를 보자 새삼 가슴이 뛰었다.

"역시. 미리가 다르긴 다르네."

경자가 말했다.

"모두가 알다시피 쥐방울은 성추행범으로 거기가 무척 작다는 목격자들의 증언에 의해 쥐방울이라는 별명이 붙었어. 어쩌면 그 자격지심 때문에 성범죄를 저지르는 것일 수도 있고."

쥐방울이 나타나기 시작한 건 정확히 두 달 전이었다. 첫 번째 피해자가 신고한 것이 3월 말이었다. 그 신고자가 최초라는 보장이 없으므로 미리는 넉넉잡아 3월 초부터 쥐방울이 돌아다니기 시작했으리라 짐작했다.

처음에는 쥐방울의 수법도 비교적 간단하고 전형적이었다. 이십 대에서 사십 대 사이의 여성이 혼자 있는 틈을 노려서 자신의 성기를 노출하고 도망치는 게 다였다. 바지를 내릴 때도 있었고 지퍼를 열고 성기를 꺼낼 때도 있었다.

첫 번째 피해자는 밤중에 음식물 쓰레기를 버리러 나왔다가 가로등 아래 서 있는 쥐방울과 마주쳤다. 처음에는 같은 동 주민인 줄 알고 꾸벅 인사를 건넸는데 고개를 드는 순간 남자의 성기와 눈이 마주치고 말았다. 기겁을 한 피해자는 쓰레기봉투를 냅다 던져 버리고 도망쳤다. 두 번째와 세 번째도 비슷했다. 밤이었고 가로등 아래였다. 쥐방울 역시 범행 후에는 금세 그 자리를 떴다.

세 번의 범행 동안 목격자들이 진술한 쥐방울의 모습은 이랬다. 검은색 후드 티를 입고 모자를 눌러썼으며 효과적인 탈의를 위해 고무줄로 된 바지를 입고 있었다. 봄이지만 3월은 이상하리만치 쌀쌀했는데도 불구하고 쥐방울은 매우 가벼운 옷차림이었다. 그 때문에 쥐방울이 아파트 주민이라는 소문이 쫙 돌았다. 경찰도 그쪽에 초점을 맞추고 수사를 진행했다.

그러나 두 달이 지나도록 수사는 별다른 진척이 없었고 그 사이 쥐방울의 수법은 더욱 대담하게 변했다. 아파트 단지에 CCTV가 몇 개 없다는 사실을 알아챈 듯 대낮에도 출몰했으며 그 장소 역시 엘리베이터나 놀이터로 확대되었다.

물론 범행의 강도도 심해졌다.

"쥐방울이 유명해지기 시작한 것도 이때부터였어."

미리가 말했다.

이제 쥐방울은 단순히 바지만 내리는 것이 아니라 여자들을 보고 자위행위를 했다. 여자들이 비명을 지르면 도망을 가면서도 자위를 멈추지 않았다. 자신보다 체구가 작거나 약해 보이는 여자들과 마주치면 과감히 다가와 가슴이나 엉덩이를 만지는 일도 서슴지 않았다. 불과 두 달 만에 바바리맨에서 변태 사이코로 진화한 것이다. 비록 그것의 크기는 그대로였지만.

피해 사례가 하나둘 알려지면서 인터넷에서 화제가 되었다. 안 그래도 낙후된 동네의 낡고 허름한 아파트였던 광선주공아파트는 변태 천국이라는 불명예스러운 별명을 얻게 되었다. 그제야 경비실과 경찰들도 사태의 심각성을 깨닫고 적극적으로 움직이기 시작했다.

"범죄는 진화해. 쥐방울이 성폭행을 저지르지 않는다는 보장이 없단 소리지."

미리는 시간문제일 거라 생각했다.

다른 사람들도 고개를 끄덕였다.

"경비실에선 쥐방울 때문에 CCTV 더 달 거라는데 그게 아직 예산 승인이 안 났나 봐."

지현이 말했다.

"있는 CCTV나 좀 고치지. 그거 달려만 있지 순 깡통이잖아."

경자의 말대로 각 동 입구와 정문을 제외하곤 제대로 작동하는 CCTV가 없었다. 그나마도 흑백에 화질이 별로라 들고 나는 이가 누구인지 구분하기도 쉽지 않았다.

"언니. 지금까지 총 몇 건이었어요?"

소희가 미리에게 물었다.

"열세 건. 두 달 사이에 이 정도면 기록적이야."

"진짜 심각하긴 하구나. 사실 밤길 다니는 게 부쩍 신경 쓰였거든. 나 같은 뚱뚱이 아줌마한테야 그놈도 안 달려들겠지만."

경자가 말했다.

"그런 생각이 문제야 경자 언니. 그런 놈들은 사람을 가리지 않아. 아줌마라고 해서 그런 짓을 당해도 괜찮은 것도 아니고. 아가씨나 아줌마나 상관없이 위험에 노출돼 있어. 우리 모두의 일이라고."

"알았어. 아는데…."

경자의 유일한 콤플렉스이자 최대 고민거리는 몸매였다. 본인은 인정하기 싫어했지만, 경자의 몸무게는 거의 세 자릿수에 육박했다. 워낙에 덩치가 크고 뼈가 굵은 탓도 있었는데 그러거나 말거나 사람들은 그녀를 뚱뚱하다고 생각했다.

몸매로 경자를 가장 많이 괴롭히는 사람은 다름 아닌 남편이었다. 이십 년 가까이 경찰 밥을 먹으며 불규칙한 생활을 계속해 온 경자의 남편 노강식은 그 역시도 뚱뚱한 몸매였지만 유독 아내의 살을 가지고 독한 소리를 해댔다. 경상도 남자인 노

강식이 걸쭉한 사투리로 아내의 몸매 품평을 할 때면 듣는 사
람도 눈살을 찌푸릴 정도였다.

"니는 동물원 가면 안 된다. 절대 안 된다. 와 그라는 줄 아
나? 하마가 니 보고 동족인 줄 알고 달려들면 우짤끼고? 니가
또 하마들 사이에선 미인 축에 들 거니까 수놈들끼리 싸우고
서로 한번 자 볼끼라고…."

딴에는 충격 요법이랍시고 하는 말이지만 경자에게는 그게
다 비수가 되어 꽂혔다. 경자는 에어로빅, 헬스, 요가, 수영 등
안 해 본 운동이 없었지만 아무런 효과를 보지 못했다. 경자의
말마따나 물만 먹어도 살이 찌는 체질 탓일 수도 있고, 그 물을
몇 리터나 마시는 식습관 탓일 수도 있지만 어쨌거나.

"자자. 그런 이야기는 나중에 하고 그러면 구체적인 계획이
어떻게 되는데?"

지현이 물었다.

"지금까지의 기록을 바탕으로 쥐방울의 예상 출몰 지역을 파
악하는 한편 피해자들을 만나서 진술을 들어 보는 거야. 당시에
는 미처 떠올리지 못했거나 경찰들한텐 말하지 못했던 걸 우리
가 얻어 낼 수도 있어. 그런 정보들이 쌓이면 쥐방울이 누구인
지, 어디에 사는지 따위를 추리할 수도 있을 거고."

"와! 추리라니까 뭔가 거창하다."

미리의 말에 소희가 마른침을 꿀꺽 삼켰다.

"말 그대로 추리를 해야 해. 우린 이제부터 탐정이 되는 거

야."

"탐정?"

경자가 되물었다.

"탐정이 뭔데?"

지현도 궁금한 표정이었다.

"경찰들 말고 범인 잡는 사람 있잖아요. 셜록 홈즈나 미스 마플 같은."

"난 둘 다 모르겠는데. 다 외국 사람이야?"

"에이. 지현 언니. 홈즈는 나도 안다. 드라마도 있잖아. 영화도 있고."

경자가 말했다.

"이것들이! 뉴스랑 일일연속극 보기도 바쁜데 어느 세월에 외국 영화를 봐? 난 자막도 못 읽어. 너무 빨리 지나가."

"그러면 언니. 내가 쉽고 재미있는 추리 소설 몇 권을 추천해 줄게. 코난 도일 거도 괜찮고 크리스티 거도 괜찮을 거야. 나머지도 내가 추천 도서를 줄 테니 일단 그걸 읽으면서 추리에 대한 감을 잡도록!"

"예스!"

소희가 해맑은 표정으로 고개를 끄덕였다.

"난 머리가 나빠서 아무 도움이 안 되겠지만 일단 해 보자."

경자가 말했다.

"글씨 큰 책으로 줘. 눈 나빠서 작은 글씨는 못 읽어."

지현이 말했다.

"알았어. 언니. 애들용으로 나온 게 몇 권 있으니까 그걸 줄게. 그리고….."

미리는 의미심장한 표정으로 세 사람을 스윽 훑어봤다. 세 사람 역시 미리를 뚫어져라 바라봤다.

"탐정이 되기 전에 우리가 꼭 해야 할 일이 있어."

"그게 뭔데?"

경자가 물었다.

"복장을 갖추는 것!"

미리가 말했다.

"복장? 무슨 복장?"

지현이 채 묻기도 전에 미리가 벌떡 일어나며 외쳤다.

"자, 가자! 마트로."

마트에 가자는 말에 반대하는 이는, 당연히 한 명도 없었다.

등산을 하려면 등산복을 입어야 한다. 스키를 타려면 스키복이 필요하고, 수영장에선 수영복 착용이 필수다. 마찬가지로 추리를 위해서라면 그에 맞는 복장이 있어야 한다고, 미리는 예전부터 생각했다.

탐정은 멋이 8할이야. 아무렴, 그렇고말고.

"뭐라고?"

혼잣말을 중얼거리던 미리에게 경자가 물었다.

네 사람은 각자 카트를 하나씩 끌고 마트를 누비는 중이었다. 몇 개 산 것도 없는데 카트는 어느새 꽉 찼고, 정작 제일 중요한 탐정 복장은 맨 마지막으로 밀리게 됐다.

"그래서 그 복장이라는 게 뭔데?"

경자가 다시 물었다.

"아! 바바리코트라고 했잖아. 바바리."

지현이 대신 대답했다.

"바바리코트가 아니라 트렌치코트요. 그리고 알이 큼지막한 짙은 선글라스."

미리가 말했다.

"스카프는 어때요?"

소희가 물었다.

"물론. 스카프도 필요하지. 트렌치코트와 스카프는 홈즈와 왓슨처럼 떼려야 뗄 수 없는 사이라고."

미리의 말에 나머지 세 사람은 무슨 뜻인지 모르겠다는 듯 고개만 갸우뚱했다.

아무튼, 복장이 중요해.

미리는 주문처럼 다시 한번 되뇌었다.

문제는 계절이었다. 여름을 앞둔 마당에 트렌치코트가 있을 리 만무했다. 마트 3층의 여성복 매장을 다 둘러봐도 찾을 수가 없었다. 슬슬 집으로 돌아가야 할 시간이 다가왔다. 신데렐라의 통금이 자정이라면 네 명은 정오였다. 늦어도 그 전에는 집에 들어가야 집안일을 마칠 수 있다.

"그냥 포기해. 이러다 늦겠어."

배가 고픈 경자가 슬슬 짜증을 내기 시작했다.

"안 돼. 이대론 포기 못해."

미리가 말했다.

"무슨 똥고집이야?"

"언니. 그때 언니가 그랬잖아. 권투 배우러 갔는데 무릎 튀어 나온 추리닝을 입으니 영 폼이 안 나더라고."

"그렇긴 한데…."

"그거랑 똑같은 거야. 김칫국물 묻은 티셔츠 입고 쥐방울을 잡아 봐야 아무래도 폼이 안 나."

"음. 그거라면 아무래도 납득이 된다."

"납득은 무슨! 그거 우리 영감이 백구두 신는 거랑 뭐가 달라?"

지현이 대뜸 목소리를 높였다. 아무래도 많이 걸어서 피곤한 모양이었다. 다들 한계였다.

"위층에 의류매장 있잖아요. 마지막으로 거기만 한번 가 봐요. 언니들."

역시 제일 긍정적이고 적극적인 사람은 막내인 소희였다. 미리는 내심 소희를 왓슨 후보로 점찍었다. 물론 박도진 선생이 왓슨이 되어 준다면야 더할 나위 없이 좋겠지만.

"딱 거기까지다."

지현이 다짐을 받듯 말했다.

"알았어요."

이번에는 미리도 물러설 수밖에 없었다. 밀고 당기기를 잘해야 수사도 잘하는 법이다. 김전일을 봐도 그렇다. 애당초 범인을 알고 있으면서도 범인과 밀당을 하느라 애꿎은 피해자들이 몇 명이나 더 죽어 나가지 않는가. 덕분에 김전일은 '범인은 이 안에 있어!' 따위의 말을 내뱉으며 명탐정이 된 거고.

"언니. 저기 있어요."

위층에서 소희가 트렌치코트를 발견했다.

"좋았어!"

미리는 주먹을 불끈 쥐었다.

잠시 후 네 사람은 베이지색 트렌치코트를 똑같이 입고 선글라스를 끼고서는 마트 밖으로 나왔다.

마트 정문에 비친 모습이 그야말로 명탐정 같아 보여서 미리는 만족했다.

"와! 우리 지현 언니는 진짜 전지현 뺨치네!"

경자가 너스레를 떨었다.

"진짜 전지현이 누구야? 내가 나이도 더 많으니 훨씬 먼저 전지현이었어. 걔는 본명도 아닌데."

지현은 퉁명스레 대답했지만 싫지는 않은 눈치였다.

"경자 언니는 선글라스가 잘 어울리네."

미리도 한마디를 거들었다.

"야! 그러는 넌 진짜로 영화에서 걸어 나온 것 같다."

경자 역시 미리에게 칭찬을 건넸다.

"제일 잘 어울리고 예쁜 건 우리 소희지."

"언니들이랑 이렇게 옷 맞춰 입으니까 기분 전환도 되고 진짜 좋아요."

지현과 소희도 한마디씩 주고받았다.

잠시 침묵이 흐르다 네 사람은 동시에 웃기 시작했다.

"으하하하!"

"호호호!"

"하하하!"

"호호호!"

바야흐로 여름을 바라보는 5월 말, 트렌치코트를 맞춰 입고 꼼꼼하게 스카프를 두른 것도 모자라 선글라스까지 낀 네 명의 여자들이 배꼽이 빠져라 웃는 모습은 이목을 끌기에 충분했다. 지나가던 사람들이 너도나도 쳐다봤지만 네 명은 아랑곳하지 않았다.

"멋지긴 한데 좀 덥다."

경자가 말했다.

"솔직히 나도 그래."

미리는 순순히 인정했다.

"아이고, 나는 땀이 줄줄 흐른다."

지현은 스카프부터 풀어 헤쳤다.

"자, 오늘은 그만들 돌아가고 내일 아침 같은 시간에 슈퍼에서 모여요. 내일부터 본격적으로 수사를 시작해 봐요."

미리의 말에 세 사람은 고개를 끄덕였다.

"내일도 이 코트 입는 거죠?"

소희가 조심스레 물었다.

"당연하지! 이건 유니폼 같은 거야."

미리가 말했다.

"나도 입고 올 거야. 이걸 입으니까 뭔가 자신감이 생겨. 좀 날씬해 보이는 것도 같고."

"나야 뭐 집에 있으니까 걸쳐도 그만, 안 걸쳐도 그만이지."

"아니야. 언니. 언닌 우리의 정신적 지주니까 꼭 입어야 해!"

미리가 말했다.

"알겠다, 알겠어. 정신적 지주는 무슨."

지현은 아닌 척하면서 좋아하는 데 일가견이 있었다. 말은 그렇게 해도 헤벌쭉 벌어진 입은 큼지막하게 웃는 중이었다.

"좋아. 그럼 해산!"

미리가 선언을 하려는 찰나, 경자가 슬쩍 손을 들었다.

"그런데 배고픈 사람 없어? 다 먹고 살자고 하는 일인데…."

결국 네 사람은 중국집으로 들어갔다.

그날 밤 미리는 남편이 돌아오기만을 기다렸다. 예상대로 남편은 영국의 유명 축구팀 경기 시간에 맞춰 정확히 들어왔다.

오늘은 저녁부터 해외 축구 경기가 줄줄이 있다. 미리도 이제 척하면 척이었다. 이런 날에 남편은 소파와 물아일체가 되어 눈이 시뻘게지도록 축구를 봤다. 이제 마흔을 바라보는 만년 과장 최승호에게 해외 축구는 유일한 낙이자 탈출구였다.

승호는 들어오자마자 셔츠며 양말을 거실 군데군데 벗어 던진 채 할리우드 액션을 하는 축구 선수처럼 소파로 몸을 날렸다. 밥을 먹었느냐는 질문에도 그저 고개만 끄덕일 뿐이었다. 눈은 TV 화면에 고정하고 손가락만 리모컨 위에서 바쁘게 움직였다.

"여보. 나 좀 봐."

미리는 작정을 하고 승호 앞에 앉았다. 현지는 일찌감치 재웠다. 둘 사이를 방해하는 것은 저 빌어먹을 축구뿐이었다. 비슷하게 생긴 서양 사람들이 둥근 공 하나를 두고 죽일 듯 달려든다. 저기에 왜 열광을 하는지 알 순 없었지만 남편의 취미이니 일단 인정하기로 했다. 그래도 싫은 건 어쩔 수 없다.

"나 좀 보라니까. 할 말 있어."

"무슨 말. 나 지금 바빠."

승호가 건성으로 대답했다.

"바쁜 건 저 선수들이잖아."

"그러니까 응원해 줘야지."

웃기고 있네.

그 말이 목구멍까지 나왔지만 미리는 참았다. 대신에 방으로

조용히 들어가 트렌치코트를 걸치고 선글라스까지 꼈다. 그러고
는 거실로 나왔다. 방문 닫히는 소리가 들리자 승호가 슬쩍 돌
아봤다. 그제야 처음으로 승호의 눈이 미리에게 머물렀다.

"어디 가?"

승호가 물었다.

"나 내일부터 탐정이 될 거야."

미리가 말했다.

"문화센터 나가는 거야?"

"탐정이 된다고."

"웃기고 있네."

미리는 주위에 던질 게 없을까 찾다가 그만두었다. 저런 인
간에겐 힘을 쓸 가치조차 없었다.

"아무튼 그렇게 알아. 저녁에도 나갈지 몰라. 그럴 땐 엄마한
테 현지 맡길 테니까 걱정 말고."

"탐정인지 뭔지 될 거라고 오뉴월에 바바리를 입은 거야?"

"바바리 아니거든!"

"그거 하면 돈이 나와, 쌀이 나와? 살림이나 열심히 하지."

"돈 나와! 당신 월급보다 훨씬 많이!"

미리는 소리를 꽥 지르고는 음식물 쓰레기봉투를 들고 밖으
로 나왔다. 후끈 달아오른 밤공기만큼이나 미리의 속에서도 천
불이 났다.

예전에는 멋있는 것까진 아니어도 제법 괜찮은 남자였는

데…. 미리는 평범하면서도 소탈한 남자가 좋았다. 거래업체 영업사원으로 만난 승호는 딱 그런 남자였다. 잘난 구석도 없고 모난 구석도 없지만 함께 있으면 편안한 사람. 그런 편안함은 결혼 8년 만에 늘어진 티셔츠처럼 너덜너덜해졌다. 승호는 미리가 1년째 정신과를 다니고 우울증약을 먹고 있다는 사실조차 몰랐다.

딸만 없었으면.

미리는 입에 닳도록 하던 말을 다시 한번 내뱉으며 엘리베이터에 올랐다. 모든 게 지긋지긋했다. 낡아서 끼익 끼익 신음을 내는 엘리베이터도 지겹고, 냄새 나는 음식물 쓰레기도 지겹고, 트렌치코트에 선글라스 차림으로 나왔다는 사실 자체도 지겨웠다.

음식물 쓰레기통은 아파트 주차장 구석에 있다. 미리는 봉투를 들고 터덜터덜 걸어갔다. 트렌치코트에 슬리퍼라니, 지독히 안 어울리는 조합이었다. 다른 사람과 마주치기 전에 최대한 빨리 집으로 돌아가는 게 상책이었다.

미리가 쓰레기를 버리고 막 돌아섰을 때였다. 후드를 둘러쓴 남자 하나가 미리와 눈이 마주쳤다. 한 손에 검은색 봉투를 들고 운동화를 신은 차림새였다. 바지는 당연히 운동복! 남자는 멈칫하더니 재빨리 방향을 바꿔 걸어가기 시작했다.

저놈이다!

감이 왔다.

후드 티, 운동복, 수상한 움직임까지 논리적으로도 맞아떨어졌다. 어느 유명한 탐정이 그러지 않았던가. 감과 논리가 한 방향을 가리키면 퍼즐의 마지막 조각이 맞춰지는 거라고.

저놈이 바로 쥐방울이었다.

"잡아!"

미리는 엉겁결에 외쳤다.

자기가 의도했던 것보다 훨씬 큰 소리가 나왔다. 그게 또 자신감을 불러일으켰다.

"잡아라! 쥐방울이다."

미리는 소리를 지르며 남자의 뒤를 쫓았다.

남자는 한 번 멈춰 서서 미리를 노려본 후 걷던 방향으로 달려 나갔다. 가볍고 날렵한 동작이었다. 긴 다리로 쭉쭉 치고 나갔다. 미리는 사력을 다해 달렸다. 어디서 그런 힘이 샘솟는지 자신도 놀랄 정도였다. 축구공을 쫓는 먼 나라의 대머리 미드필더처럼, 미리는 쥐방울을 향해 달려들었다.

"쥐방울 잡아라!"

미리는 다시 소리를 질렀다.

남자가 주차장을 벗어나 경비실 쪽으로 방향을 틀었다. 오히려 좋은 기회였다. 미리는 온 동네가 떠나가라 외쳤다.

"경비 아저씨. 도와주세요!"

경비실 문을 박차고 광규가 튀어나왔다. 설핏 졸고 있었던 듯 정신을 못 차리는 모습이었다.

"뭐, 뭡니까?"

더듬거리는 광규의 손을 붙잡고 미리는 무작정 뛰었다.

"뭐냐고요?"

"저 남자, 아니 저 새끼가 쥐방울이에요."

미리는 이제 막 정자 뒤편으로 들어선 남자의 뒷모습을 가리켰다.

"뭐요? 쥐방울?"

광규의 목소리가 희뜩 뒤집어졌다.

광규는 가슴 쪽 주머니에서 호루라기를 꺼내 냅다 불기 시작했다.

삐이익!

삐이익!

날카로운 호루라기 소리가 별빛 짱짱한 밤하늘에 울려 퍼졌다. 그제야 아파트 사람들이 창문을 열고 고개를 내밀었다.

"잡아라!"

미리가 다시 외쳤다.

"자, 잡아라!"

광규도 덩달아 소리를 질렀다.

두 사람은 남자가 달려간 정자 쪽으로 뛰었다. 아파트 뒤편이었다. 가로등 불빛이 닿지 않아 컴컴한 그곳으로 들어서자 미리는 본능적으로 두려움을 느꼈다. 저만치 도망가는 남자가 보였다. 누군가가 도와주지 않는다면 따라잡기 힘들 정도로 거리가 멀어졌다. 하지만 미리는 포기할 생각이 없었다. 숨이 차서 죽는 한이 있더라도 쥐방울을 쫓아갈 생각이었다.

"누가 좀 도와줘요."

미리 대신 광규가 외쳤다.

광규는 거의 숨이 끊어질 것 같은 표정이었다. 실제로도 미리보다 조금씩 뒤처졌다. 남자는 화단을 가로질러 놀이터 쪽으로 빠져나갔다. 놀이터 뒤편은 비교적 담장이 낮았다. 그 담장을 뛰어넘어 사라진다면 영영 잡을 수 없다. 미리는 애가 탔다. 거리가 조금만 가깝다면 정말이지 몸을 날리고 싶었다.

그때였다.

"흐억!"

남자가 괴상한 신음과 함께 공중에 붕 떠올랐다. 일순간 공중에 정지한 것만 같던 남자는 달리던 기세 그대로 고꾸라졌다.

"아이고!"

남자가 비명을 질렀다. 쥐방울의 처절한 최후였다.

미리는 쥐방울에게 달려가면서도 어둠 속에서 불쑥 튀어나와 다리를 걸어 쥐방울을 넘어뜨린 중년의 사내를 유심히 봤다. 이렇다 할 특징 없이 그저 옆집 아저씨처럼 생긴 중년 사내는 할일을 마쳤다는 듯 손을 한 번 들어 보이고는 말없이 돌아섰다.

"저, 저기요."

중년 사내를 불러 세우려다가 지금은 쥐방울이 더 급하다는 사실을 깨달았다. 미리는 이번에야말로 쥐방울을 향해 몸을 날렸다. 천만 원과 포옹하는 기분이었다. 곧 광규가 달려와 합류했다. 두 사람은 쥐방울이 도망가지 못하도록 내리눌렀다.

"이런 젠장. 난 왜 맨날 이런 역할만 하고 있어?"

광규가 누구에게랄 것도 없이 질문을 던졌지만 대답하는 이는 아무도 없었다. 그 사이 구경꾼들이 몰려들었다.

"쥐방울 넌 끝났어! 내가 잡았으니까."

미리는 의기양양하게 외쳤다. 숨이 차서 말을 제대로 이을 수 없었지만 이 대사만은 확실히 날려야 했다.

"지, 지금 제가 경찰에 신고를 할게요."

광규 역시 숨을 헐떡이며 말했다.

"누가 쥐방울이야? 난 아니라고!"

남자가 악을 썼다.

"다들 그렇게 말하지."

미리는 쥐방울의 후드를 벗겨 냈다. 삼십 대쯤으로 보이는 남자가 얼굴을 드러냈다. 넘어지면서 다친 듯 코피를 흘리고 있었다.

"난 아니라고! 나, 경찰이야. 경찰!"

"뭐?"

순간 머릿속이 멍해졌다.

"그, 그럼 왜 도망갔어?"

"쓰레기 몰래 버리려다가 당신한테 걸려서 쪽팔려서 그랬다, 왜? 확인해 보면 될 거 아냐. 이쪽 지구대에 확인해 보라고!"

69

욱신욱신.

아팠다. 발이 아팠다. 미리는 그제야 발에서 피가 흐른다는 사실을 깨달았다. 통증이 몰려 왔다. 슬리퍼 없이 달려온 왼발은 피투성이였다.

"저… 아주머니. 아무래도 진짜 거 같은데 일단 놓아 주죠."

광규의 말에도 미리는 아무런 생각을 할 수 없었다. 힘이 쭉 빠져서 버팀목이 날아간 텐트처럼 풀썩 주저앉을 뿐이었다.

멀리서 사이렌 소리가 들렸다.

"내가 당신들 가만두나 봐. 아오, 아파."

남자는 일어나 앉더니 씩씩거렸다. 남자의 운동복 무릎 부분이 찢어져 너덜거렸다. 남자도 꽤 많이 다친 듯했다.

그러게 왜 후드를 쓰고 도망 다니니?

그렇게 묻고 싶었지만 입이 떨어지지 않았다. 한심하다는 표정으로 잔뜩 비웃던 남편의 얼굴이 생각나 미리는 눈을 질끈 감았다.

오늘은 노골이었다.

아니, 자책골이었다.

생각보다 가까이서 사이렌 소리가 들렸다.

남편이 사이렌을 켠 채 귀가할 리는 없을 텐데 이상하다, 생각하던 차에 전화가 왔다.

"내다. 내 지금 들어간다."

남편이었다.

놀란 경자가 뭘 더 물어보기도 전에 전화는 끊어졌다. 경찰 아내는 사이렌 소리만 들어도 마음이 무너진다. 특히 강력계 형사를 남편으로 두었다면 늘 만일의 사태에 대비한 채 살아가는 자신을 발견하게 된다.

잠시 후 문을 여는 둔탁한 소리가 들리며 남편이 들어왔다.

"아따. 이 아파트에도 이상한 아지매 많네."

남편은 신발을 벗으면서부터 툴툴거렸다.

"왜요? 무슨 일 있었어요?"

"그 와, 요 아파트에 최 형사 안 있나? 내 후배. 금마 그거를 쥐방울인가 뭔가로 오해를 해 가꼬…. 장난이 아니다, 장난이. 최 형사는 지금 코뼈가 부러지고 아주 마 빙신이 됐다. 쪽도 팔리고. 어데서 그런 아줌마가 갑자기 툭 튀어나와서…. 뭐어? 탐정? 하아. 지나가던 개가 웃겠네."

경자는 뜨끔했다. 남편이 오면 보여 주려고 트렌치코트에 스카프까지 두르고 있었던 것이다. 선글라스는 풍성한 파마머리 위에 살포시 얹어 두었다.

다행히 남편은 투덜거리며 들어오느라 아직 경자를 보지 못했다. 이대로 씻으러 들어간다면 그 사이에 갈아입을 수….

"뭔데?"

남편, 강식이 물었다.

"뭐, 뭐가?"

경자는 일부러 등을 돌려 이미 씻어 놓았던 그릇 몇 개를 다시 씻기 시작했다.

"와 그래 빼입고 있는데? 어디 가나?"

"가긴 어딜 가. 그냥 분위기 한번 내 봤어."

"분위기는 지랄! 남편은 더워 죽겠는데 니는 이 날씨에 코트가 입고 싶나? 얼씨구. 선글라스? 스카프? 가만…. 어디서 많이 본 것 같은데? 내가 방금 전에도 비슷한 옷 입은 여자 보고 미친년이라고 했는데. 너 혹시?"

"맞아. 나도 그거야!"

경자는 물 묻은 손으로 다짜고짜 강식의 손을 잡았다.

"아이고. 깜짝이야! 그거라니? 니가 뭔데?"

"탐정."

"탐정?"

"나 그거 하고 싶어. 아니, 할 거야. 우리가 쥐방울 잡으려고. 할 수 있어!"

"하아. 아까 그 여자하고 똑같은 거네! 둘이 친구가? 아이믄 뭐 사이비 종교라도 되나? 탐정이 누구 집 애새끼 이름이가? 그 쥐방울이 너거 같은 아지매들한테 잡혀 준다고? 쓸데없는 소리 하지 말고 야식이나 내온나."

강식은 경자를 제대로 보지도 않고 화장실로 들어가 버렸다. 경자는 말없이 선글라스를 내려놓고 스카프를 풀었다. 맞는 말이기는 했다. 더럽게 맞는 말. 형사 앞에서 탐정이 될 거라고 주름을 잡았으니 눈치 없는 번데기가 맞다. 그래도 한 번쯤은 진지하게 들어 주면 좋았을걸. 경자는 못내 섭섭해 울음이 나오려는 걸 꾹 참았다.

우는 걸 들키기라도 하면 또 잔소리가 날아오리라.

"야식!"

강식이 화장실에서 외쳤다.

"알았어요."

경자가 말했다.

"너는 먹으면 안 된다!"

강식의 마지막 말에, 어묵탕을 하려던 경자는 마음을 바꿔 컵라면 물만 데우기 시작했다. 트렌치코트는 여전히 입고 있었다. 그것마저 당장 벗어 버리면 너무 서글플 것 같아서.

전기 포트에서 라면 물이 끓기 시작했다.

그 소리에 맞춰 경자는 조금 울었다.

그 남자 2

예상외의 상황은 언제나 일어나는 법이다.

남자는 다시 한번 그 사실을 깨달았다. 처음에 소동이 일어났을 때는 무슨 일인지 파악하지 못했다.

주위가 시끄러웠고 누군가가 소리를 지르기 시작했다.

불이라도 난 건가?

하지만 아니었다. 불이었다면 오히려 더 골치 아팠을 것이다. 제복 입은 사람들이 며칠간은 들락날락할 테니까. 그 며칠을 참는다는 것은 지금의 남자에게는 불가능한 일이었다.

굶주림.

거대하고 포악한 굶주림이 남자의 생각을 지배하고 머릿속을 헤집어 놓고 있었다. 그 뜨거운 욕구가 남자를 자꾸만 바깥으로 내몰았다. 오늘이 디데이였다. 바로 그날, 욕구를 잠재우고 마음껏 포식하는 날.

초저녁부터 매복했다. 성실하고 끈기 넘치는 표범처럼. 조용히 앉아서 때를 노렸다. 시간을 흘려보내는 건 남자에게 매우

쉬운 일이었다. 게을러빠진 해가 완전히 넘어가서야 남자는 비로소 평온함을 느꼈다. 심장이 두근거렸다. 예상대로라면, 아니 거의 확실하게 먹잇감이 지나갈 시간이 가까워져 오고 있었다. 시계 같은 것은 보지 않아도 알 수 있다.

그런데 그 사건이 터진 것이다.

하필이면 소동은 점점 가까워졌다. 마치 보이지 않는 어떤 악의가 작용해서 자신의 계획을 방해하려 드는 것 같았다.

안 돼! 안 된다고!

남자는 고함이라도 지르고 싶었다. 이곳으로 오지 말라고, 이곳은 내 사냥터라고.

결국 남자는 기지를 발휘했다. 순발력 있게 행동하지 않았더라면 정말로 곤란할 뻔했다. 남자는 간단하게 사건을 해결하고 자리를 떴다. 뒤도 돌아보지 않았다. 소동의 주인공인 듯한 여자와 눈이 마주쳤지만 신경 쓰지 않았다. 남자는 자신의 장점을 잘 알았다. '그'도 칭찬하지 않았던가.

당신은 정말 평범하다고.

길에서 다시 마주친다고 해도 못 알아볼 거라고.

남자는 소동이 가라앉길 기다린 후 다시 매복 장소로 향했다. 사이렌의 여운이 여전히 남아 있는 듯해 찜찜했지만 포기할 수는 없었다. 오늘도 욕구를 채우지 못한다면 무슨 짓을 할지 몰랐다.

다행히 목표물이 나타나기까지는 시간이 좀 남았다.

십 분, 삼십 분, 한 시간….

드디어 열한 시가 되었다.

목표물은 퇴근을 한 후 늦게까지 운동을 한다. 그리고는 열한 시에 이 지점을 지나 자신의 집으로 향한다.

나타났다!

목표물이 보였다. 남자가 좋아하는 스타일의 여자였다. 건강미가 넘치면서도 조용해 보이는 여자. 비교적 아담한 체구라 집으로 끌고 가기에도 안성맞춤이었다. 그야말로 완벽한 사냥감이었다.

여자는 귀에 이어폰을 꽂고 주머니에 손을 넣은 채 걸어왔다.

아파트 뒤편의 어두운 길. 원래 하나 있던 가로등은 남자가 깨 버렸다. 어두운 편이 사냥하기에 훨씬 좋았다. 여자는 원래 겁이 없는지, 아니면 익숙한 길이라 경계심을 품지 않은 건지 주위를 살피지도 않은 채 휙휙 걸음을 옮겼다.

남자는 여자가 지나간 후 숨어 있던 전기배선실 안에서 나왔다. 인기척을 느꼈는지 여자가 고개를 돌렸다. 남자는 핸드폰을 들어 통화하는 척했다.

"응. 아빠가 지금 치킨 사 가고 있어. 조금만 기다려."

남자는 한쪽 손에 치킨 봉투를 들고 있었다. 완벽한 위장이자 기막힌 소품이었다. 치킨을 들고 집으로 향하는 가장. 여자들은 남자의 모습을 보며 한 번도 의심을 품지 않았다.

이번 여자도 마찬가지였다. 남자를 슬쩍 쳐다봤을 뿐 다시 고개를 돌리고 평소의 보폭을 유지했다.

남자는 계속해서 통화하는 척하며 발걸음을 빨리했다.

"그래. 다 와 간다니까. 아빠도 보고 싶어. 응."

핸드폰 너머에는 지독히 어둡고 깊은 침묵만 맴돌 뿐이었다. 아무도 대꾸해 주지 않는 세계.

남자는 자신의 목소리를 똑똑히 들으며 여자를 향해 맹렬히 다가갔다.

목표물과의 거리가 2미터쯤 됐을까, 여자가 갑자기 고개를 돌렸다. 감이 좋은 여자였다. 그러나 남자가 조금 더 빨랐다.

치킨 봉투에서 수건을 빼낸 뒤 곧바로 여자의 코에 가져다 댔다. 클로로포름을 듬뿍 적신 수건이었다.

"욱!"

여자는 반항 한 번 해 보지 못한 채 정신을 잃었다. 남자는 쓰러지려는 여자를 재빨리 안았다. 여자의 작은 몸이 남자 품 안에 쏙 들어왔다. 그야말로, 알맞은 사냥감이었다.

남자는 여자를 부축하며 걷기 시작했다. 여자는 꼭 술에 취한 사람 같았다. 남자는 그런 여자를 자상하게 보살피는 남자친구였다. 아니면 남편이거나.

역시 아주 좋은 방법을 쓰시는군요. 훌륭합니다.

그에게 자신의 사냥법에 대해 말했을 때 그런 칭찬을 받았다. 그가 인정을 해 주니 더욱 기뻤다. 자신이 틀리지 않았다는 사실을 알 수 있었다.

나는 틀리지 않았어.

나는 틀리지 않았어.

남자는 두 번, 세 번 되뇌며 걸음을 옮겼다. 여자의 무게가
어깨에 쏠렸다. 그 느낌만으로도 남자는 맹렬히 흥분했다.

무려 넉 달 만이었다.

오늘 밤은 자지 못할 것이다.

아주 길고 긴 밤이 될 것이다.

정말이지 황홀한 밤이 될 것이다.

포식의 밤.

흙냄새와 꽃향기

다음 날 다시 모인 네 명은 다들 표정이 그리 좋지 못했다. 특히 밤새 한숨도 못 잔 미리는 수분 빠진 오이 같은 몰골이었다. 눈을 감으면 사이렌 소리가 들렸다. 원망 어린 시선으로 자신을 바라보던 그 경찰의 얼굴도 떠올랐다. 가장 짜증이 나는 건 남편의 경멸 어린 비웃음이었다.

그러게 내가 뭐랬어.

남편은 그렇게 말하는 것 같았다.

"그러게 그 인간은 왜 쓰레기 무단 투기를 하고 지랄이야. 경찰이라는 새끼가."

미리가 중얼거리자 지현이 혀를 끌끌 찼다.

"그래도 그만하기 다행이다. 그 경찰이 진짜 고소라도 했어 봐. 골치 아파지지."

"그쪽도 잘한 거 없으니까요."

"그러게 겁도 없이 혼자 쫓아가서 어쩌려고 했어?"

"혼자 아니었다니까요."

"그 말라깽이 양반이 무슨 도움이 된다고."

미리는 한숨을 푹 쉰 후 입을 닫았다.

"아이고. 어쨌든 고생했다."

지현은 잘 내놓지 않는 백 퍼센트 오렌지 주스를 가지고 와세 사람에게 돌렸다. 그러는 지현의 표정 역시 어둡기는 마찬가지였다.

"말도 마. 우리 남편은 내 꼴 보고 어찌나 뭐라고 하던지."

경자가 주스를 꿀꺽꿀꺽 마시며 말했다.

"사실은 나도 수모를 당했어. 이놈의 영감탱이가 뭐라 그러는지 알아?"

지현이 걸걸한 목소리로 말하자 모두 주스를 내려놓고 다음 말을 기다렸다.

"노망났어? 이러는 거 있지."

"너무했네. 사장님이 그렇게 말하면 안 되지!"

경자가 격하게 반응했다. 목소리가 슈퍼 전체에 우렁우렁 울려 퍼졌다. 그 속에는 자기 남편에 대한 분노도 담겨 있었다.

"넌, 넌 괜찮았어?"

미리가 소희에게 물었다. 소희는 고개를 저었다.

"전 아직 말씀도 못 드렸어요. 엄두가 안 나서."

소희는 부모님과 함께 산다. 대학교 1학년 때 만난 한 학년 위의 남자 선배와 사귀던 중에 덜컥 임신을 해 버렸다. 남자친구는 아이를 지우라고 했다. 소희도 처음에는 같은 생각이었다.

"실수였잖아. 실수니까 돌이킬 수 있는 거야."

남자친구가 그렇게 말했을 때 비로소 이상한 기분이 들었다.

왜 실수라고 표현하는 걸까?

실수라면, 누가 실수를 한 걸까?

실수라면, 내 배 속의 이 아이는 왜 하필 내게로 온 걸까?

소희는 남자친구 몰래 병원에 갔다. 초음파 사진 속에는 손가락 한 마디도 안 되는 조그마한 생명체가 웅크리고 있었다. 그걸 본 순간 소희의 마음이 무너졌다. 자신이야말로 큰 실수를 할 뻔했다는 사실을 깨달았다.

소희는 남자친구에게 낙태 대신 결혼을 하지 않겠느냐고 물었다. 돌아온 대답은 어학연수였다. 캐나다로 어학연수를 가게 되었다며 일방적인 이별을 통보했다.

"너 그 애 안 지우면 싱글맘 되는 거야. 알아?"

평소의 소희였다면 울고불고 붙잡을 만도 한데 그때는 이상할 정도로 냉정하고 차분했다.

"그래. 너 같은 새끼랑 같이 사는 것보다 싱글맘이 될게."

우는 대신에 시원하게 한 방 쏘아 줬다. 소희는 그 길로 휴학을 하고 집에 들어갔다. 집에서는 당연히 난리가 났다. 대학에 들어가 자취를 시작한 딸이 임신을 해서 돌아왔으니 그럴 법도 했다. 소희는 부모님의 거듭된 추궁에도 아빠가 누구인지 밝히지 않았다.

그리고 철이가 태어났다. 그게 2년 전이었다. 소희는 아침에는 다른 언니들과 함께 인형 눈 붙이기를 하고 밤부터 새벽까지는 편의점에서 아르바이트를 했다. 누구보다도 열심히 살았다. 철이를 키우면서 몇 년 안에 독립을 하려면 돈을 모으는 수밖에 없었다. 지금 소희의 소원은 아들 철이를 남부럽지 않게 키우는 것, 단지 그것 하나였다.

"그래. 천천히 말씀드리면 되지."

누구보다 소희의 사정을 잘 알고 있는 경자가 손등을 톡톡 두드려 줬다.

"그나저나 이제 어째?"

지현이 물었다.

"어쩌긴요. 이렇게 된 이상 끝까지 해야죠!"

미리는 포기하고 싶지 않았다. 결혼 후 처음으로 뭔가를 하고 싶었고, 이 순간을 놓친다면 끝없는 우울의 늪에서 헤어 나오지 못할 것 같았다.

"나도 포기하고 싶진 않아."

경자가 말했다. 경자 역시 미리와 비슷한 마음이었다. 어제까지만 해도 사실 반신반의였는데 남편에게 비웃음을 산 게 오히려 의욕이 불타오르는 계기가 되었다.

"저도요. 최대한 시간을 내 볼게요. 철이를 데리고도 할 수 있는 일이 있으면 시켜 주세요."

소희도 말했다.

"어휴. 다들 젊어서 좋구나."

지현이 말했다.

"언니는 안 할 거야?"

미리가 물었다.

"안 하긴. 내가 쥐방울 꼭 잡아서 우리 영감 코를 납작하게 해 줄 거야! 아주 그냥 얼굴도 못 들고 다니게 해 줘야지."

"와! 역시 제일 야망이 큰 건 우리 지현 언니네."

경자가 호탕하게 웃었다.

"좋아. 그럼 다들 포기 안 한 거다?"

미리가 다시 한번 물었고 모두 고개를 끄덕였다.

"그런데 왜 트렌치코트는 나만 입고 온 거야?"

미리의 두 번째 질문에는 아무도 고개를 끄덕이지 않았다.

"그러니까 안 된다고요. 참 답답하시네."

광규는 정말로 답답한 표정이었다. 워낙에 빈상이라 조금만 얼굴을 찡그려도 억울하고 답답해 보이는 것이 이 경비 책임자의 장점이자 단점이었다.

"개인정보라고요, 개인정보. 옛날에는 모르겠는데 요즘은 이런 거 알려 주면 큰일 나요."

"그러니까 무턱대고 가르쳐 달라는 게 아니잖아요."

"어휴. 아주머니는 좀 가만히 있어요. 어젯밤 일 생각하면…."

광규가 미리를 보며 말했다.

"내가 어제 그때가 딱 인수인계 타이밍이었는데 잘못 걸려 가지고. 덕분에 한숨도 못 자고 또 일하러 나왔잖아요. 내가 정말 얼굴 팔려서. 왠지 이상하다고 했어, 왠지."

말이 많은 것 또한 광규의 장점이자 단점이었다.

"다 잘해 보려고 그런 거잖아요. 솔직히 말해서 누구 잘못이에요?"

미리가 물었다.

"뭐가요?"

"쥐방울이 설치고 다니는 거, 누구 잘못이냐고요?"

"그게 내 책임입니까? 내가 쥐방울이에요! 나, 난 그 뭐냐, 충분히 크다고요. 충분히!"

"지금 그 이야기를 하는 게 아니잖아요. 경비 책임자님 탓을 하는 것도 아니고. 아파트 시스템 문제잖아요, 시스템. 안 그래요?"

"그, 그렇긴 하죠."

"경비원이 부족하니까 순찰도 자주 못 돌고 CCTV 수도 턱없이 모자라잖아요."

"그렇게 계속 바른말만 말씀하시면 저도 곤란하죠."

"그러니까 도와주세요. 만약에 쥐방울 잡으면 경비 책임자님께도 공이 돌아갈 거예요. 저희들이 어디 가만있겠어요? 그러면 혹시 알아요? 뉴스에도 나오고 인터넷에도 나오고 하실지."

"정말 그럴까요?"

"도와주신다면!"

미리는 광규를 뚫어져라 바라봤다. 현지가 떼를 쓸 때 써먹는 방법이었다. 역시 광규에게도 효과가 있었다. 슬그머니 눈을 내린 광규는 가운데가 훌렁 까진 머리를 긁적이며 우는 소리를 했다.

"하아. 이거 관리소장이 알면 난리칠 텐데."

"이것만 해 주시면 돼요. 쥐방울 피해자들 세대마다 인터폰을 하셔서 새로 수사를 시작했는데 만나 볼 의향이 있느냐, 이번에는 여자들한테 이야기를 하면 된다, 이렇게 말 좀 해 주세요. 그래서 하겠다는 사람 나오면 알려 주시고. 은혜는 꼭 갚을게요!"

"알겠습니다, 알겠는데 저한테 불똥 튀는 건 아니죠?"

광규가 거듭 확인을 하고 나섰다.

"책임은 우리가 지고 은혜는 책임자님이!"

경자가 평강교회 집사다운 말투로 광규를 설득했다.

"알겠습니다! 그럼 인터폰 돌려 보고 연락드릴게요."

광규의 말을 들은 네 사람은 일단 광선슈퍼로 돌아가기로 했다. 자칭 명탐정이자, 초여름 더위에도 꿋꿋하게 트렌치코트를 걸치고 다니는 인내력의 소유자 공미리가 쥐방울의 특성에 대해 강의할 시간이었다.

"내가 본 수백 권의 책에 따르면…."

미리는 거기까지 말하고 좌중을 둘러봤다. 좌중이라 해 봐야

세 명뿐이었지만 다른 사람 앞에서 이야기를 하는 게 기분이 나쁘지만은 않았다.

"…쥐방울은 개똥같이 비겁한 놈이라 할 수 있습니다."

"너무 당연한 이야기 아니야?"

경자가 물었다.

"그 당연한 이야기 속에 답이 있어."

미리가 말했다.

수백 권의 책이라고 했지만 그 대부분은 추리 소설이었다. 탐정이 되지 못한 이상 지금까지의 미리는 추리 소설 읽는 것을 유일한 낙으로 삼아 왔다. 추리 소설 속에는 기상천외한 도둑부터 잔악무도한 살인마까지 다양한 범죄자들이 등장했다.

"그런 책에 보면 쥐방울 같은 성추행범은 주인공으로 등장하질 않거든."

"에이. 당연히 성추행범은 그 뭐냐, 주인공으로 하긴 좀 약하잖아요. 지질해 보이고."

소희가 말했다.

"바로 그거야! 성추행범들은 대부분 지질하다는 게 우리의 당연한 인식이지! 그리고 그건 상당한 근거를 가지고 있고."

"우리 남편도 그런 이야긴 하더라고. 쥐방울은 성적 능력이 떨어질 거라고."

"내 생각도 같아. 쥐방울은 정상적인 환경에서는 제대로 된 성생활을 못할 거야. 발기가 안 된다거나, 목격자들의 증언처럼 그게 너무 작아서 콤플렉스를 가지고 있다거나. 어쩌면 둘 다일 수도."

"그게 무슨 뜻이야? 그래서 쥐방울은 어떤 놈인 거야? 미친 놈? 변태?"

지현이 어린이용 셜록 홈즈 전집을 뒤적이며 물었다. 아침에 미리가 빌려준 것들이었다.

"아주 좋은 질문이야. 지금부터 그 이야기를 할게. 단순히 발기불능이라고 생각하는 건 추리도 뭣도 아니야. 성적 능력이 떨어지기 때문에 어떤 인간이 되었는지를 추리해 볼 필요가 있어. 그러자면 우리가 알고 있는 몇 가지 정보를 다시 검토해 봐야 해."

"어떤 정보들이 있었죠?"

소희가 물었다.

"거기가 작고, 신장도 작고, 몸집도 왜소해. 평균 이하라고 보면 될 거야. 아마 말수도 적고 조용한 성격일 거야. 주위 사람들은 쥐방울이 그런 짓을 한다고는 상상도 못할 거고. 그만큼 존재감이 약하거나 무리에서 겉도는 성격일 테지. 부드럽고 착한 사람이라는 말도 들을 거야, 어쩌면."

"그렇게 생각하니까 진짜 끔찍하다. 그냥 어디에나 있는 조용한 젊은 남자 한 명이 그러는 거잖아."

경자가 말했다.

"조용한 젊은 괴물이지. 일반 남자들이랑 이런 놈은 다른 거야. 어디에나 있다고 생각해 버리면 평범한 남자의 일탈 정도로만 생각하게 돼. 하지만 그게 아니거든. 어디까지나 심각한 범죄고 마땅한 처벌을 받아야 해. 여자들 앞에서 자기 고추를 드러내고 자위하는 건 그냥 성추행이 아니라 성폭력이라고. 더 심각한 범죄로 발전할 여지도 충분하고."

"실제로도 그렇다며. 더 심해진다며?"

지현의 물음에 미리는 고개를 끄덕였다.

"최근 사례들이 다 그래요."

"아이고, 그런 인간들은 천벌 같은 거 안 받나 몰라. 죽고 벌받아야 할 인간들은 많은데 다들 멀쩡하게 돌아다니고 있으니. 쯧쯧."

"쥐방울한테 우리가 천벌을 내리면 되죠. 하나님 대신."

경자가 말했다.

"쥐방울은 직업이 뭘까요?"

소희가 물었다.

"아마 일정하지 않을 거야. 일정하다면 그렇게 다양한 시간대에 나타날 수가 없어. 초저녁에도 한밤에도 단지를 어슬렁거리니까. 비교적 느슨한 아르바이트나 일용직일 거야. 아예 돈을 안 버는 백수는 아니고. 쥐방울이 백수였다면 조금 더 내밀한 변태 행위를 즐겼을 거야. 지금처럼 자신의 변태 성향을 드러낸다는 건 어느 정도 사회적 경험이 있기 때문일 거란 생각이 들어. 고독하게 살아가긴 해도 사회와의 접점이 아예 없는 건 아니라는 거지."

"아이고 어렵네. 그런 인간을 어째 딱 찾을까?"

지현이 혼잣말처럼 중얼거렸다.

"어렵지. 어렵지만 완전히 불가능한 건 아니야, 언니. 이삼십 대의 작고 마른 남성, 조용한 성격, 일정한 직업 없이 아르바이트 등으로 수입을 얻음. 이 정도로 요약해 볼 수 있는데 여기서 한 가지를 더 추가할 수가 있거든. 내 생각엔 그 한 가지가 패커. 경찰은 아마 여기까진 생각을 안 했을 거야."

"한 가지?"

"쥐방울은 처음부터 우리 아파트에 살았던 게 아냐. 아마 범행을 저지르기 시작하면서부터, 아니 우리 아파트를 알게 되면서부터 범행을 시작했을 거야. 그러니까 첫 사건이 있었던 3월부터 지금까지 이사 온 사람 중 수상한 남자를 찾으면 되는 거지. 알다시피, 우리 아파트엔 이사 오는 경우가 그렇게 많지 않잖아?"

"엥? 어떻게 확신을 해?"

경자가 물었다.

미리는 잠시 생각에 빠졌다.

어떻게 설명하면 좋을까?

단순히 감이라고 말한다면 코웃음을 칠까?

어젯밤, 잠들지 못하고 서성이는 동안 쥐방울에 대한 자료를 읽고 또 읽었다. 대부분 인터넷에서 검색한 기사들이었다. 그것들을 읽어 내려가는 동안 쥐방울이라는 사내의 이미지가 머릿속에 그려졌다. 아주 전형적인 모습이었다. 도무지 살아 있는 인간 같지 않았다. 만화나 영화에 등장하는 전형적인 변태 그 이상도 이하도 아니었다.

그러던 중에 피해자 한 명의 인터뷰를 보게 되었다. 별다를 것 없는 내용이었지만 마지막 한마디가 인상적이었다.

"그 남자가 긴장하는 표정을 짓더니 그대로 도망가 버렸어요."

피해자는 4월 초에 쥐방울을 만났다. 비교적 초기였다. 피해자의 말에 따르면 쥐방울은 깨진 가로등 뒤에서 불쑥 튀어나와서는 성기를 꺼내다가 눈이 정면으로 마주치자 긴장하며 도망갔다고 한다.

긴장.

그 단어 하나가 마른 가시처럼 목에 걸렸다.

너는 왜 긴장했니?

쥐방울에게 물었다.

대답은 돌아오지 않았지만 반듯했던 그 이미지에 비로소 균열이 일었다. 이제야 사람 같아 보였다. 감이 왔다. 3월 말, 봄의 온기가 이제 막 도달할 무렵 쥐방울은 태어나서 처음으로 그 짓을 했던 거였다. 여자가 보는 앞에서 성기를 꺼내는 짓.

초보자였으니 긴장할 수밖에. 안 그래?

이번에도 대답 없는 질문이었다.

경자의 말에 따르면 경찰은 관련 전과가 있는 사람들 중 광선동이나 광선주공아파트 거주자를 우선으로 조사를 했다고 한다. 경찰이 생각한 경우의 수에는 초범이 없었다. 워낙 능숙하고 대담하게 행동했기에 아마 그랬으리라. 하지만….

능숙하고 대담해 보였던 건 오히려 아무것도 몰랐기에 그랬던 것 아닐까?

미리는 그런 가설을 세웠다. 생각이 거기까지 미치자 또 다른 감이 마치 기다렸다는 듯 머리를 강타했다.

그렇다면 쥐방울은 왜 범죄를 시작하게 되었는가?

변태적 취향이 갑자기 폭발했을 리는 없다. 화산처럼 우르르 쾅쾅 요동을 치다가 어떤 계기로 터져 버린 게 틀림없었다. 무언가가 스위치를 누른 것이다. 충동질을 해댄 것이다.

그 무언가가 광선주공아파트의 허술한 경비 시스템, 작동하지 않는 CCTV, 깨진 가로등, 낡은 엘리베이터와 인적 드문 놀이터였다면?

쥐방울은 광선주공아파트라는 허름하고 취약한 공간과 마주한 뒤 비로소 변태의 길을 걷기 시작했는지도 모른다.

이런 곳이라면 한번 해 볼 만한데?

쥐방울이 설레는 마음을 안고 아파트 단지 곳곳을 돌아다니는 모습이 눈앞에 선명하게 그려졌다.

"…그래서 쥐방울이 이사를 온 거라고 생각한 거야. 이사와 동시에 쥐방울의 변태적 성향이 폭발한 거지."

미리는 자신의 감에 대해 설명한 후 덧붙였다.

"와… 그러면 누가 언제 이사를 왔는지부터 알아야겠네. 3월 말에 시작된 거니까 넉넉하게 1월에 이사 온 세대부터 잡으면 될까?"

경자의 말에 미리는 고개를 끄덕였다.

"1월부터 3월 사이쯤이 될 거야. 어차피 한겨울엔 이사를 잘 안 하니까 몇 건 없을 거고."

"근데 그것도 잘 안 알려 주려고 할 텐데."

지현이 말했다.

"경비실이나 관리실에 요청해 보고 안 된다고 하면 각 라인 반장들한테 일일이 물어봐야죠. 일단은 경비 책임자 연락을 기다려요. 피해자들 인터뷰가 제일 중요하니까."

미리가 말했다.

"빨리 연락을 줘야 할 텐데 경비 책임자가 워낙에 일 처리를 못해서…. 쯧쯧."

지현이 혀를 차며 《바스커빌 가문의 개》를 읽기 시작했다. 노안용 안경을 쓴 지현의 모습은 셜록 홈즈보다는 미스 마플 쪽에 가까워 보였다.

"그러면 마지막으로 임무 분담을 하죠."

미리가 기나긴 강의를 끝내며 말했다.

"하긴. 피해자들 집에 우르르 몰려가면 그것도 민폐긴 해."

경자가 말했다.

"그래서 생각한 건데 경자 언니랑 제가 인터뷰를 맡고, 지현 언니랑 소회가 CCTV 분석을 좀 맡아 주면 어떨까 싶어."

미리의 말에 지현이 고개를 들었다.

"CCTV 분석은 뭐 하는 거야?"

"경비실에 있는 CCTV를 보면서 쥐방울의 행동 패턴을 파악하는 거죠. 대략 몇 시쯤 나타나고 주로 어디에서 활동하는가 정도를 체크해 주시면 될 것 같아요."

"알겠어요, 언니. 전 시간이 많이 없으니까 그쪽이 훨씬 나을 것 같아요."

"나도 뭐, TV 보는 게 취미니까. 이거나 그거나 같겠지."

"언니는 인터뷰 괜찮아?"

미리가 경자에게 물었다.

"질문은 네가 하는 거지?"

"응."

"그럼 나도 오케이."

"좋아요. 그러면 경비 책임자 연락을 기다렸다가 내일부터 각자 임무를 수행하죠. 물론 모든 게 순조롭게 풀린다면."

"오늘은 끝난 거지?"

경자가 물었다.

"네. 일단은."

"그럼… 점심 먹으러 가자!"

경자가 말했고 반대하는 이는 아무도 없었다. 미리가 벌떡 일어났을 뿐이었다.

"넌 밥 안 먹어? 어디 가려고?"

경자가 눈이 동그래져서 물었다.

"아니. 트렌치코트 좀 벗으려고. 더워서 뒤지겠어."

미리가 말했다.

경비 책임자인 광규가 연락을 해 온 것은 그날 밤 늦게였다. 근무 교대를 하고 깜박 잠이 드는 바람에 전화할 타이밍을 놓쳤다는 변명과 함께 광규는 좋은 소식을 전해 왔다.

"세 분 정도가 하시겠답니다. 모두 내일 시간이 된다고 하는데 다들 어디서 나와서 물어보는 거냐고 하더라고요. 그걸 둘러대느라고 아주 혼났습니다. 일단 아파트 자치회라고는 이야기했고요. 부녀회라고 하면 나중에 괜히 시끄러울까 봐…."

"알겠습니다."

적절한 때 끊지 않으면 광규는 끝없이 이야기할 사람이었다.

"정말 감사합니다. 내일 오전에 경비실 찾아갈 테니 그때 동이랑 호수 좀 알려 주세요."

"그러시지요. 그런데 정말로 하실 겁니까?"

"뭘요?"

"쥐방울 잡는 거. 제가 아주머니 하시는 걸 봐서 참 강단 있다 생각은 하지만 그게 보통 일은 아니잖아요. 범죄자라고요. 범죄자. 그게 아무리 작다 그래도 남자고. 어떤 식으로 잡으려는진 모르겠지만 험한 꼴 당할까 봐 걱정돼서 이런 말씀 드리는 겁니다. 저야 그런 놈 잡히면 좋죠. 욕도 덜 먹을 거고. 근데….”

“걱정해 주셔서 고마워요.”

미리는 광규가 생각했던 것처럼 무책임한 사람은 아닐지도 모른다고 생각했다. 말이 많은 건 사실이었지만.

“저희 모두 무모하게 덤벼들진 않아요. 다들 가족이 있거든요.”

미리는 그렇게 말하고 전화를 끊었다.

거실에서 축구 중계 소리가 희미하게 들렸다. 선풍기 돌아가는 소리도. 게으른 바다코끼리처럼 소파 위에 드러누운 남편을 생각하자 가슴이 답답해지기 시작했다. 심장이 뛰고 머리가 아파 왔다. 그제야 미리는 오늘 하루 종일 약을 한 번도 안 먹었다는 사실을 떠올렸다.

화장대 깊숙한 곳에서 약을 꺼내 물도 없이 꿀꺽 삼켰다. 약을 먹었다는 사실만으로도 조금 진정이 되는 것 같았다. 문득문득 우울감과 불안감이 찾아온다. 한창 심할 때보다는 빈도가 줄었지만 여전히 적응은 안 된다. 불청객은 늘 초인종도 누르지 않고 들어오는 법이니까.

본격적으로 우울증이 발병한 지는 1년이 조금 넘었다. 처음에는 체력이 떨어진 거라고 생각했다. 온몸이 나른했고 만사가 귀찮았다. 아침에 일어나 딸과 남편을 챙기는 것이 죽을 만큼 힘들었다. 사 놓고 처박아 두기만 했던 영양제를 챙겨 먹어 봤지만 별 소용이 없었다.

비슷한 시기에 불면증도 같이 찾아왔다. 둘은, 그러니까 빌어먹을 우울증과 우라질 불면증은 사이좋은 한 쌍이었고 운명공동체였으며 지독하기로는 둘째가라면 서러워할 악질 콤비였다. 우울해서 잠을 못 자고, 잠을 못 자니 더욱 우울해졌다. 할 수 없이 약국에서 수면유도제를 사서 먹었는데 어느 날 정신을 차리고 보니 반 통 가까이를 한꺼번에 털어 넣고 있었다. 그즈음부터 병원에 다니기 시작했다.

사실 선택지는 많았다. 그중에서 가장 효과적인 것은 자살이지 싶었다. 깔끔하고, 깨끗하게 생을 마감하는 것. 지지부진하게 살아 봐야 좋은 날이 올 것 같지도 않았다. 그래도 버텼던 이유는 딸 때문이다. 딸이 없었다면 진즉에 죽었거나 누군가를, 아마도 남편이겠지만 하여간 죽였으리라.

미리는 시간을 확인했다. 저녁 8시. 아직 그리 늦은 시간은 아니었다.

잠시 망설이던 미리는 핸드폰으로 전화를 걸었다. 힘들 때면 언제라도 연락하라는 말을 듣긴 했지만 개인적으로 전화를 거는 것은 이번이 처음이었다.

"여보세요?"

박도진 선생은 금세 전화를 받았다.

"선생님. 저예요. 공미리."

미리는 잠시 숨을 고른 후 천천히 말했다.

"아! 공미리 씨."

박도진의 목소리에서 반가움이 묻어났다.

"병원은 이미 끝났을 텐데 이렇게 연락드려서 죄송해요. 가슴이 너무 답답한 상황이었는데 말할 사람이 없었거든요."

"잘하셨어요. 마침 저도 아직 퇴근을 안 했습니다. 약속이 있거든요. 말씀 들어 보니까 약 거르셨구나, 맞죠? 하하."

정곡을 찔린 미리는 아무 말도 할 수가 없었다. 박도진 선생은 누가 정신과 의사 아니랄까 봐 가끔 폐부를 찌르는 말을 한다. 그것도 태연하게 웃으면서. 악의가 전혀 없는 그 웃음을 보고 있으면 미리까지 덩달아 웃음이 나왔다.

"약을 먹으면 멍해지니까요. 말씀드렸죠? 이제부터 본격적인 탐정 일을 시작한다고. 그래서 머리가 쌩쌩 돌아가지 않으면 곤란해요."

미리가 말했다.

"의사 입장에선 제 환자가 약을 드시지 않아 괴로워하는 게 더 곤란합니다. 좋아하시는 일을 하는 덴 찬성이지만요. 그리고 미리 씨는 잘하실 거예요."

"고마워요. 그렇게 말해 줘서. 주위에선 온통 말리거든요."

아니면 대놓고 비웃거나.

"정말로 그 쥐방울인지 뭔지 하는 범인을 잡고 나면 주위 시선이 싹 바뀔 겁니다. 그러면 미리 씨 상태도 한결 호전될 거고요."

"쥐방울 얘기가 나와서 말인데요, 그 인간은 어떻게 그렇게 신출귀몰한 걸까요? 제가 중고등 학생 때 봤던 변태들은 다 어디가 좀 모자라거나 그랬거든요. 쥐방울도 분명 지질한 놈이긴 한데 그래도 뭔가 달라요."

"교차로의 악마를 만난 게 아닐까요?"

"교차로의 악마요?"

"교차로에 나타나는 악마가 인간의 능력을 키워 주는 대신 영혼을 가져간다는 이야기가 있거든요. 쥐방울인가 하는 그 인간은 그저 그런 변태와는 다른 것 같다고 하셔서 드리는 말씀이에요."

"그래서 말인데요, 위험하진 않을까요?"

미리는 차마 입 밖으로 꺼내지 못했던 말을 박도진 선생에게 물었다.

확신이 없었다. 쥐방울이 그 흔한 주머니칼 하나 안 들고 다닌다는 보장도 없었다. 만약에… 만에 하나라도… 눈앞에 나타난 쥐방울이 우리를 향해 달려든다면? 생각만 해도 아찔한 일이었다.

"위험해서 하려는 거 아닙니까?"

박도진이 물었다.

미리는 이번에도 할 말을 잃었다.

이 인간은 나보다도 나를 더 잘 알아.

"저는 의사치고 온건한 사람은 아닙니다. 환자를 낫게 할 수만 있다면 여러 방법을 사용해도 된다는 주의죠. 위험한 일인지는 모르겠지만 그걸 해서 미리 씨 기분이 나아지고 우울함을 덜 수 있다면 전 적극 추천합니다. 그리고 세상에 안 위험한 일이 어디 있겠어요? 하하."

"그러네요. 안 위험한 일은 없죠. 정신과 의사도 위험한 일인가요?"

"아마도. 제 정신을 잘 챙기지 않으면 환자라는 괴물한테 먹히고 마니까요."

마지막 말은 왠지 모르게 섬뜩했다.

나도 박도진 선생에게는 괴물에 불과한 걸까?

미리는 부질없는 생각이었다는 걸 깨닫고 고개를 저었다. 어차피 모든 건 망상일 뿐이었다. 우울증에 걸린 분위기 끝내주는 여자 탐정 같은 건 추리 소설 속에서나 가능한 일이었다. 그런 여자 탐정과 담당 정신과 의사와의 로맨스는 추리 소설에도 써먹지 않을 싸구려 소재였고.

"그렇군요. 선생님과 이야기를 하니 조금 진정이 됐어요. 고마워요. 그럼⋯."

전화를 막 끊으려는데 박도진 선생의 목소리가 들렸다.

"잠깐만요!"

"네?"

"언제든 전화 주세요. 대기하고 있을 테니까."

"네. 그럴게요. 언제든."

미리는 애써 호흡을 가다듬으며 대답했다.

"그리고 걱정 마세요."

박도진 선생이 말했다.

"뭘요?"

"미리 씨는 제게 괴물이 아니니까. 걱정 말라고요."

미리는 대답을 하지 않고 전화를 끊었다. 심장이, 아까와는 다른 의미로 두근거리기 시작했다.

"골!"

거실에서 남편의 외침이 들려왔다.

아이고. 저 화상.

미리는 다시 쥐방울에 대해 생각하기 시작했다. 하지만 가끔 박도진 선생 생각이 났다. 그리 나쁘지 않은 느낌이었다.

광규는 의기양양한 표정으로 웃고 있었다. 식구들을 각각 학교와 직장으로 보내느라 한바탕 전쟁을 치르고 나온 미리와 경자보다 훨씬 더 생생한 모습이었다.

"얼굴이 좋아 보이네. 하루 사이에."

지현이 말하자 광규가 또 헤헤헤 웃었다.

"오늘 아침에 운세가 기가 막히더라고요. 귀인을 만난다는데, 혹시 몰라서 로또를 샀거든요. 근데 이게 또 감이 좋아요. 아마 다음 주에는 이 자리에 없을지도 몰라요. 하하."

"사람이 저래 살아야 하는데. 난 왜 이렇게 생각이 많을까. 아휴."

지현의 말에 경자가 쿡, 하고 웃음을 터트렸다.

"그 귀인이 우리란 거 아시죠? 좋은 일 하시는 거니까 그 로 또, 분명히 대박 날 거예요."

미리의 말에 광규의 표정이 한층 더 밝아졌다.

"아주머니들이 귀인이면 쥐방울을 잡는 거네요? 그런데요 뭐라고 불러야 합니까? 여기 네 분들 팀 이름이나 뭐 이런 거 없습니까? 어벤져스 같은 거."

광규가 물었다.

"그러고 보니 한 번도 생각해 본 적이 없네. 그냥 우리는 우리니까."

경자가 말했다.

"아이고. 남사스럽게 이름은 무슨! 그냥 주부들이 취미 생활삼아 탐정이네 뭐네 하면서 다니는 거니까 그런 거 신경 쓰지마."

지현이 말했다.

"그래도 이름이 있어야 소개를 할 거 아닙니까? 피해자들한테 취미로 탐정이네 뭐네 하면서 다니는 주부들이라고 소개할 순 없잖습니까. 안 그래요?"

광규의 말도 맞았다. 어젯밤에 광규와 박도진 선생과의 연이은 통화 후에 미리도 자신들의 정체성에 대해 고민했다. 공식적인 활동을 하려면 이름이 필요했다. 적어도 광선동 쥐방울 체포 위원회 같은 이름.

"경비 책임자님 말도 맞아요, 언니. 나도 그 고민을 하고 있었어. 적당한 이름이 없을까, 하고."

"그러면 광선슈퍼 쥐방울 퇴치 위원회는 어떨까? 줄여서 광슈쥐. 어차피 장소며 음료수까지 우리 슈퍼가 제공하는 거잖아."

농담인지 진담인지 모를 지현의 말에 광규마저 웃음을 거뒀다.

"이름이라…. 하긴, 그런 게 중요하지. 자식새끼도 이름을 잘 지어야 하니까."

경자가 중얼거렸다.

"저… 언니들. 이건 어떨까요?"

소희가 오랜만에 입을 열었다. 모두 소희를 바라봤다. 시선이 자신에게 쏠리자 소희는 부끄러운 듯 고개를 숙였다.

"괜찮아. 뭐든 말해 봐. 광슈쥐도 나왔는데."

"썩을 년."

미리의 말에 지현이 샐쭉 입술을 내밀었다.

"그냥 간단하게 주부탐정단."

"주부탐정단?"

경자가 되물었다.

"네. 입에 잘 붙잖아요. 근데 또 우리나라엔 아직 탐정이 정

식으로 인정된 건 아니니 탐정이라고 확실히 할 순 없잖아요. 그래서 동호회 느낌으로 앞에 '주부'를 붙인 거예요. 그게 우리 정체성이기도 하니까."

소희는 의외로 자기주장이 뚜렷했다. 논리적이기도 했다. 하긴 서울의 좋은 대학을 다니다가 중퇴한 엘리트였다. 평소의 자신감 없는 모습은 생활에 치여서 그런 걸지도 모른다. 미리는 앞으로 소희에게 많은 도움을 받게 될 거란 예감을 받았다.

"나는 주부탐정단 좋은데."

미리가 말했다.

"처음엔 애들 놀이처럼 들려서 좀 그랬는데 계속 발음하다 보니까 이것도 괜찮다. 지현 언니만 오케이 하면 주부탐정단 하지 뭐."

"그것보다는 미녀탐정단…."

"자, 지현 언니도 오케이 한 걸로!"

"썩을 년들."

그렇게 해서 엉겁결에 주부탐정단이 탄생하게 되었다.

"발대식 같은 걸 하면 좋으시겠지만, 일단 오늘은 여기 이 집들 돌아보셔야 합니다."

광규가 매니저 같은 투로 말했다.

미리는 광규가 전해 준 쪽지를 봤다. 2동 403호와 4동 506호, 그리고 7동 110호였다. 많은 피해자들 중 주부탐정단의 방문을 허락한 이는 이 셋뿐이었다. 그 말은 아직 못다 한 말이 남아 있다는 뜻이기도 했다.

"아이고. 우리 경비 책임자님이 고생하셨네. 나중에 슈퍼 한 번 들러. 라면이라도 몇 개 집어 줄게."

"알겠습니다. 그럼 수고들 하십시오."

"나랑 소희는 안 가."

그 말에 광규가 오늘 처음으로 당황하고 억울한 표정을 지어 보였다. 역시, 그래야 광규처럼 보였다.

"네? 그게 무슨 말씀인지…."

"여기서 CCTV 볼 거야. 쥐방울이 나타난 날을 전후로 해서 혹시 수상한 사람이 찍히진 않았는지 보는 게 나랑 소희 몫이야."

광규가 그 특유의 표정으로 미리를 돌아봤다. 이런 말은 없지 않았느냐고 묻는 듯했다. 미리는 경자의 팔을 끌고 경비실 밖으로 향했다. 그러면서 뒤도 돌아보지 않고 말했다.

"경비실에선 입주자가 CCTV를 열람하고자 요청하면 보여 줄 의무가 있어요."

"아주머니! 그게…."

미리와 경자는 더 이상 듣지도 않고 내리쬐는 햇빛 속으로 도망쳤다.

처음 만난 피해자는 2동 403호의 주부였다. 비교적 초기인 4월에 쥐방울과 마주쳤는데 엘리베이터에서 대놓고 성기를 꺼내는 모습을 보고 충격을 받았다.

"어휴. 말도 마요. 여고생 때 친구들하고 같이 바바리맨 보는 거랑은 또 달랐다니까. 그때는 징그럽기도 징그러운데 흥미도 있고 좀 그랬잖아. 근데 이제는 알 것 다 아는 나이인데도 그렇게 소름 끼치고 무서운 거야. 내가 이렇게 말했더니 아줌마가 뭐가 무섭냐는 거야, 경찰들이! 나 참 어이가 없어서. 그 뒤로 아예 이야기를 안 했어. 말해도 안 통하는구나 싶었거든."

경자는 살짝 불편한 표정이었지만 열심히 고개를 끄덕였다.

"얼마나 놀랐겠어요. 나 같으면 아예 주저앉았을 텐데."

경자가 말했다.

"맞아요, 맞아! 다 겁을 먹을 수밖에 없다니까! 근데 또 우리 남편은 뭐라는지 아세요? 그놈 거시기를 발로 차 주지 않고 뭐 했느냐는 거예요. 그럴 정신이 어디 있어? 당장 무슨 일 당할지 모르는데."

"그런 변태 행위를 너무 우습게 여기는 경향이 있어요. 실제로 그 상황이 되면 상당히 고통스럽고 공포에 떨게 되는데."

미리가 말했다.

"어휴. 뭘 좀 아는 사람들끼리 이야기하니까 이제야 속이 좀 시원하네. 내가 그 후에 좀 앓았어. 아프더라고, 몸이. 그런데 어디 가서도 쪽팔려서 말을 못하겠는 거야. 피해자는 난데 나 혼자 병신이 된 거 같더라니까!"

"아주 그냥 살이 쪽 빠졌겠네."

"살은 또 안 빠지더라고. 이 살이라는 게 말이야, 웬만한 일이 아니면 잘 빠지질 않는다는 걸 내가 이번 일을 통해서 알게 됐다니까. 독해. 아주 독해. 살은…."

"범인의 인상착의는 이미 진술을 해 주셨고 혹시 다른 거 없습니까? 아무거나 좋아요. 갑자기 기억이 난 거라도."

미리가 삼천포로 빠지려는 대화를 간신히 건져 냈다.

"음…."

여자는 골똘하게 생각을 하더니 아! 하면서 고개를 들었다.

"맞아. 흙냄새가 났어!"

"흙냄새요?"

"그 왜 있잖아, 비 온 뒤에 흙에서 나는 냄새. 그 남자한테서 그런 냄새가 났다니까. 나중에 생각해 보니까 그랬어. 그 후로 비 올 때마다 그 인간이 떠올라서 꽤 힘들었다니까."

"흙냄새라…."

어쩌면 중요한 단서가 될지도 몰랐다.

미리와 경자는 인사를 하고 403호를 나왔다. 여자는 이제 좀 속이 후련하다며 연신 고맙다는 말을 했다.

"남편도 고민이 많대."

긴 복도를 걸으며 경자가 입을 열었다.

"이런 사건의 여성 피해자를 어떻게 대해야 할지 몰라서 힘들다는 거야. 여성 경찰이 많으면 괜찮은데 남편 경찰서처럼 인력이 달리면 어쩔 수가 없지. 그래서 저런 사람들 만나면 내가 많이 미안해."

"윤미 아빠 잘못 아니야. 한 번도 그렇게 생각해 본 적 없어."

미리가 말했다.

"고마워."

경자가 조용히 웃었다.

두 사람은 2동을 나와 4동을 향해 걸었다. 시간이 얼마 흐르지도 않았는데 더위는 몇 배로 강해진 것 같았다. 백 년 만의 더위가 출발선에 선 듯했다. 앞으로 며칠 후면 연일 기록을 경신하며 결승선을 향해 달릴 것이다. 그렇게 더워지기 전에 해결하는 게 좋으리라. 미리는 머릿속으로 날짜 계산을 했다.

"지숙이는 잘 있지?"

미리가 물었다.

"퇴원해서 집에서 끙끙거리고 있지. 우리가 이러고 다닌다니까 부러워 죽더라고. 자기도 같이하고 싶다고."

"미친개는?"

"지금은 잠잠한가 봐. 원래 그렇잖아. 미친 짓 한 번 하고 나면 한 달 정도는 조용히 지내는 거."

"그 전에 해결을 해 줘야 해. 아마 다음번엔 더 미쳐서 날뛸 거야."

"그래야지."

두 사람은 손으로 부채질을 하며 4동 입구로 들어갔다. 미리는 입구에 달린 CCTV를 봤다. 녹화가 되고 있는지 궁금했다. 손을 한번 흔들어 볼까 하다가 말았다. CCTV의 렌즈는 아예 다른 방향으로 돌아가 있었다.

"이래서 안 된다니까."

미리는 중얼거리면서 엘리베이터에 올랐다. 경자는 벌써부터 헉헉대기 시작했다. 엘리베이터 문이 닫혔다. 이렇게 좁고 밀폐된 공간에서 쥐방울 같은 변태를 만난다면 엄청난 공포를 느끼리라. 남자들은 그것이 어느 정도의 두려움인지 짐작조차 못할 것이다.

4동 506호의 피해자는 대학생으로, 귀가하던 중에 쥐방울을 만났다. 바로 빌어먹을 엘리베이터 안이었다.

506호에는 피해자와 함께 그의 어머니도 같이 있었다. 피해자인 대학생의 표정은 무척 어두웠다. 대학생은 비교적 최근인 5월 초에 쥐방울과 만났다. 아직 그때의 충격이 가시지 않은 듯했다. 뭉친 머리카락과 매니큐어 벗겨진 손톱으로 봐서 꽤 오랫동안 외출을 안 한 것 같았다.

"그 미친놈 수사를 다시 한다고 해서 협조해 드리는 거예요. 그런데 왜 여자분들끼리만 돌아다녀요? 어디서 나왔다고 하셨더라?"

어머니가 신경질적으로 물었다.

"아! 저희들은 같은 아파트 주민으로 이번 사건에 분노해서 자치회 같은 걸 조직했습니다. 주부탐정단이라고요, 돈 받고 일

하는 건 아니고 어디까지나 쥐방울을 잡아야겠다는 생각으로 자원을 한 거죠. 또 피해당하신 분들이 전부 여자분들이라 저희들끼리라면 조금이라도 편히 이야기할 수 있지 않을까 해서요."

이런 쪽 이야기는 경자가 잘한다. 원체 푸근한 인상에다가 말투도 친근해서 사람들은 경자에게 쉽게 마음을 여는 편이었다. 사실 나이 차 많이 나는 지현과 미리, 그리고 소희와 지숙이 하나로 연결될 수 있었던 것도 중간에 경자가 존재하기에 가능한 일이었다.

"탐정인지 뭔지 난 잘 모르겠고. 얘 좀 봐요. 그때 이후로 얘가 엘리베이터를 못 타. 무서워서 아예 집 밖으로도 잘 못 나가고 겨우 병원 왔다 갔다 하는데 그런 앨 경찰서로 자꾸만 부르니까 난 짜증이 나고 딸아이는 지치고 그러지. 그런데 이렇게 찾아와 주시니까 고맙긴 하네요. 그래서 뭘 도와드리면 되나?"

어머니의 태도는 한결 누그러졌다. 시원한 석류 주스도 내주었다. 대학생은 주뼛주뼛하면서도 자리를 뜨지는 않았다.

"당시 상황을 다시 한번 말씀해 주세요. 괴롭겠지만 자세히 이야기해 주실수록 더 좋아요. 경찰들한테 말을 못 한 게 있다면 그런 것들도 같이 이야기해 주시고요."

미리는 주스를 한 모금 마신 후 대학생을 향해 말했다.

"아이고, 말도 마요. 얘가 그날 저녁에 얼굴이 하얗게 돼서는…."

"어머니 말고요, 따님분 말씀을 직접 듣고 싶어요."

미리는 대학생을 똑바로 바라봤다. 그러면서 덧붙였다.

"그래야 쥐방울을 잡을 수 있어요."

"아니. 우리 애가 그때 일이라면 생각하기도 싫대요. 이미 경찰에서 이야기할 만큼 했고…."

"엄마. 나 그냥 이야기할게."

대학생이 말했다.

어머니는 뭐라고 더 말을 하려다가 입을 다물었다. 딸이 성추행, 아니 성폭행이나 다름없는 일을 당하고 들어왔다. 세상 사람들은 입을 모아 해프닝이라고 말하는데 딸은 정상적인 생활을 못하고 있다. 그런 딸을 바라보는 엄마의 마음은 어떨까? 미리의 가슴속 깊은 곳에서 뭔가 묵직한 게 올라왔다.

"동아리 모임 마치고 평소보다 좀 늦게 집에 왔어요. 엘리베이터에 타고 막 문을 닫으려는데 그 남자… 후드를 눌러쓴 그 남자가 허겁지겁 올라탔어요. 그러더니 제 뒤에 딱 서는 거예요. 찜찜하긴 했지만 일단 5층을 눌렀어요. 그리고 벽에 딱 붙어서 층 버튼만 보고 있는데 뒤에서 이상한 소리가 나는 거예요."

대학생은 그때 생각이 나서 괴로운 듯 한참을 말을 잇지 못했다.

"괜찮아요. 천천히 이야기해요. 너무 고통스러운 순간은 그냥 지나가고."

경자가 말했다.

"소리… 그 소리가 딱 들리자마자 팔에 소름이 돋았어요. 무슨 일인지 본능적으로 알았으니까요. 뒤를 돌아봤더니 그 인간이… 바지를 내리고… 그러고는 저한테 뿌렸어요."

대학생은 거의 울 것 같았다.

"뿌렸다고?"

경자가 자기도 모르게 되물었다.

"네. 뿌렸어요. 그때 마침 엘리베이터 문이 열렸고 전 뒤도 안 돌아보고 도망쳤어요. 다리에 힘이 풀려서 정말 힘들었는데 잡히면 큰일 난다는 생각 하나로 무작정 달렸어요."

"잘했어요. 괜히 그 인간을 자극했으면 더 큰일 날 수도 있어요. 아주 잘했어요. 용기 있네요."

대학생은 미리의 말에 살짝 미소를 지었다.

"그래도 이 모양인 걸요. 엘리베이터도 못 타고. 문이 열리면 그 인간이 서 있을 것만 같아서."

"아주 자연스러운 거예요. 나라도 그랬을 거야. 그런데 나라면 계단을 걸어서라도 다닐 거야. 안 그러면 그 인간, 아니 우리끼리니까 개새끼라고 하자. 그 개새끼한테 지는 거잖아!"

어머니의 눈이 동그래졌고, 대학생은 곧 웃음을 터트렸다. 개새끼라는 말이 썩 마음에 든 모양이었다.

"알았어요. 개새끼한테 지는 건 자존심 상하니까 일단 계단으로 다녀 볼게요."

미리와 경자는 동시에 고개를 끄덕였다.

"참! 경찰 아저씨들한테는 말을 못한 게 있어요."

"뭔데? 왜 말을 못했어?"

경자가 조심스레 물었다.

"괜히 오해받을까 봐서요."

대학생이 말했다.

"무슨 이야긴데?"

미리가 물었다.

"냄새가 났어요. 그 인간, 아니 그 개새끼가 제 뒤에 딱 붙어 섰을 때 희미하게 꽃냄새가 났어요. 사실은 아주 좋은 향기였어요."

"향수는 아니었고?"

"그런 화학적인 냄새가 아니었어요."

미리와 경자는 서로를 바라봤다. 흙냄새에 이어 이번에는 꽃냄새였다.

"고마워. 어머니도 고맙습니다. 필요한 도움이나 생각나는 게 있으면 여기로 연락 주세요."

미리는 자신의 핸드폰 연락처를 남기고 경자와 함께 506호를 나왔다.

경비실은 좁고 더웠다. 벽걸이 선풍기 한 대가 툴툴거리며 돌아갈 뿐이었다. 그마저도 2단 이상으로 맞춰 놓으면 회전이 되지 않았다. 결국 뜨끈한 1단짜리 바람만 맞고 있을 수밖에 없었다.

"CCTV 그거 경찰들이 다 보고 갔는데."

광규가 부채질을 하며 말했다. 벗어진 이마에 땀이 송골송골 맺혀 있었다.

"경찰을 못 믿는 게 아니고, 혹시나 해서 보는 거야."

지현이 말했다.

그건 미리의 생각이기도 했다.

"CCTV 분석하는 건 경찰이 우리보다 백배는 더 나을 거야. 이미 싹 다 조사했을 거고. 쥐방울이 군데군데 찍히긴 했지만 아파트 정문을 들고 난 모습이 보이질 않아서 입주민일 거란 생각을 한 거고. 우리도 그렇게 출발을 해야 해. 쥐방울로 추정되는 인물이 나온 장면만 따로 모아서 보는 건데, 나는 우리만 알아볼 수 있는 뭔가가 있지 않을까 기대하는 거지."

우리만 알아볼 수 있는 뭔가가 무엇인지는 미리도 잘 몰랐다. 다만 경찰들이 잘하는 것과 주부들이 잘하는 것은 다를 것이라 생각했다. 각기 다른 시각으로 본다면 그냥 지나쳤던 중요한 장면을 찾아낼 수도 있으리라.

지현과 소희는 경비실 한쪽 구석에서 CCTV를 보기 시작했다. 화질도 영 별로였고 각도도 엉망이었다. 그나마 광규가 경찰이 추려 놓고 간 쥐방울 관련 녹화분을 보여 줘서 다행이었다.

"어제만 해도 영 아니다 싶더니 왜 이렇게 잘해 주고 그래.

무섭게."

CCTV를 보며 지현이 말했다.

"제가 해 드릴 수 있는 건 여기까지예요. 곰곰이 생각해 보니까 다른 사람들 위해서 뭔가를 하시려는 분들한테 제가 너무했다 싶더라고요. 다들 시간도 없으실 텐데 오전에 이렇게 모여서 노력하시는 모습도 멋져 보이고. 그래서 제가 도와드릴 수 있는 만큼은 도와드리자 했어요."

광규가 멋쩍은 듯 웃어 보였다.

"아이고, 우리 경비 책임자님이 참 든든하다니까."

"그 아주머니 있잖아요, 저랑 엉뚱한 사람 쫓아갔던 분. 제가 그분 보고 감탄을 했습니다. 경비 책임자로서의 책임감이라고나 할까, 아니면…."

"자자, 이제 그만하자고. 이거 집중해서 봐야 하니까."

"알겠습니다. 저는 한 바퀴 둘러보고 올 테니 보고 계세요."

광규는 무전기를 들고 밖으로 나갔다.

"쯧쯧. 고생이 많아. 이 더위에 에어컨 하나 없는 창고 같은 데 갇혀서는."

지현이 경비실을 둘러보며 말했다.

"저도 여기 들어와 보고서야 반성하게 됐어요. 예전에는 무슨 일만 있으면 경비 아저씨들 때문이라고 불평하고 그랬는데."

소희가 말했다.

"쥐방울인지 뭔지 어서 잡아서 우리는 돈 챙기고 저 사람도 칭찬 좀 듣게 해 주자고."

"아! 그러면 얼마나 좋을까요?"

"나는 지금도 충분히 좋아. 지금까지 영감탱이만 세상 좋은 거 다 누리면서 자기 하고 싶은 일 하면서 살았는데 지금은 내가 이러고 있잖아."

"참! 오늘 같은 날 슈퍼는 어떻게 해요?"

"몰라. 내가 그냥 나왔으니 그놈의 영감탱이가 보겠지. 난 사실 이제 슈퍼도 지겨워. 장사도 안되고. 다른 거 하고 싶어."

"다른 거 뭐요?"

"놀리지 마."

지현은 슬머시 웃더니 소희의 눈치를 살폈다.

"네? 놀리긴 제가 언니를 왜 놀려요?"

"할망구가 이런 이야기 하면 비웃더라고."

"뭔데요?"

"카페."

"카페!"

"응. 일전에 TV에서 봤는데 프랑스에 있는 한 카페가 그렇게 예쁘더라고. 그런 카페를 하나 내고 싶어."

"멋지겠다! 언니, 슈퍼 처분하고 꼭 카페 차려요."

"아이고. 그게 어디 내 마음대로만 되나. 영감탱이도 있고. 자, 그 이야긴 그만하고 빨리 보자고. 이게 양이 진짜 많아서 오늘하고 내일까지 꼬박 봐야 할 판이야."

"네. 알겠어요."

두 사람은 3월 말 CCTV부터 훑었다. 둘 다 아무 말도 없이 CCTV에 집중했다.

미리와 경자는 마지막 집인 7동 110호까지 들렀다가 밖으로 나왔다. 정오에 가까워지면서 기온이 성큼 올랐다. 110호의 피해자 역시 평범한 주부였다. 유치원에서 돌아올 아이를 데리러 나가다가 화단에서 갑자기 튀어나온 쥐방울과 맞닥뜨렸다. 쥐방울은 자위를 하면서 피해자를 점점 따라왔다. 전에 없던 행동이었다.

"점점 대담해지고 있어. 피해자를 실제로 만나 보니 더 잘 알겠어."

110호의 피해자는 대학생보다 훨씬 더 심각한 상태였다. 병원에 가서 상담을 받고 약을 먹는데도 자다가 벌떡벌떡 깰 때가 많다고 했다.

"애 때문에 겨우 버텨요."

미리와 경자를 배웅하면서 여자는 그렇게 말했다. 그 말이 좀체 잊히지 않았다.

"이제 어떡하지?"

경자가 물었다.

두 사람은 아이스크림을 하나씩 사서 평상에 앉았다. 무성해지기 시작한 느티나무가 커다란 그림자를 드리우고 있었다. 그 아래 있으니 조금은 살 것 같았다. 이제 일주일 정도만 지나면 매미가 울어대리라. 바야흐로 여름의 문턱이었다.

"수확이 있었잖아. 우리만 들은 진술."

미리가 말했다.

"흙냄새와 꽃냄새 말이지?"

"응. 그게 뭐였을지, 왜 그 나이대 남자와는 어울리지 않는 냄새가 났던 건지 추리를 해 봐야겠어."

"그러게. 흙냄새와 꽃냄새라. 설마 취미가 원예는 아니겠지? 음…."

그때 미리의 핸드폰이 울었다. 처음 보는 번호였다. 평소였다면 절대 받지 않았겠지만 지금은 상황이 달랐다.

"여보세요?"

미리는 전화를 받았다.

"저… 혹시 탐정 일 하신다는 분인가요?"

나이 든 여자의 목소리였다. 잔뜩 잠겨서 훅 하고 불면 금세 꺼질 것만 같은 목소리이기도 했다.

"네. 그런데요. 무슨 일이시죠?"

미리는 조심스레 물었다.

이런 목소리라면 심각한 일일 게 분명했다. 늪에 빠진 채 천천히 체력이 떨어져 가는 사람이 아니고서야 이런 목소리를 낼 수가 없었다. 헤어 나올 방법을 찾을 수가 없는 것이다.

"갑자기 전화드려서 죄송합니다. 506호 혜인이 엄마한테 이야기를 듣고 전화한 겁니다. 지푸라기라도 잡는다는 심정으로."

누군데?

경자가 입 모양으로 물었다.

"아까 그 4동 506호 어머니가 소개를 했다는데 무슨 일인지는 몰라."

미리가 핸드폰을 한 손으로 막고 대답했다.

"여보세요?"

"아! 죄송합니다. 말씀하세요."

"혹시 좀 만나 주실 수 있나요?"

"음… 만나는 거는 가능한데 무슨 일인지 미리 알고 싶습니다. 쥐방울과 관련된 일인가요?"

미리가 물었다.

아무래도 조심스러울 수밖에 없었다. 주부탐정단이라는 거창한 이름까지 붙였지만 어쨌건 네 명만 알고 있는 일이다. 공식적으로 탐정 일을 하는 것도 아니고 탐정이라고 명함을 파서 다닐 수도 없다. 다른 사람들 눈에는 아줌마들의 시간 때우기로 보일 수도 있을 것이다. 괜스레 누군가가 문제 제기라도 한다면 곤란해진다.

"딸이…."

여자의 목소리가 더욱 잠겨 들었다.

"딸이… 이틀째 집에 안 들어와요."

여자가 말했다.

"알겠습니다. 일단 만나시죠. 어디로 가면 될까요?"

미리는 단번에 대답했다.

감이 왔다.

이번에도 바로 그 감이 찾아왔다. 이 일을 무시한다면 평생 후회할지도 모른다는 감, 그냥 보통 사건이 아니라는 감.

"6동 801호로 와 주세요."

"네."

미리는 전화를 끊은 후 경자의 손을 잡아끌었다. 경자는 끙, 하는 소리를 내면서도 이유도 묻지 않은 채 따라 일어섰다. 그늘을 벗어나자 뜨거운 햇빛이 머리를 지져대기 시작했다.

두 사람은 10분도 안 걸려 6동에 도착했다. 광선주공아파트, 그중에서도 미리가 살고 있는 1단지는 총 열 개 동으로 이루어졌다. 옛날에 지은 아파트답게 동과 동 사이가 먼데 구조는 조금 독특했다.

아파트 정문에서부터 다섯 개 동이 각각 양옆으로 마주 본채 지어졌다. 1동부터 5동까지 순서대로 쭉 나가다가 맞은편으로 넘어가면 6동에서 10동으로 이어진다. 즉, 6동은 단지의 맨 안쪽에 있었다.

8층으로 올라간 두 사람은 801호 앞에서 초인종을 눌렀다. 잠시 기다리자 거칠한 얼굴의 나이 많은 여자가 문을 열어 주었다. 육십 대 후반 정도로 보였는데, 워낙에 표정이 어둡고 안색도 안 좋아 솔직히 나이를 짐작하기 어려웠다. 무언가가 피부에 빨대를 꽂아 단시간에 수분을 쪽 빨아낸 듯한 느낌이었다. 그 무언가가 행방불명된 딸이라는 것은 어렵지 않게 짐작할 수 있었다.

"어서 오세요."

여자는 깍듯하게 인사를 했다.

미리와 경자는 여자를 따라 소파에 가서 앉았다. 여자는 종이 인형처럼 휘청거리며 걸었다.

"제발 좀 도와주세요."

두 사람이 소파에 앉자마자 여자가 입을 열었다. 절박함이 목소리에서 묻어났다. 자세히 보니 눈물 자국도 보인다. 눈도 빨갛게 충혈되었다.

"먼저 이야기부터 들어 볼게요. 그리고 미리 말씀드리면…."

너무 큰 기대를 품게 해선 안 된다. 쥐방울과 관련 없는 일이라면 지금 상황에서 해결할 수도 없는 노릇이었다.

"저희들은 아마추어고 아무런 도움이 안 될 수도 있습니다. 그래도 괜찮으시다면 이야기를 한번 들어 볼게요."

"속 시원하게 털어놓으시다 보면 의외로 안정이 될 수도 있거든요."

경자가 거들었다.

여자는 고개를 끄덕인 후 긴 한숨을 쉬었다. 할 이야기를 정리하는 중이리라.

"딸아이 이름은 수미. 이수미입니다. 바로 얘예요."

여자는 핸드폰 속에 든 딸의 사진을 보여 줬다. 아담한 체구의 미인이었다. 카메라를 향해 오른손으로 브이를 그리며 웃고 있었는데 손목 안쪽의 손톱만 한 반점이 유독 눈에 들어왔다.

"수미는 작년에 졸업하고 올해 초에 취직을 해서 열심히 회사에 다니고 있었어요. 수미는 지금 현재론 딱히 사귀는 사람도 없어서 거의 매일 일정한 시간에 귀가를 했어요. 퇴근 후에 동네 헬스장에서 운동을 하고 오는 거죠. 그때가 대충 열한 시쯤 돼요. 그런데 그제는 열두 시가 다 돼도 안 들어오는 겁니다. 전화를 했죠. 전화기가 꺼져 있었어요. 그리고 지금까지 아무런 소식이 없습니다."

"경찰에 연락은 해 보셨죠?"

경자가 물었다.

"네. 어제 했어요. 직접 찾아가서 실종 신고를 하겠다고 했는데 그다지 신경을 안 쓰더군요. 하루 정도 집에 안 들어오는 건 실종으로 볼 수도 없다면서. 아예 관심이 없는 것 같았어요. 저는 어떻게 해야 할지 몰라 그 애 회사며 아는 친구들에게 다 연락을 했는데도 아무도 아는 사람이 없었어요."

"수미 씨의 행방이 최종적으로 확인된 건 언제입니까?"

미리가 물었다.

"헬스장. 거기서 나온 것까진 제가 확인했어요. 평소와 같은 시각이었대요. 옷차림도 특별하지 않았고. 이상한 구석도 전혀 없이 운동을 했다는 겁니다. 경찰 말처럼 단순 가출이라면 태연히 운동을 할 이유가 없잖아요. 그리고 아시겠지만 엄마의 감이라는 게 있어요. 아무리 내 자식을 제일 모르는 게 부모라고 해도 지금까지 쭉 아빠 없이 둘이서만 살아오면서 쌓아 온 그 감을 무시할 순 없잖아요. 수미에게 무슨 일이 생긴 게 분명해요!"

여자의 목소리가 다시 떨렸다.

미리는 어떻게 대처해야 할지 난감했다. 여자의 심정을 모르는 것은 아니었지만 미리의 생각 역시 경찰과 비슷했다. 실제로 성인의 실종 중 대부분은 가출이라는 통계가 기억났다. 사귀는 사람이 없다고 했지만 그건 순전히 엄마의 생각일 뿐이다. 실제로는 어땠는지 모른다. 만약 남자친구가 있었고, 그와 함께 뜨거운 밤을 보냈거나 어딘가로 떠나 버린 거라면? 혹은 엄마의 감이 미치지 못하는 영역에서 둘 사이의 관계가 어긋나 있었다면? 그래서 홀쩍 사라진 거라면?

"두 분이 쥐방울인지 뭔지 하는 경찰도 포기한 그 사건을 조사하고 다닌다는 이야기를 들었어요. 그래서 이렇게 연락을 드리게 된 겁니다. 사실 어떻게 해야 할지 모르겠어요. 다시 경찰을 찾아가야 하는지 무작정 수미가 돌아오기를 기다려야 하는지. 도대체 며칠이 지나야 실종으로 받아 주는 걸까요?"

미리는 마음을 정리하고서는 입을 열었다. 지금은 쥐방울에 집중할 때였다. 수미의 실종 사건이 쥐방울과 관련이 있다는 증거도 없었다. 무엇보다 정말로 실종이라면 자신들만의 힘으로는 어쩔 수 없는 일이었다. 당장에 한 시간 후면 집안일을 하러 들어가야 하지 않는가.

"일단 오늘까지만 더 기다려 보시고 내일 아침에 경찰서에 다시 찾아가세요. 그게 제일 좋은 방법인 것 같습니다. 성인 여성이 사흘째 귀가를 하지 않았다면 경찰도 관심을 가져 줄 거예요. 그리고 의외로 지금 당장이라도 저 문을 열고 돌아올지도 모릅니다."

미리는 그렇게 말하며 여자를 위로했다.

"고맙습니다. 그럼 기다려 보겠습니다."

여자가 민망할 정도로 깊숙이 고개를 숙였다.

미리는 나가려다가 멈칫한 후 말했다.

"혹시 급한 일 있으면 연락 주세요."

"알겠습니다."

여자가 다시 인사를 하려는 찰나, 미리의 핸드폰이 울렸다. 소희였다. 미리와 경자는 서둘러 801호를 나온 뒤 복도에서 전화를 받았다.

"여보세요?"

"언니!"

소희의 목소리에 흥분이 묻어났다.

"뭘 찾은 것 같아요."

소희가 말했다.

쥐방울 체포 작전

네 사람은 경비실에 모였다. 정오가 거의 다 된 시각이었다. 그 사이 돌아온 광규는 눈치 빠르게 아이스커피를 타서 주부탐 정단에게 건넸다.

"자, 잘 봐. 지금 이 화면은 4월 15일에 찍힌 거야."

지현이 안경을 고쳐 쓰며 말했다. 노안 탓에 숫자를 읽으려면 안경을 써야 한다.

"4월 15일에도 쥐방울 사건이 있었어요."

소희가 말했다.

미리는 수첩을 뒤져 봤다. 이십 대 여성 한 명이 주차장에 차를 세운 후 집으로 돌아가던 중에 쥐방울과 맞닥뜨린 사건이었다. 쥐방울은 바지를 내린 후 따라오려다가 여성이 비명을 지르자 그대로 도망가 버렸다.

"3월부터 쭉 보다가 4월 15일에 녹화된 걸 보는데 조금 이상한 거야."

지현이 말했다.

"저게 주차장이야?"

경자가 화면을 가리켰다.

"네. 언니."

"화질 진짜 구리다. 영화에서 보면 컬러에다가 확대도 되고 그러던데."

"아니 아주머니는 남편분이 경찰이라면서 왜 그런 소릴 하시고 그런데요. 요 동네 아파트들 대부분이 아직 구식 CCTV라고요. 그거 바꾸는 게 돈이 얼마나 많이 드는데."

선풍기 바람을 쐬던 광규가 볼멘소리를 했다.

"누가 뭐래요? 안타까워서 그러는 거지. 근데 관리비는 걷어서 다 어디 쓰는가 몰라."

"올해 상반기는 조경 사업에 다 사용한다잖아요. 저는 물론 반대를 했습니다만."

"하여간 생색내는 건 좋아해요. 뭐가 더 중요한지도 모르고."

경자의 말에 광규는 입을 닫았다.

"그래도 아파트에 꽃이 예쁘게 피고 나무도 잘 자라면 좋잖아요. 헤헤."

소희가 천진하게 웃으며 말했다.

"자자. 여기서부터야."

지현이 손가락으로 화면 한 구석을 가리켰다. 모니터의 오른쪽 위에서 여자가 나타났다. 안 좋은 화질 속에서도 겁에 질린채 비틀거린다는 걸 알 수 있었다. 뒤이어 남자가 모습을 드러냈다. 바지를 엉덩이에 걸치고 있었다.

"쥐방울이다."

미리가 중얼거렸다.

쥐방울은 여자를 향해 몇 걸음 다가가는가 싶더니 곧 바지를 올리고는 화면 밖으로 사라졌다. 그 순간 지현이 외쳤다.

"멈춰!"

소희가 재빨리 스페이스를 눌러 화면을 멈췄다. 모니터 속 여자는 비명을 지르는 모습 그대로 굳어 있었다.

"조금만 뒤로 가 봐."

지현이 말했다.

"이렇게요?"

소희가 마우스로 조종을 하자 쥐방울이 사라지기 직전 장면으로 돌아갔다.

"그래. 바로 여기야. 어휴. 답답해. 내가 컴퓨터를 할 줄 몰라서…. 하여간 여길 봐봐. 쥐방울이 도망간 쪽. 여기, 여기서 오른쪽 아래로 갔잖아. 맞지?"

지현의 말대로 쥐방울은 나타났던 오른쪽 위가 아니라 아래 방향으로 도망을 쳤다.

"어머. 그러네. 근데 그게 왜, 언니?"

경자가 물었다.

"그걸 몰라서 물어? 여기가 아파트 뒤편 주차장이잖아. 그 화면 잡힌 곳이 주차장 제일 깊숙한 곳이고. 여기서 오른쪽 아래로 가면 뭐가 있어?"

"뭐가 있긴. 지금은 아무것도 없지."

"바로 그거야! 이쪽으론 도망을 가 봐야 아무것도 없다고. 막다른 길이란 말이지. 여긴 지금 조경 공사 한다고 흙만 쌓여 있잖아. 쥐방울인지 뭔지가 흙 속에 숨은 게 아니라면….""

"숨을 데가 없다는 거네?"

미리가 지현의 말을 받았다.

"맞아. 그래서 나랑 소희가 아무리 화면을 돌려봐도 쥐방울이 다시 나타나질 않는 거야. 봐! 경비들이 왔다 갔다 하는데도 쥐방울을 못 찾아."

빠르게 돌아가는 화면 속에서 손전등을 든 경비원 둘이 주차장을 살피는 게 보였다.

"맞아요. 그날 제가 현장에 갔는데 아무도 없었습니다."

광규가 목을 길게 빼고선 말을 했다.

"이상하긴 하네."

경자가 말했다.

"이건 주차장에 한번 가 봐야겠어. 나는 운전을 하는 사람이 아니어서 주차장 쪽은 머릿속에 잘 그려지지가 않네."

미리가 말했다.

광선주공아파트 1단지는 비탈길에 세워졌다. 앞은 도로와 연결이 되어 있지만 뒤쪽은 3미터 높이의 담벼락이었고 그 아래로 광선천이 흘렀다. 몇 해 전에는 주차를 하던 사람이 실수로 가속페달을 밟아 난간을 뚫고 광선천으로 추락하는 사고도 있었다. 그 후 난간을 더 높고 튼튼하게 만들었다.

"그럼 같이 가 보자."

경자가 말했다.

"언니들. 난 오늘 알바 때문에 일찍 가 봐야겠어요."

소희가 미안한 표정을 지었다.

"맞다. 앞타임 알바가 못 나와서 네가 가야 한다며?"

지현이 말했다.

"그럼 가 봐야지. 철이는 엄마가 봐 주시고?"

경자의 물음에 소희는 고개를 끄덕였다.

"나는 이것들 좀 싸 들고 집에 가서 마저 봐야겠어. 아직 한참 남았는데 여기선 불편해서 오래 못 봐."

지현이 CD를 주섬주섬 챙기며 일어났다.

"아이고, 사장님. 그거 들고 나가시면 안 됩니다. 지금 보여드린 것도 다른 사람들한텐 비밀로 해 주셔야…."

광규가 펄쩍 뛰며 지현을 막아섰다.

"안 되는 게 어디 있어? 여기서 보나 우리 집에서 보나 뭐가 달라? 사람이 말이야, 좀 요령 있게 살아 봐. 그렇게 꽉 막혀 있으니까 답답하단 소릴 듣지. 내가 이걸 가지고 팔아먹겠어, 사람들한테 돌리길 하겠어? 빌려줄 거야, 말 거야? 내일 이대로 돌려줄게."

"아이참. 안 되는데."

광규는 그렇게 말하면서도 슬그머니 비켜섰다.

"언니 힘들지 않겠어?"

미리가 물었다.

"괜찮아. 연속극 본다는 생각으로 보면 되지. 우리 집 영감이 꼴에 또 컴퓨터는 좀 다루더라고. 그 양반한테 틀어 달라고 하려고."

"알겠어요. 언니. 경자 언니랑 난 주차장 둘러보고 갈 테니까 내일 아침에 슈퍼에서 만납시다."

"알았어."

지현은 슈퍼를 향해 휘적휘적 사라졌고, 소희는 아르바이트를 하는 편의점으로 향했다. 정오가 이제 막 지났지만 주부탐정단의 공식 업무는 종료되었다.

"자, 우린 가 볼까?"

경자의 말에 미리는 고개를 끄덕인 후 앞장섰다.

다시 뙤약볕 속으로 나온 경자는 몇 걸음 걷기도 전에 땀을 쏟아 냈다.

"굶어서 그래. 한 끼를 안 먹었더니 바로 이러네. 빨리 둘러보고 점심이나 먹자."

"언니 다이어트한다고 그랬잖아?"

미리가 물었다.

"다이어트는 평생 하는 거야."

"평생 내일 하는 거지."

"그래. 그 말이 맞다. 내 팔자야. 그런데 넌 어째 살도 안 쪄?"

"나는 성격이 예민하고 지랄 맞잖아."

두 사람이 그런 이야기를 하며 3동 앞을 지날 때였다. 미니 포클레인 한 대가 먼지를 토해 내며 지나갔다.

"아이고. 먼지! 포클레인 주제에 살살 좀 달리지."

경자가 가볍게 기침을 하며 말했다.

조경 공사가 길어지면서 주민들의 불만도 속출했다. 흙먼지와 소음이 불만의 주된 이유였다. 관리사무소에서는 여름이 오기 전에 공사를 마치겠다고 호언장담했지만 진척 속도로 봐서는 힘들 듯싶었다.

인부들 서너 명이 이름 모를 나무 한 그루를 화단에 심고 있었다. 꽃을 심는 이들도 있었다. 땀을 뻘뻘 흘리는 걸 보니 그네들도 나름의 고충이 있는 듯했다.

"왜 다른 거 다 놔두고 조경 공사부터 하는 건 줄 알아?"

경자가 들을 사람이 없는데도 목소리를 낮추며 말했다.

"왜?"

"관리소장하고 아는 사람이 조경 업체를 한대. 그래서 거기로 일을 몰아 줬나 봐. CCTV 교체할 돈이 엉뚱한데 쓰인 거지."

"결국 비정상적인 시스템이 괴물의 출몰을 부추기는 거야."

미리는 조경 공사 현장을 다시 바라봤다. 뿌연 흙먼지가 5월의 눈부신 햇살 속에서 미친 듯이 춤추고 있었다.

"그래도 향기는 좋다. 벌써 꽃들이 폈네."

경자가 언제 불평을 늘어놓았느냐는 듯 웃으며 말했다.

"하긴. 5월 말이니까 서두르긴 해야겠다. 본격적으로 꽃 필 때니까."

미리 역시 꽃냄새를 맡으며 말했다.

"조금만 더 가면 주차장이야."

경자가 새삼 헉헉거리며 말했다.

그때였다. 미리의 눈에 이상한 장면이 들어왔다. 두 사람이 걷고 있던 위치에서 건너편인 7동 5층 라인에서 한 여자가 입을 막으며 복도를 달리고 있었다. 여자가 달려온 곳에는 분명 엘리베이터가 있었다.

"언니 잠깐만!"

미리는 그렇게 말한 후 7동을 향해 무작정 달렸다.

"야. 너 어디 가?"

뒤에서 경자가 불렀다.

"빨리 따라와."

미리는 마음이 급했다. 특유의 감이 미리의 심장을 움켜쥐고 흔들어댔다. 머릿속에서 빨간색 경고등이 쉴 새 없이 돌아갔다.

무슨 일이 있어!

분명히 무슨 일이….

미리는 7동 입구로 들어섰다. 마침 엘리베이터가 1층에 도착했다. 문이 열렸다. 그 순간 엘리베이터 속 사내와 미리의 눈이 마주쳤다. 후드 티에 운동복 바지를 입고 모자를 눌러쓴 사내였다. 미리는 반사적으로 외쳤다.

"너, 쥐방울!"

남자가 다급하게 엘리베이터의 닫힘 버튼을 눌렀다.

"안 돼!"

간발의 차로 문이 닫히고 말았다. 미리는 주위를 둘러봤다. 저만치서 경자가 숨이 넘어갈 듯한 표정으로 달려오는 게 보였다. 입구를 지키고 있으라고 말하려다가 너무 늦었다는 사실을 깨달았다. 각 동에는 두 대의 엘리베이터가 있었다. 미리가 서 있는 곳이 1호기였다. 만약 사내가 어딘가에서 내려 다른 엘리베이터를 타 버린다면 그대로 놓치게 된다.

미리는 망설이지 않고 비상계단을 뛰어 올라갔다. 몇 계단씩 올라서 순식간에 2층에 다다랐다. 엘리베이터는 2층을 막 지나고 있었다. 이대로라면 따라잡을 수도 있을 것 같았다. 숨을 한 번 크게 들이쉰 뒤 다시 계단을 오르기 시작했다.

고등학교 때 체력장 하면 항상 5등 안에 들었잖아.

3층.

반 대표로 계주에 나간 적도 있잖아.

4층.

회사 다닐 땐 버스 놓칠세라 곧잘 달렸잖아.

5층.

탐정은 체력도 좋아야… 아오!

미리는 5층과 6층 사이 층계참에서 주저앉고 말았다.

띵!

바로 반 층 위에서 엘리베이터 멈추는 소리가 났다. 거의 기다시피 해서 6층으로 올라갔다. 허벅지와 장딴지에 경련이 일었다. 지독한 빚쟁이가 아귀처럼 들러붙어 끌어당기는 것만 같았다. 저절로 신음이 나왔다. 땀이 비 오듯 쏟아졌고 머리가 빙글빙글 돌았다. 이윽고 6층에 다다랐을 때는 참지 못하고 구역질을 하고 말았다. 경비실에서 마신 아이스커피가 그대로 올라왔다.

핸드폰이 울렸다. 동시에 복도 끝으로 달려가는 사내의 뒷모습이 보였다.

"쥐… 쥐방울."

그 말 한 마디를 하는 데도 온 힘을 쥐어 짜내야 했다. 핸드폰은 계속해서 울어댔다. 액정 화면에 '경자 언니'라고 떴다. 전화를 받을 정신이 없었다. 미리는 비틀거리면서도 사내의 뒤를 쫓았다. 사내의 목적지는 뻔했다. 엘리베이터 2호기, 혹은 그 옆의 비상계단.

"생각을 하자. 생각을 하자, 공미리."

미리는 양손으로 무릎을 짚고 숨을 골랐다. 조금씩 정신이 돌아왔다. 까마득하게 아래로 떨어져 있던 전투력이 다시 고개를 들기 시작했다.

쥐방울은 어차피 1층으로 내려갈 것이다. 그곳 말고는 탈출구가 없다.

미리는 쥐방울의 뒤를 쫓는 대신 엘리베이터 1호기에 올랐다. 1호기 안에 진한 꽃냄새가 가득 차 있었다. 정신이 없는 중에도 미리는 그 냄새를 맡았다. 그러고는 1층을 눌렀다. 그때까지도 계속 울리던 핸드폰을 드디어 받았다.

"너 어디야?"

경자의 목소리가 엘리베이터 안에 울려 퍼졌다.

"언니. 나 쥐방울 만난 것 같아. 그 새끼 지금 1층으로 내려가고 있을 거야. 언닌 7동에서 누가 나와서 어디로 가는지만 좀 봐 줘."

"어떡해? 나 지금 계단 올라가고 있어. 여기 2층이야."

"어디 계단? 2호기 쪽?"

"응. 다시 내려갈게. 잠깐만!"

경자의 그 말을 끝으로 전화가 끊어졌다. 뭐지? 불안감이 엄습했다. 혹시 쥐방울이랑 마주친 건가?

고물 엘리베이터는 앓는 소리를 내며 느리게 내려갔다. 층표시기가 좀처럼 바뀌지 않았다. 마치 영원히 떨어지지 않는 모래시계를 보는 느낌이었다.

띵!

드디어 1층에 도착했다. 힘을 모으고 있던 미리는 문이 열리자마자 총알처럼 튀어 나갔다. 하지만 마음만 총알이었을 뿐 다리는 햇볕에 잘 마른 시멘트 덩어리였다. 오금에 힘이 풀리며 앞으로 넘어졌다. 간신히 손을 뻗어 머리가 부딪치는 건 막았지만 충격이 상당했다.

이대로 그냥 보낼 순 없어!

미리는 간신히 일어나 7동 밖으로 나갔다. 경자는 보이지 않았다. 하지만 방금 마주쳤던 그 사내가 주차장 쪽으로 달려가는 모습이 눈에 들어왔다. 후드 티에 운동복 바지 그리고 모자까지, 분명 같은 사람이었다.

미리는 다시 달렸다. 주차장까지는 금방이었다. 사내의 뒷모습을 놓치지 않으려고 필사적으로 다리를 움직였다. 숨이 턱 끝까지 찼다. 뒤집어진 폐가 입 밖으로 튀어나와 펄떡펄떡 살아 움직일 것만 같았다.

사내가 5동 모퉁이를 돌아 주차장 안쪽으로 달려 들어갔다.

미리는 주위를 살필 겨를이 없었다. 자신도 아파트 도로를 가로질러 주차장으로 향했다. 바로 그때 눈앞으로 차 한 대가 뛰어 들어왔다.

끼익!

쾅!

미리가 가까스로 멈춘 것과 운전자가 핸들을 틀며 보행자 안전 난간을 들이받은 것은 거의 동시였다.

미리는 그 자리에 주저앉았다. 이번에야말로 조금도 움직일 수 없었다. 튀어나온 건 폐가 아니라 심장 같았다. 정말로 간발의 차였다. 미리가 조금만 빨랐거나 운전자가 조금만 늦게 핸들을 틀었다면 바로 부딪쳤을 것이다.

"미리야. 미리야!"

뒤에서 경자가 달려왔다.

경자의 우렁찬 목소리를 듣자 퍼뜩 정신이 돌아왔다. 미리는 벌떡 일어나 자동차를 향해 달려갔다. 지금은 쥐방울이 먼저가 아니었다.

"괜찮으세요? 정말 죄송합니다."

미리는 마침 차에서 내리는 중년 남자를 향해 고개를 숙였다. 자동차는 검은색 SUV였다. 난간에 부딪힌 범퍼가 움푹 들어가 있었다.

"전 괜찮습니다. 아주머닌 괜찮으세요?"

남자는 화를 내지도 않았고 얼굴을 찡그리지도 않았다. 쌍욕을 들을지도 모른다고 생각했던 미리는 의외의 반응에 대꾸할 말을 찾지 못했다.

"너 다친 데 없어? 큰일 날 뻔했어!"

그새 달려온 경자가 숨을 헐떡이며 말했다.

"급한 일이 있으셨던가 본데 사고가 안 나서 정말 다행입니다."

남자가 말했다.

"아뇨. 제가 갑자기 뛰어든 겁니다. 죄송합니다. 변상을 해드릴 테니…."

"아닙니다."

남자가 미리의 말을 잘랐다. 여유롭게 웃어 보이기까지 했다. 선량한 인상의 평범하게 생긴 중년 남자였다.

"단지 내에서 서행을 했어야 했는데 제 잘못도 큽니다. 어차피 전 보험 처리를 하면 되니 신경 쓰지 마시고 없었던 일로 하시죠."

"아이고. 좋은 분이시네. 그래 미리야. 너 다치지만 않았으면 그렇게 하자."

"그래도…."

남자는 신경 쓰지 말라는 듯 가볍게 손을 들어 보이더니 다시 차에 올랐다.

"그럼 연락처라도 알려 주세요. 제가 수리비는 꼭 드리고 싶어요. 아무리 생각해도 제가 잘못했는걸요."

미리가 운전석까지 가서 말했지만 남자는 고개를 저었다.

"정말 괜찮습니다. 어차피 여기저기 찌그러진 고물차라서. 허허. 그럼 가 보겠습니다."

남자는 후진을 한 뒤 고개를 까닥해 보이고는 아파트 입구를 향해 차를 몰았다. 멀어지는 SUV의 꽁무니를 보며 미리는 자동차 번호를 외웠다. 17가 3472.

"좋은 사람 만나서 다행이다. 그런데 쥐방울은?"

경자가 물었다.

"몰라. 그런데…."

미리가 말했다.

"나 저 사람 본 적이 있는 것 같아. 얼굴이 낯이 익어."

거기까지 말한 미리는 쓰러질 듯 비틀거렸다. 놀란 경자가
미리를 부축했다.

"너 다쳤어?"

"아니. 너무 달렸더니 힘이 없네. 일단 집으로 가야겠어."

그제야 잠자고 있던 고통이 한꺼번에 밀려왔다. 미리는 주차
장 쪽을 돌아봤다. 그 사내, 아니 쥐방울은 분명 주차장 쪽으로
사라졌다. 저기에 뭔가가 있었다. 쥐방울을 사라지게 만드는 무
언가가.

그 무언가를 확인하고 싶었지만 더 이상 아무런 힘이 남아
있지 않았다. 손발이 떨리고 심장이 뛰기 시작했다. 안 좋은 징
조였다. 어둡고 끈적끈적한 우울감이 스멀스멀 기어 올라와 목
구멍을 비집고 밖으로 튀어나오려 했다.

"그래. 가자. 너 얼굴이 완전 안 좋아. 가서 이야기하자."

미리는 경자의 부축을 받으며 집으로 향했다. 경자의 듬직한
팔이 미리를 꽉 껴안았다. 절대 흔들림 없는, 강인하고 단단한
힘이었다.

"아니. 하루 종일 싸돌아다니다가 와선 계속 그것만 들여다볼
거야? 밥 안 차려?"

귀찮은 영감탱이.

138

지현은 속으로 구시렁거렸다.

"갑자기 무슨 망령이 들었나. 탐정인지 뭔지 그게 뭐라고 생전 안 보던 책들도 잔뜩 쌓아 놓고 도대체 뭘 하는 거야, 응? 내가 그 여편네들하고 어울리지 말랬지?"

천용만은 하루 종일 가게를 지킨 탓에 부아가 잔뜩 치민 상태였다. 점심도 컵라면으로 때웠다. 화도 화지만 배가 고파서 돌아가실 지경이었다. 용만은 라면 하나도 제 손으로 끓어 본 적이 없는 남자였다.

"뭐 시켜 드세요. 난 짜장면. 아니, 난 피자 먹을까."

태연히 말하는 지현을 보고 용만은 할 말을 잃었다. 지현은 그렇게 말을 하면서도 눈은 모니터에 고정된 상태였다. 그야말로 생전 처음 보는 모습이었다.

"에라이. 피자를 처먹든 짜장면을 처먹든 마음대로 해. 난 나갈 거니까!"

용만은 부러 큰 소리로 말했지만 지현은 돌아보지 않았다.

"나갈 때 문단속 좀 잘해 줘요."

무심하게 한마디를 던질 뿐이었다.

"허어. 오래 살고 볼 일이네. 오래 살고 볼 일이야."

평소 늘 오래 살고 싶다고 말하던 용만은 이제는 그만 살아도 되지 않을까 하는 의문을 품으며 밖으로 나갔다.

"어휴. 징징거리기는."

지현은 용만이 나가고 나서야 두 다리를 쭉 펴고 화면에 몰입했다. 어차피 한두 시간 후면 혼자서 뭘 사 먹고 주섬주섬 돌아올 양반이었다. 이제는 걱정도 되지 않는다. 그 시간에 CCTV를 최대한 많이 봐 두는 게 나았다.

뒤로 갈수록 녹화된 화면 수도 줄고 내용도 짧아졌다. 굳이 미리에게 듣지 않아도 짐작할 수 있었다. 쥐방울이 CCTV 위치를 완벽하게 파악하고 움직인 것이다.

그래도 뭔가 나올지 몰라.

지현은 뚫어져라 모니터를 바라봤다. 벌써 네 시간째였다. 눈이 시리고 머리도 아팠지만 멈추고 싶지는 않았다. 무언가에 몰두하는 건 실로 오랜만이었다. 슈퍼를 처음 차렸을 때는 하루가 순식간에 지나갈 정도로 열심히 일했는데 이제는 그럴 힘도, 의지도 사라지고 없었다.

그런 것들은 다 어디로 가는 걸까?

나이와 함께 서서히 희미해지는 거라면 너무 서글프다.

그런 서글픔을 느끼지 않기 위해서라도 지현은 화면에서 눈을 떼지 않았다. 자신도 쓸모 있는 일을 한다는 생각을 하니 힘든 것도 참을 만했다.

그래. 버티는 일은 이 전지현이 제일인데.

다른 건 몰라도 우직하게 하나에만 몰두하는 건 자신 있었다. 사실, 그것 말고는 이렇다 하게 내세울 것도 없었지만.

"잠깐만."

지현은 화면을 멈췄다. 스페이스고 뭐고 알 것 없이 제일 길쭉한 걸 때리면 멈춘다는 걸 소희에게 이미 배웠다.

"또 주차장이야."

5월 3일에 찍힌 영상이었다. 주차장 제일 구석으로 모자를 눌러쓴 남자가 도망치고 있었다. 미리가 조사한 자료에 따르면 이날도 범행이 있었다. 장소는 주차장이었다. 4월 중순을 지나면서 쥐방울이 주차장에 출몰하는 경우가 많아졌다. 그 전까지는 엘리베이터나 놀이터가 주 무대였다.

경찰이 뽑아 놓은 CCTV는 각각의 범행 현장만 찍혀 있었다. 엘리베이터면 엘리베이터 근처, 놀이터면 놀이터 근처 영상만 확보를 해 놓은 상태였다.

"이래선 어디로 도망을 갔는지 알 수가 있나."

지현은 쩝, 입맛을 다시며 중얼거렸다.

주차장에서 범행을 저지르면 주차장 구석으로 도망을 간다. 지현은 다른 범행 때도 마찬가지일 거라 짐작했다. 자신의 생각처럼, 그리고 미리의 말처럼 주차장 쪽에 무언가가 있었다.

지현은 카디건을 챙겨 입고는 미리에게 전화를 걸었다. 통화 중이었다. 경자는 아예 전화를 받지 않았다. 시계를 힐끗 보니 저녁 준비로 바쁠 시간이었다. 마지막이라는 생각으로 소희 번호를 눌렀다.

"언니!"

소희가 밝은 목소리로 전화를 받았다.

"알바는 끝났어?"

"네. 오후부터 했다고 오늘은 좀 일찍 들어가라네요. 지금 막 왔어요."

"철이는?"

"잘 놀고 있더라고요. 헤헤."

"혹시 지금 잠깐 시간 돼?"

"왜요?"

"아니… 저쪽 주차장에 한번 가 보고 싶은데 밤길 어두운 늙은이 혼자 가 봐야 뭘 찾지도 못할 것 같아서."

"아! 잠깐만요."

소희는 누군가와 잠시 이야기를 나누는 것 같았다. 아마 엄마에게 외출 허락을 받는 것이리라. 순간 괜히 전화했다는 생각이 들었다. 지현은 자신의 멍청함에 혀를 찼다. 철이를 데리고 나와도 된다고 말할까 하다가 그만두었다. 그것보다는 빨리 보고 들어가는 게 더 좋을 것 같았다.

"네. 얼마 안 걸리죠, 언니? 그러면 될 것 같아요."

"그래. 한번 휘 둘러보고 오자고. 그럼 거기서 만나."

지현은 전화를 끊고 통조림 몇 개를 챙겼다. 듣기로는 철이가 복숭아 통조림을 잘 먹는다고 했다. 이따가 소희에게 들려 보낼 생각이었다.

"그럼 가 볼까."

지현은 신기만 해도 관절 통증을 없애 준다는 운동화를 신고 밖으로 나갔다. 해가 길어졌다고는 하지만 이제는 확실히 밤이었다. 아파트 단지 가로등에 불이 들어왔다. 환한 것은 입구 쪽의 몇 개뿐, 뒤로 갈수록 깨진 가로등이 많았다. 불빛은 부나방을 불러 모으고 어둠은 범죄자들을 불러 모은다.

"아무렴, 범죄자보단 부나방이 낫지."

지현은 얼굴 주위에서 날아다니는 부나방을 휘휘 손으로 저어 쫓으며 중얼거렸다.

약을 먹고 몇 시간 누워 있었더니 기운은 돌아왔다. 두근대던 심장도 제자리를 찾았고 무력감도 일단은 수면 아래로 가라앉았다. 물론 완전히 사라진 것은 아니다. 미리는 주먹을 쥐었다가 폈다. 손에 힘이 들어가지 않았다. 허벅지와 엉덩이가 미칠 듯이 아팠다. 그러고 보니 체력장을 하고 난 뒤에도 이런 몸살에 시달리곤 했다.

현관문 여는 소리가 나서 억지로 몸을 일으켰다. 태권도장에 갔던 현지가 돌아올 시간이었다.

"엄마."

아이의 목소리는 언제나 씩씩하고 밝았다. 미리는 그 사실이 늘 고마웠다.

"잘 다녀왔어?"

미리 역시 밝게 인사를 건네며 딸을 꼭 껴안았다. 아이 특유의 싱그럽고 힘찬 냄새가 났다. 미리가 제일 좋아하는 냄새였다.

"어? 엄만 아픈 거야?"

현지가 걱정스레 물었다.

"아니. 조금 피곤해서. 이제 괜찮으니까 엄마가 스파게티 해줄게."

"엄마 스파게티는 최고야! 어떻게 만들어?"

"엄마만의 비법이지. 잠시만 기다려."

"알았어. 난 그럼 조금만 쉴래."

빨리 씻고 학습지 해야지.

미리는 그렇게 말하려다가 참았다. 오늘은 왠지 놀게 하고 싶었다. 자신에게 힘을 주는 저 푸르른 냄새를 조금이라도 오래 맡고 싶었다.

"냄새…."

미리는 중얼거렸다.

냄새라는 그 단어가 먹음직스러운 미끼처럼 무의식의 수면 위에서 살짝살짝 춤을 추고 있었다. 무언가가 걸리길 기다리면서.

냄새.

아이에게서 나는 고유한 냄새.

맡고 있으면 자연스레 그 사람이 연상되는 냄새.

땀을 흘리면 땀 냄새가 나고, 향수를 뿌리면 향수 냄새가 나고….

"아!"

미리가 고개를 번쩍 들었다. 번개처럼 머릿속을 스쳐 지나가는 생각이 하나 있었다.

"엄마 왜 그래?"

막 TV를 틀려던 현지가 이상하다는 표정으로 미리를 봤다.

"아니야. 현지야 잠깐만 기다려 줘."

미리는 안방으로 들어갔다. 생각을 정리할 필요가 있었다.

수첩을 꺼내 지금까지 메모한 것들을 살펴봤다. 쥐방울에 관한 거의 모든 것들이 거기 기록돼 있었다. 대부분 인터넷과 경찰의 수사 기록에서 찾을 수 있는 것들이었지만 한 가지만은 아니었다.

쥐방울에게선 흙냄새와 꽃냄새가 난다.

그 한 문장 밑에 휘갈겨 쓴 또 다른 문장이 있었다. 집으로 돌아오자마자 쓰러질 것 같은 상황에서도 남겨 놓은 글이었다.

쥐방울이 탔던 엘리베이터 안에서도 꽃냄새가 났다.

연결해 보면 하나의 결론에 도달한다. 쥐방울은 흙냄새와 꽃냄새를 풍기는 사람이다. 도대체 어떤 일을 하면 평소에도 그런 냄새가 날까?

정답은 그리 멀리 있지 않았다.

미리는 경자에게 전화를 걸었다. 자신의 추리를 확인할 필요가 있었다. 경자는 전화를 받지 않았다. 지현에게 걸었지만 통화 중이었다. 소희도 마찬가지였다.

어떡하지?

고민을 하던 미리는 박도진 선생을 떠올렸다. 언제든 전화를 달라던 그의 말도. 미리는 시계를 봤다. 빨리 전화를 끊고 서둘러 저녁 준비를 한다면 현지가 배고프다고 칭얼거리기 전에 스파게티를 완성할 수 있을 것 같았다.

"좋았어. 이게 다 공익을 위한 거니까."

미리는 혼잣말을 하고는 박도진 선생에게 전화를 걸었다.

"여보세요?"

마치 기다리고 있었다는 듯 신호가 떨어지기도 전에 박도진이 전화를 받았다.

"아! 네네. 저 공미리…."

먼저 전화를 걸어 놓고도 당황한 쪽은 미리였다.

"알고 있습니다. 미리 씨. 또 안 좋으신 건가 싶어서 서둘러 전화를 받았는데 생각보다 목소리는 괜찮아 다행이네요."

박도진은 언제나 사근사근한 말투였다.

"의논 드리고 싶은 게 있어서 전화했어요."

미리가 말했다.

"의논이요?"

"제 추리가 맞는지 들어봐 주세요."

"추리라면… 쥐방울 사건 말씀하시는 거죠?"

"네. 듣고 아니다 싶으면 바로 지적해 주세요."

"알겠습니다. 그나저나 미리 씨 추리를 듣다니 영광이네요."

"농담은 그만. 저 지금 진지해요."

미리는 호흡을 가다듬은 후 떠오르는 이야기들을 논리에 맞게 재배열했다. 그래 봐야 그리 거창한 이야기는 아니었지만 어쩌면 쥐방울을 잡을 수 있는 핵심 추리일지도 모른다.

"알겠습니다."

박도진의 목소리도 덩달아 진지해졌다.

"저랑 경자 언니가 피해자들 몇 명과 만나 이야기를 들었어요. 그중 두 명이 묘한 이야기를 했죠. 쥐방울에게서 흙냄새가 났다는 사람도 있었고, 꽃냄새가 났다는 사람도 있었어요. 특히 꽃냄새 쪽은 차마 경찰한텐 그 이야기를 못하고 저희한테 한 거였어요."

"하긴. 변태한테서 꽃냄새가 났다고 하면 오해를 할 수도 있겠군요."

"네. 그래서 숨기고 있었대요. 그런데 아무리 생각해도 이상하잖아요. 향수 냄새도 아니고 흙냄새와 꽃냄새라니. 그래서 그게 뭘까 생각을 하던 참에 오늘 낮에 저도 그 냄새를 맡았어요!"

"미리 씨가?"

미리는 낮의 일을 간단하게 설명했다.

"쥐방울이 대낮에도 나타나는 건 드문 일도 아니에요. 최근 들어서 부쩍 대낮에 당한 사람들이 많거든요. 심지어는 같은 날 낮과 밤에 두 번이나 범행을 저지른 적도 몇 번 돼요."

"그렇다면 미리 씨가 마주친 그자가 쥐방울일 확률이 높겠네요. 제 소견이긴 하지만 점점 자기 통제를 못하는 것 같습니다. 그 쥐방울이라는 작자 말이에요."

박도진이 말했다.

"제가 걱정하는 것도 그거예요. 그래서 빨리 잡아야 하는데 지금까진 경찰들도 단서를 못 잡았거든요. 근데 흙냄새랑 꽃냄새가 단서가 될 것 같아요."

"어떻게요?"

"그 두 가지 냄새가 동시에 난다는 건 흙이나 꽃과 밀접한 관계가 있다는 거죠. 그렇다면 답은 한 가지예요. 조경 업자. 아파트에서 지난 3월부터 조경 사업을 실시했거든요. 거기 인부 중 한 명이 쥐방울이라면 나타난 날짜부터 정황까지 모든 게 다 맞아떨어져요!"

미리의 목소리가 자기도 모르게 커졌다. 박도진 선생에게 설명을 하다 보니 더 확신이 생겼다. 조경 사업을 하는 인부들이라면 거의 매일 아파트에 드나든다. 누구 하나 눈여겨보는 사람도 없다. 언제 들어오는지 언제 돌아가는지 알 수도 없고 궁금해하지도 않는다.

쥐방울이 인부로 일하다가 남는 시간에 자신의 취미 활동을 하는 거라면?

"그럴싸한데요? 아니, 꽤 정확한 추리 같습니다. 그런 인부들은 일하는 시간이나 날짜가 일정하지 않기 때문에 경찰이 조사를 했어도 걸리지 않았을 가능성이 큽니다. 미리 씨가 한번 조사해 보면 될 것 같은데요?"

박도진은 덩달아 흥분하며 미리의 말에 동의했다.

"고마워요. 근데 지금 당장은 주차장에 가 봐야 할 것 같아요."

"주차장?"

"아직 풀지 못한 게 하나 있거든요. 가능하면 우리 주부탐정단 모두를 불러 모아서 주차장 쪽을 샅샅이 뒤지려고요. 거길 가 봐야 쥐방울이 어떻게 도망을 다니는지 확실히 알 것 같아요. 그렇게 한 뒤에 조경 업자랑 이야기를 해 봐야죠."

"그렇군요. 그런데 미리 씨. 조심하세요."

"위험이야 늘 따라다니는 거죠."

미리는 짐짓 아무것도 아니라는 듯 말했다.

"좀 신경이 쓰여서 그래요."

"신경이요?"

"전 범죄심리학 쪽으로도 조금 공부를 했거든요."

처음 듣는 말이었다. 박도진이 '조금'이라 표현한다면 그건 '상당히 깊게'라는 의미로 받아들여도 될 것이다. 미리는 처음부터 궁금하긴 했다. 박도진 정도 되는 의사가 왜 광선동에서 작은 병원 개업의로 일하는지.

"그런데요?"

미리가 물었다.

"쥐방울 같은 경우엔 전형적인 변태, 그러니까 성도착증 환자가 저지른 일이 맞아요. 그 사람을 잡으면 미리 씨가 추리한 많은 부분이 일치할 거고. 제가 걱정하는 건 그 변태가 누군가의 영향을 받았을지도 모른다는 거예요."

"전에 말씀하셨던 교차로의 악마인가 뭔가 그것 말인가요?"

"네. 맞아요. 범죄심리학에선 이런 말이 있어요. 범죄가 빈번하게 발생하는 곳엔 범죄자들이 있다."

"범죄자들….."

"네. 범죄자들은 서로가 서로의 영향을 받아요. 사이코패스 살인마들도 다른 이의 살인 소식을 보고 거기에 자극을 받아 더 잔혹한 범죄를 저지른 사례가 많거든요. 교차로의 악마 같은 존재가 있다는 거죠. 이번의 쥐방울 사건이 누군가에 의해서 자극을 받았거나 반대로 누군가에게 자극을 줬을지도 몰라요."

"선생님은 수미라는 그 여자애 실종 사건을 염두에 두고 말씀하시는 건가요?"

낮의 일을 이야기하면서 가출인지 실종인지 모를 이수미에 대해서도 말해 둔 상태였다. 박도진은 한동안 침묵을 지킨 후 신중하게 대답했다.

"그 일도 사건일지 몰라요. 아! 이건 정말 제 개인적인 의견입니다. 그래도 꼭 조심하셔야 합니다. 아시겠죠?"

박도진 선생은 '그 일'을 유독 강하게 발음했다. 그의 걱정하는 말에서는 진심이 묻어났다.

"아, 알겠어요. 말씀해 주신….."

"아! 저 미리 씨. 정말 죄송한데 제가 마지막 환자를 봐야 해서요."

박도진이 난처한 목소리로 말했다.

"아뇨. 제가 너무 오래 붙잡고 있었죠. 죄송합니다."

"그럼 어떻게 됐는지 꼭 다시 연락 주세요."

박도진은 전화를 끊었다.

미리는 서둘러 거실로 나왔다. 미리의 허둥대는 모습에 현지가 눈을 동그랗게 뜨고 바라봤다. 미리는 시계를 봤다. 평소라면 남편이 퇴근해 올 시간이었다. 오늘도 축구 경기가 있다.

아니나 다를까, 때마침 문 여는 소리가 들렸다.

"현지야. 엄마가 잠시만 어디 좀 다녀올게."

미리는 현관을 향해 가며 말했다.

"어디?"

"여기 앞에…."

미리는 남편과 현관 앞에서 딱 마주쳤다.

"당신 어디 가는 거야?"

승호가 어리둥절한 표정으로 물었다.

"잠깐 나갔다 올게. 주부탐정단 일로."

미리는 신발을 신으며 말했다.

"뭐? 저녁은 어떡하라고?"

"스파게티 해 먹어."

"그걸 내가 어떻게 해?"

승호의 목소리가 높아졌다.

"그냥 면 삶고 소스만 부으면 돼. 어려울 것 없어!"

"아니. 그래도…."

미리는 승호의 말을 다 듣지 않고 문을 닫고 복도로 나왔다. 밤공기가 상쾌했다. 심장이 기분 좋게 두근댔다. 때마침 소희에게서 전화가 왔다. 미리는 힘차게 전화를 받았다.

광규는 하품을 하며 단지 안으로 들어섰다. 취기가 올라왔다. 근무 교대를 하고 근처 백반집에서 저녁을 먹으며 반주를 한잔 했다. 그리 많이 마시진 않았는데 피곤해서 그런지 금방 취했다. 올해 들어 경비원을 줄이는 바람에 하는 일이 부쩍 늘었다. 그래도 봉급은 똑같았다.

"절이 싫으면 나가야지, 어쩌겠어."

하지만 광규는 흥얼흥얼 콧노래를 부르면서 단지를 걸었다. 요즘 같은 불경기에 경비원으로 붙어 있는 것만 해도 다행이었다. 게다가 경비 책임자라는 그럴싸한 이름까지 붙어 있지 않은가. 그 직함은 올 초에 달았다. 전임 책임자가 잘리면서 광규가 대신 지금의 자리에 올랐다. 경비 책임자님, 경비 책임자님, 하고 불릴 때마다 은근히 기분이 좋았다. 물론 스트레스도 만만치 않았다.

스트레스를 생각하니 문득 그 아줌마들이 떠올랐다. 쥐방울을 잡겠다며 설쳐대는 아줌마들.

주부… 뭐라고 했더라?

술기운 때문인지 그 이름이 생각나지 않았다. 하여간 그 아줌마들이 귀찮게만 하지 않는다면 더할 나위 없이 좋을 텐데.

광규는 울적한 기분으로 하늘을 올려다봤다. 제일 먼저 눈에 들어온 것은 저만치에 있는 깨진 가로등이었다. 몇 번 교체를 해도 하루가 멀다 하고 누군가가 깨 놓는다. 관리사무소에서는 이제 교체 비용을 제때 주지도 않는다.

"내 참 더러워서."

그렇게 중얼거리며 쓰레기통 옆의 벤치에 잠깐 앉았다. 이대로 들어가면 늙은 어머니의 잔소리가 끝도 없이 이어질 것이다. 시원한 바람을 맞으며 술이 깰 때까지 기다리기로 했다.

"그래도 열심히 하는 모습이 좋긴 좋아."

쩝. 광규는 입맛을 다시며 문득 중얼거렸다. 그 네 명의 아줌마들 얼굴이 다시 떠올랐다. 분명 쉽지 않은 일일 텐데 나서서 하는 모습을 보고 진심으로 도와주고 싶다는 생각이 들기도 했다. 경비일 외에 뭔가를 해 보려고 열심히 도전했던 적이 언제였는지 생각도 나지 않았다. 어영부영하는 사이 결혼을 못한 채로 오십 줄에 들어서고 말았다. 아마 앞으로도 짝을 만나는 일은 일어나지 않을 것이다. 이대로 노모와 함께 큰 병 없이 늙어 가는 것만이 광규의 유일한 소원이자 소망이었다.

"내일은 그래도 쉬는 날이구나."

술을 마시면 언젠가부터 혼잣말을 하게 되었다. 늙어 간다는 뜻이리라. 예전에는 어머니가 혼자서 중얼거리는 걸 이해하지 못했지만 어느덧 자신도 그럴 나이가 되었다.

"휴."

광규는 한숨을 쉬며 옆으로 고개를 돌렸다. 공용 쓰레기통이 보였다. 이렇게 쓰레기통 가까이에 벤치를 만들 생각을 하다니, 언제 봐도 한심한 시설이었다. 게다가 공용 쓰레기통은 주민들이 워낙에 쓰레기 무단 투기를 많이 해서 경비원들에게는 늘 골치 아픈 존재였다.

"이런. 이것 봐. 또."

이번에도 어김이 없었다. 공용 쓰레기통 밖으로 검은 비닐봉투가 마치 자랑이라도 하듯이 툭 튀어나와 있었다. 게다가 냄새도 고약했다. 분명 누군가가 음식물 쓰레기를 무단 투기한 게 틀림없었다.

쯧쯧.

광규는 혀를 차며 쓰레기통을 향해 다가갔다.

소희는 지현보다 먼저 주차장에 도착했다. 집에는 친구를 잠깐 만나고 오겠다고 둘러댔다. 아직까지 탐정 이야기며 쥐방울 이야기는 꺼내지도 못했다. 그런 말을 했다가는 당장에 불호령이 떨어질 것이다.

"애 아빠나 데려와!"

벌써 2년이나 지났는데도 아빠는 한결같이 화를 낸다. 서로 대화다운 대화를 해 본 지도 꽤 오래였다. 아빠는 아직도 자신의 딸이 버림받은 싱글맘이라는 사실을 받아들이지 못한다. 소희는 그런 아빠를 이해하면서도 섭섭한 마음을 감출 수가 없었다. 그래서 둘 사이는 여전히 냉전 상태다. 그나마 아빠가 손자인 철이를 귀여워해서 다행이다.

소희의 유일한 즐거움은 언니들과 어울리는 것이었다. 나이 차가 제법 나기는 했지만 그래도 함께 있으면 마음이 편했다. 특히 엄마처럼 대해 주는 지현이 가장 좋았다. 철이를 데리고 반찬거리를 사러 광선슈퍼에 몇 번 들렀던 게 지현과의 인연으로 이어졌다. 지금의 편의점 아르바이트도 지현이 다리를 놔 준 것이다.

솔직히 말하자면 소희에게 탐정 일이란 사치였다. 몇 푼 안되는 돈이기는 해도 곰 눈깔 붙이는 쪽이 훨씬 더 필요했다. 철이에게 들어가는 돈이 만만치 않았기 때문이다. 정말로 포상금을 받는다고 해도 자신에게 돌아올 몫이 많지는 않을 것이다.

그 모든 걸 알면서도 기꺼이 참여한 것은 소속감과 유대감때문이었다. 사람들은 여자들 사이에 우정이 어디 있느냐고 말하지만 소희는 언니들과 함께하면서 그런 감정을 강하게 느꼈다. 함께 있으면 든든하고 무엇이든 할 수 있을 것만 같았다. 나이는 달라도 다 친구였다. 무엇보다, 자신을 소희 그 자체로 대해 주는 게 정말 고마웠다.

소희는 지현을 기다리며 서성거렸다. 주차장 역시 가로등이 몇 개인가 깨진 터라 어두컴컴했다. 이런 곳을 밤에 둘러본다니 왠지 무섭기도 했지만 지현과 함께라면 재미있을 것도 같았다.

핸드폰을 켜서 이것저것 검색을 했다. 요즘 소희의 관심사는 온통 이유식에 쏠려 있다. 남들은 비싼 돈을 들여서 유기농 재료로 이유식을 만들어 준다는데 자신은 그러지 못해 애가 타기도 했다.

"철이야. 조금만 기다려. 엄마 금방 갈게."

소희는 핸드폰 배경 화면 속 철이의 사진을 보며 중얼거렸다. 사진을 보고만 있어도 웃음이 나온다. 철이를 낳지 않았다면 어떻게 됐을까? 생각만 해도 끔찍했다. 자신의 인생이 조금은 더 자유로웠을지 몰라도 지금의 이 충만한 행복감은 결코 느끼지 못했으리라.

"응. 그래."

주차장 뒤쪽에서 남자 목소리가 들렸다.

소희는 움찔 놀라서 고개를 돌렸다. 중년 남자가 치킨 봉투를 들고 다가오고 있었다. 아마 이제 막 주차를 한 모양이었다.

"아빠가 치킨 사 간다."

남자가 통화하는 걸 들으며 소희는 자기도 모르게 미소를 지었다. 아빠의 치킨을 기다리고 있을 아이들의 얼굴이 떠올라 자기 일도 아닌데 흐뭇했다. 한편으로는 철이에게도 아빠를 만들어 주고 싶었다. 외롭지 않다면 거짓말이었다. 철이의 친아빠에 대한 그리움은 완전히 사라졌지만 누군가와 사랑을 하고 싶다

156

는 마음은 날이 갈수록 커졌다.

"그래. 조금만 기다리라니까. 하하."

남자는 점점 다가왔다.

소희는 문득 미리 생각이 났다. 미리도 같이 둘러보면 좋을 텐데.

"언니한테 전화나 한번 해 볼까?"

미리는 어딘지 어둡고 무뚝뚝해 보이지만 사실은 정이 많다. 철이 옷이며 각종 육아용품들을 구해 주거나 사 주는 이도 미리였다. 지현이 엄마라면 미리는 큰언니 같다. 소희는 미리에게 여러 가지로 의지하고 있었다.

신호음이 떨어졌다. 잠시 후 미리가 전화를 받았다.

"여보세요?"

미리의 목소리는 왠지 활기차게 들렸다.

"언니. 저 지금 지현 언니랑 주차장에서…."

거기까지 말했을 때였다. 소희는 인기척을 느끼고 뒤를 돌아봤다. 치킨 봉투를 든 중년 남자가 바싹 붙어 서 있었다.

"누구?"

소희가 물었다.

남자의 손이 파리를 낚아채는 개구리의 혀처럼 튀어나온 건 바로 그 순간이었다. 소희가 미처 반응하기도 전에 축축한 수건이 코와 입을 막았다.

아!

비명을 질렀다고 생각했으나 입 밖으로 나오지 못하고 머릿속 어딘가에 걸려 버렸다. 눈앞이 흐려졌다. 의식이 한없이 깊은 늪 속으로 가라앉았다. 무시무시한 속도로.

"여보세요? 소희야!"

미리의 목소리가 저 멀리 수면 위에서 들려왔다.

안 돼.

소희는 중얼거렸다. 철이의 웃는 얼굴이 떠올랐고, 그것이 마지막이었다.

"누가 또 공용 쓰레기통에 생활 쓰레기를 버렸어?"

듣는 사람은 없었지만 광규는 일부러 큰 소리로 말했다. 그래야 조금이라도 분이 풀린다. 경비원으로 일하다 보면 상식 밖의 사람을 많이 만나게 된다. 몇 걸음만 더 가면 될 것을, 그게 귀찮아서 버젓이 놓여 있는 음식물 쓰레기통을 마다하고 여기에 버리는 사람의 심리란 도대체 어떤 것인지 광규는 이해할수 없었다. 다만 한 가지 사실만은 분명했다.

"개자식들."

그런 놈들은 죄다 개자식들이었다. 광규는 얼굴을 찡그리며 쓰레기통 앞에 섰다. 가까이 다가가니 악취가 더 심했다. 때를 잘 만난 파리들이 너도나도 몰려와 붕붕거리며 파티를 즐기고 있었다.

"어휴. 비위 상해."

광규는 엄지와 검지 끝으로 비닐봉투를 집어낸 후 바닥에 내려놓았다. 생각보다 묵직했다. 어떤 놈인지는 몰라도 작정하고 버린 듯했다. 비닐이 축 처지는 모양으로 봐서 아마 먹다 남은 족발일 것이다.

비닐봉투 앞에 쪼그리고 앉아 핸드폰 불빛을 비췄다. 어쨌든 내용물을 확인해야 어디에 버릴지 알 수가 있다. 악취 때문인지 아니면 술기운 때문인지 머리가 쑤셔 왔다. 덩달아 눈 밑도 파르르 떨렸다. 목덜미에 땀이 맺혔다. 겨드랑이도 이미 축축하게 젖었다. 광규는 천천히 봉투의 매듭을 풀었다.

"이게… 뭐야?"

처음에는 한눈에 알아보지 못했다. 핸드폰을 더 가까이 들이댔다.

익숙한 모양인데….

분명 어디서 많이 봤는데….

고개를 갸우뚱하던 광규는 핸드폰을 든 자신의 손을 내려다봤다. 그러고는 다시 봉투 안을 들여다봤다.

"으악!"

비명을 지르며 그대로 엉덩방아를 찧었다. 광규가 나가떨어지자 기다렸다는 듯 파리 떼가 봉투 속으로 날아들었다.

깨끗하게 잘린 하얀색 손목을 향해.

손톱만 한 반점이 유독 눈에 들어오는 그것을 향해.

광규의 땀은 이미 다 식어 한기가 느껴질 정도였다. 광규는

얼마간 숨을 몰아쉬고 나서 핸드폰을 들었다. 신고를 해야 한다
는 생각만 들 뿐 머릿속이 새하얬다. 심장이 너무 빠르게 뛰어
가슴을 뚫고 튀어나올 것만 같았다. 눈을 질끈 감았다가 떴다.
봉투는 사라지지 않았고, 당연히 내용물도 그대로였다.

"신고를 하자. 신고를 해."

광규는 112인지 119인지 한참 생각하고 나서야 더듬더듬
112를 눌렀다. 누르면서도 이게 맞는 번호인지 확신이 없었다.

"광선경찰서…."

"여기, 여기 잘린 손목이 있어요!"

광규는 상대방이 전화를 받자마자 외쳤다. 그러고는 벌렁 드
러눕고 말았다. 담겨 있던 핏물이 비닐봉투 밖으로 흐르면서 노
란색 배지 하나가 데굴데굴 굴러 나왔다.

한껏 웃고 있는, 스마일 배지였다.

그 남자 3

한 번 사냥을 하면 최소 한 달은 쉰다. 그 시간 동안 모아 놓은 것들을 다시 보며 사냥의 즐거움을 되새긴다. 남자는 욕망을 절제할 줄 알았다. 적어도, 아직까지는.

초기에는, 그러니까 초보 사냥꾼이었을 때는 마구잡이로 움직였다. 자신만의 표식을 가지지 못하던 시절이었다. 충동을 이기지 못해 이삼일에 한 번씩 사냥감을 찾아 거리 곳곳을 누비기도 했다. 어찌 보면 그때 잡히지 않았던 게 천만다행이었다.

모든 게 다 '그' 덕분이었다. 그를 만나지 못했더라면 그렇고 그런 살인자가 되었을 것이고 지금의 영광스러운 이름 역시 얻지 못했으리라.

그가 해 준 조언을 듣고 계획을 짜고 규칙을 만들었다.

남자는 그가 하는 말이라면 앞으로도 계속 귀담아들을 생각이었다. 감히 그의 명령을 어길 생각 따위는 해 보지도 않았다.

규칙이 깨진 것은 지금까지 단 한 번이었다.

사냥을 한 지 이틀이 채 지나지 않았지만, 그래서 피로감이 그대로 남아 있었지만 또 다른 사냥감을 노렸다.

이번의 사냥감 역시 아담한 체구의 여자였다. 귀 근처까지 오는 단발이 제법 잘 어울렸다.

여자는 방심한 채로 핸드폰을 들여다보고 있었다. 그럴 수밖에. 치킨을 사 가는 다정한 아빠를 연출하면 언제나 백발백중이었다.

여자가 한눈을 파는 사이 빠르게 접근했다. 그러고는 너무도 간단하게 제압했다. 클로로포름을 묻힌 손수건 역시 백발백중.

남자는 여자를 자신의 집으로 끌고 갔다.

완벽하게 방음 시설을 한 아지트.

아마 조금의 소리도 새어 나가지 않을 것이다. 게다가 1층. 남자를 방해할 이는 그 누구도 없었다.

남자는 여자를 화장실에 묶어 놓았다. 지금 당장은 처리할 생각이 없었다. 일단은 잠을 자야 했고, 뭘 좀 먹으며 체력을 보충해야 했다. 결정적으로 내일은 일을 하러 나가는 날이었다. 게다가 자신이 남겨 놓은 '그것' 때문에 당분간은 아파트 전체, 아니 전국이 떠들썩할 것이다. 조심할 필요가 있다.

소동이 조금 가라앉고 사냥을 하고 싶다는 충동이 다시 밀려들면 그때 여자를 처리할 것이다.

남자는 의식을 잃은 채 화장실 바닥에 널브러진 여자를 내려다봤다. 여자가 무의식 속에서 한 마디를 중얼거렸다.

"철이야…."

그게 누구인지 남자는 상관하지 않았다. 어차피 여자는 그 사람을 다시는 만나지 못할 테니. 그 사람뿐만이 아니라 같이 몰려다니는 그 여자들 역시 영원히 안녕일 것이다.

남자는 여자의 입에 테이프를 붙였다.

살인사건

"광선동 모 아파트에서 발견된 신체 일부는 여성의 것으로 판명되었습니다. 광선경찰서는 특별 수사팀을 꾸려 사건 조사에 나섰으며 이 사건이 스마일맨의 소행인지를 확인하기 위한 수사를 진행 중이라고 발표했습니다. 한편 스마일맨은 지난 2년간…."

지현은 TV를 껐다. 차갑고 깊은 침묵이 광선슈퍼 안을 맴돌았다. 누구 하나 먼저 입을 여는 이 없이 허공을 바라보고 있었다. 먼지 알갱이가 아침 햇살 안에서 춤을 췄다. 여느 때와 다름없는 모습이었다. 소희가 없다는 것만 빼고는.

"아직 연락 없지?"

결국 지현이 긴 침묵을 깼다.

"없어요. 이젠 전화기도 꺼져 있네요."

경자가 말했다.

"아이고. 도대체 무슨 일이야, 이게."

지현이 한숨을 푹 내쉬었다.

"언니. 신고는 접수된 거지?"

미리가 갈라진 목소리로 물었다. 밤새 한숨도 자지 못한 미리는 눈 밑이 거뭇거뭇했다. 거칠해 보이기는 다른 사람들도 마찬가지였다.

"남편이 해 줬어. 근데 아무리 여자라도 성인이다 보니까 일단은 단순 가출을 제일 먼저 생각하나 보더라고."

경자가 마치 자기가 죄를 짓기라도 한 것처럼 주눅 든 표정으로 말했다.

"아니, 가출이 웬 말이야! 나랑 주차장에서 만나기로 한 애가 갑자기 어디로 가출을 해? 게다가 뉴스 봤을 거 아냐. 지금 이 아파트에 흉흉한 일이 벌어졌는데 그냥 가출이라는 게 말이 돼?"

지현이 흥분해서 목소리를 높였다.

"그게… 이번 사건 때문에 더 정신이 없나 봐요. 그래도 남편 말로는 남는 인력 있으면 제일 먼저 투입하겠대요."

"아이고. 그 사이에 우리 소희는…."

"우리가 찾아야 해. 경찰 도움만 기다릴 순 없어."

미리가 말했다.

"찾고 싶어도 방법이 없잖아. 애가 어떻게 갑자기 사라질 수 있어, 응?"

"방법을 찾아야죠. 어젯밤에는 너무 늦어서 다 둘러보질 못했잖아요. 아파트 구석구석 다 찾아보고 CCTV도 돌려보고 뭐든

해 봐요."

경자가 말했다.

"경자 언니 말이 맞아요. 어젯밤에 소희 부모님 당황하시던 거 봤잖아요. 철이 울고 있는 것도 봤고. 그쪽은 정신이 없어서 아무것도 못 할 거예요. 경찰들한테만 맡겨 놓을 수도 없고. 우리가 움직여야지. 가만히 있으면 안 돼. 이럴 때일수록 힘을 합쳐야 한다고요."

미리는 자세를 고쳐 앉았다. 축 처진 어깨를 쭉 폈다. 이야기를 나눌수록 힘이 솟아났다. 잠들어 있던 의욕이 조금씩 깨어났다.

"알았어. 알겠는데 너무 놀라고 무서워서…."

지현은 끝내 눈물을 찍어 냈다. 나이도 많고 목소리도 크고 언제나 잔소리를 해대지만 마음이 제일 여린 것도 지현이었다.

"나도 무서워. 언니."

경자의 입술이 파르르 떨렸다.

미리는 주먹을 꽉 쥐었다. 자신마저 무너지면 안 된다는 마음으로. 슬퍼하고 아파할 시간은 충분하다. 무서워할 시간도 마찬가지. 그러나 지금은 움직여야 할 때였다. 머리를 굴리고, 돌아다니고, 성실하고 튼튼한 개처럼 여기저기 냄새를 맡으며 들쑤셔야 할 때였다.

"언니들. 일단 정리를 좀 해 보자. 어젠 경황이 없어서 생각도 못 했잖아. 이럴 때일수록 냉정해야 해. 자기 생각도 솔직하게 나누고."

미리의 말에 지현과 경자가 서로 얼굴을 마주 봤다. 그러고
는 동시에 고개를 끄덕였다. 두 사람 역시 알고 있는 것이다.
지금 필요한 것은 행동이라는 사실을.

"일단 가출은 아니라고 생각해."

경자가 입을 열었다.

"우리가 걔를 모르는 것도 아니고, 게다가 너한테 전화를 했
다며? 받았는데 갑자기 끊어졌다고 그랬잖아."

"맞아. 난 솔직히 그 일이 아니었으면 소희가 가출한 거라고
생각했을 거야. 아니, 그렇게 믿고 싶어. 근데 나한테 전화를
했다가 끊어진 게 계속 마음에 걸려. 그래서 누가 납치를 한 게
아닐까 하고…."

"누가 납치를 해?"

지현이 미리의 말을 끊었다.

"쥐방울이나 아니면…."

미리는 말을 흐리며 이미 꺼진 TV 쪽을 바라봤다. 간밤의
일이 생생하게 떠올랐다. 다시는 맞이하고 싶지 않은 밤이었다.

소희와의 통화가 이상하게 끊긴 후 미리는 곧장 주차장으로
달려갔다. 동시에 지현에게 전화를 걸어 자초지종을 설명했다.
마침 두 사람은 주차장 입구에서 만났고 어디에도 소희가 없다
는 사실을 확인했다. 지현이 전화를 걸어 곧 경자도 합류했다.

처음에는 서로의 동선이 어긋난 거라고만 생각해 주차장에서

소희의 집이 있는 7동까지 몇 번이나 왕복을 하며 찾아 헤맸다. 경자는 소희에게 계속 전화를 걸었지만 받지 않았다. 그러는 사이 한 시간이 훌쩍 지났는데 때마침 사이렌 소리와 함께 경찰차가 출동했다.

혹시나 하는 마음에 달려간 주부탐정단을 맞이한 것이 쓰러져 있는 광규와 번쩍이는 경광등, 그리고 검은색 비닐봉투였다. 경찰차 전조등 아래 드러난 비닐봉투는 마치 살아 있는 것처럼 번득였다.

지현과 경자는 안의 내용물을 보지 못했지만 기어이 경찰들 틈을 파고 들어간 미리는 그것이 잘린 손목임을 확인했다. 다행히 소희의 것은 아니었지만 손목의 반점이 낯설지 않았다.

"나 알아요. 저게 누구 건지."

혼란스러운 상황에서도 경자의 남편인 강식이 미리의 중얼거림을 알아들었다. 강식은 의외의 상황에서 경자와 만나 한바탕 잔소리를 늘어놓던 참이었다.

"네? 뭐라고요? 아는 사입니꺼?"

강식이 물었다.

그 사이에도 주민들이 자꾸만 몰려들어 주위는 금세 아수라장이 됐다. 다리에 힘이 풀려 주저앉으려는 미리를 경자가 겨우 부축했다.

"언니. 그 아이야. 그 아이."

"뭐?"

"아까 낮에 그 아이. 수미. 실종됐다는 그 아이. 801호."

"그, 그게 뭔 말이야?"

"이름이 수미라고예? 뭔 소립니꺼? 니도 뭐 아는 거 있나? 자세히 말해 봐라."

미리와 경자는 강식에게 낮의 일을 자세히 설명했다. 강식의 표정이 대번에 변했다.

"손목에 저 반점. 분명해요. 빨리 가 보세요."

미리는 그 말을 끝으로 결국 토하고 말았다.

그 후의 일은 정신없이 지나갔다. 미리는 경찰서로 가 이수미의 어머니를 만난 일에 대해 설명을 했고 지현과 경자는 소희를 찾아 아파트를 돌아다녔다.

미리가 집으로 돌아간 것은 자정이 넘어서였다. 현지는 이미 자고 있었고 승호는 짜증 섞인 눈빛으로 미리를 쳐다보다가 아무 말 없이 방으로 들어갔다.

"아서라. 그런 끔찍한 얘긴 하는 게 아니야."

지현이 눈치를 채고 미리의 말을 막았다.

"아니야. 언니. 생각 안 해 볼 수가 없어. 어제 우리가 만나고 왔던 수미라는 애가 하필이면 그렇게 될지 누가 알았겠어."

미리도 어렵사리 입을 열었다.

"이게 도대체 무슨 일이니? 이 아파트에서 살인이라니. 아이고."

"남편 말로는 아직 스마일맨인지 뭔지 확실한 건 아니래요.

그 뭐냐, 모방범죄가 하도 많아서."

"일단 소희를 찾아다녀 봅시다. 스마일맨에 대해서는 어제 나도 밤새 조사를 해 봤는데 그것도 말해 줄게. 그나저나 윤미 아빠가 좀 도와주시면 좋을 텐데."

미리가 경자의 눈치를 살피며 말했다. 경자는 대번에 손을 저었다.

"말도 마. 나 어젯밤 내내 들들 볶였다, 볶였어. 어찌나 꼬치꼬치 캐묻는지 심문당하는 줄 알았다니까."

"아니. 네가 뭘 잘못했다고?"

지현이 발끈하며 물었다.

"여자들이 정신없게 우르르 몰려다녀서 그런 일이 생긴다잖아요."

"뭐야?"

"아니야. 내가 잘못 말했어. 도움받지 말고 우리끼리 해 보자. 어차피 소희 수사가 시작되면 경찰도 본격적으로 움직일 거니까."

미리는 그렇게 말하며 벌떡 일어났다. 경자도 따라서 일어났다. 마지막으로 지현이 무릎을 짚었다.

"어휴. 이놈의 무릎."

미리와 경자가 동시에 손을 내밀었다. 말없이 바라보던 지현은 두 사람의 손을 잡고 일어났다.

세 사람은 막 달궈지기 시작한 거리로 나왔다. 그래도 지난 며칠보다는 바람이 조금 불어 시원한 느낌이 들었다. 아파트 단지에는 방송사 로고를 단 차량과 함께 기자로 보이는 사람들이 돌아다니고 있었다. 삼삼오오 모여 자기들끼리 쑥덕거리는 주민들도 많았다. 간밤의 충격이 채 가시지 않은 어수선한 풍경이었다.

"어휴. 저게 참 섬뜩해 보이네."

지현이 턱짓으로 노란색 폴리스라인을 가리켰다. 주차장으로 가려면 손목이 발견된 공용 쓰레기통 옆을 지나야 한다.

"스마일맨의 소행으로 추정되는…."

리포터 한 명이 카메라를 바라보며 열심히 떠들고 있었다.

세 사람은 카메라를 피해 멀리 돌아서 주차장 쪽으로 향했다. 미리는 지난밤 한숨도 자지 않고 조사했던 스마일맨에 대해 설명하기 시작했다. 지현과 경자도 스마일맨의 존재에 대해선 알고 있었다. 불과 4개월 전 경기도의 작은 공원 벤치에서 사체 일부와 스마일 배지가 발견돼 세상을 떠들썩하게 만들었기 때문이다.

구역질 나는 연쇄살인마들 중에서도 스마일맨은 독특한 위치를 차지했다. 대부분의 연쇄살인마들이 체포된 후에 그 범죄의 실상이 드러나는 데 반해 스마일맨은 처음부터 자신의 범죄를 과시하고 전시했다. 스마일맨이라는 이름 자체도 항상 사체의 일부분과 함께 샛노란 스마일 배지를 넣어 두면서 붙여졌다. 지난 2년간 스마일맨이 저지른 살인사건은 여섯 건. 그리고 이제 일곱 번째 희생자가 발생했다.

"지금까지는 경기 남부 지역에만 국한되어 있었는데 이번에 처음으로 서울에서 사건이 일어난 거야. 스마일맨의 짓이 확실하다면, 놈의 행동반경이 넓어진 거지."

미리가 말했다.

"우리 애 아빠 말처럼 모방범죄일 확률은 없을까?"

"내 눈으로 스마일 배지를 똑똑히 봤어. 그런 미친 짓을 할 놈이 두 명이나 있다고는 생각하고 싶지도 않아. 거기다가 지금까지 사건들도 신체를 절단하는 방법이나 유기하는 방법들이 다 일정했대. 여섯 건 모두 같은 놈의 짓이란 거지. 톱으로 자르고 유기할 땐 조각조각 나눠서 사람들 눈에 잘 띄는 곳에 놔둔대. 스마일맨은… 한마디로 완전 쓰레기 같은 놈이란 거야."

미리가 말했다.

"쥐방울하고는 차원이 다르네."

경자가 중얼거렸다.

"그놈도 나쁜 놈이고, 이놈도 나쁜 놈인데 스마일맨이 더 위험하지."

"쯧쯧. 그런 쌍놈은 어디서 갑자기 툭 튀어나오는 걸까?"

지현이 조용히 혀를 차며 말했다.

"어느 날 갑자기 미쳐 가지고 그러기야 했겠어요. 슬금슬금 나쁜 짓을 하다가 여기까지 왔겠지."

경자가 손수건으로 목덜미에 맺힌 땀을 닦으며 말했다.

두 사람의 대화를 듣던 미리가 우뚝 멈춰 섰다. 머릿속으로 무언가가 휙 지나갔다. 미리는 어젯밤에 수도 없이 많은 기사를 읽었다. 스마일맨에 관련된 것뿐만 아니라 지난 몇 년간 경기 남부 지역에서 일어난 살인사건이란 살인사건은 모조리 다 검색했다. 그중에서 흥미를 끌었던 사건 두 개가 있었다. 스마일맨과는 직접적인 관련이 없는 듯 보이지만 어딘가 비슷한 구석이 있는 사건.

3년 전 여름, 경기 남부의 한 소도시 쓰레기장에서 여성 사체가 발견되었다. 여성의 신원은 곧 밝혀졌는데 며칠 전 실종 신고가 접수된 이십 대 대학생이었다. 사인은 경부압박질식사. 성폭행 흔적은 없었고 다른 외상도 없었다. 다만 여성의 손톱에 범인의 것으로 보이는 피부 조직이 남아 있었다. 저항의 흔적이었다. 경찰은 DNA 검사를 했지만 일치하는 사람을 찾지 못했다. 그리고 한 달 뒤, 이번에는 같은 도시의 야산에서 역시나 목이 졸려 죽은 삼십 대 여성의 사체가 발견되었다. 평범한 회사원이었다. 경찰은 두 사건이 동일범의 소행이라 생각했다. 수법도 비슷했지만 무엇보다 한 가지 큰 공통점이 있었기 때문이다. 바로 사체의 손바닥에 그려 놓은 웃는 모양이었다. 두 여성모두 손바닥에 볼펜으로 그린 웃는 얼굴 모양이 남겨져 있었다. 미리가 읽은 기사 내용은 거기까지였다. 범인은 끝내 잡히지 않았다. 스마일맨의 엽기적인 범행이 세간의 이목을 끈 후에 잠시 화제가 되기도 했지만 곧 잊히고 말았다. 후속 보도도 없었다.

"왜 그래?"

경자가 미리를 향해 물었다.

"만약에 말이야, 스마일맨이 점점 성장을 한 거라면 어떨까?"

"그게 무슨 말이야?"

미리는 자신이 읽었던 사건에 대해 말해 줬다. 이야기를 듣고 있던 지현과 경자의 표정이 서서히 변했다.

"그러니까 미리 동생 생각은 3년 전 사건도 스마일맨 그놈 짓일지도 모른단 거지?"

지현이 물었다.

"네. 그때는 초보여서 모든 게 서툴렀던 거 아닐까요? 그러다가 범죄를 거듭하면서 점점 실력을 쌓은 거죠. 처음에는 손바닥에 웃는 얼굴 모양을 그려 넣는 정도였는데 갈수록 대담하고 잔인해지면서 토막도 내고 스마일 배지도 사용하고 그렇게 진화한 거죠."

"그럴 수도 있겠네."

경자가 고개를 끄덕였다.

세 사람은 그런 이야기를 나누면서 어느새 주차장에 도착했다. 차가 거의 빠진 오전의 주차장은 한산했다.

"여기서 소희가 없어졌어. 확실해."

미리는 그렇게 말하며 주위를 둘러봤다. 어젯밤 통화에서 소희는 분명 평온한 목소리였다. 그러다가 아무런 낌새도 없이 전화가 끊어졌고 그 후로 다시 받지 않았다.

무슨 일이 벌어진 거야? 도대체 무슨 일이….

황량한 주차장과 무뚝뚝하게 서 있는 외벽 난간에는 어떤 단서도 남아 있지 않았다. 주차장의 가장 깊은 곳에 다량의 흙이 쌓여 있다는 게 좀 달라 보일 뿐이었다.

"저 흙은 조경 공사용이지?"

미리가 물었다.

"응. 바람에 날리면 안 되니까 지금처럼 포대로 덮어 났다가 필요할 때 갖다 쓴다더라고. 흙 남은 양 보니까 공사도 거의 끝나가네."

경자가 말했다.

"가 보자."

"응? 어딜?"

미리는 성큼성큼 앞서 걸었다. 아까부터, 그러니까 스마일맨에 대해 검색을 하고 간밤의 일을 떠올릴 때부터 어딘가가 찜찜했다. 분명 마음에 걸리는 게 있는데 그것이 무엇인지조차 알수가 없었다. 가시에 찔린 건 분명한데 너무나 작아서 위치를 찾지 못할 때와 같은 느낌이었다. 가시 조각을 빼내려면 살을 헤집을 수밖에 없다.

흙은 이슬을 맞아서인지 적당히 젖어 있었다. 제법 향긋한 냄새가 났다. 흙냄새와 꽃냄새. 원래 계획대로라면 미리의 추리를 바탕으로 쥐방울 검거에 성공했어야 한다. 그러기 위해서 어젯밤에 이 주차장을 살펴보려 했던 것이다. 지금은 쥐방울 따위가 문제가 아니었다. 소희를 찾지 못한다면 쥐방울을 천 번 만번 찾아도 다 소용이 없었다.

"내가 어제 그 말을 하려고 했었는데, CCTV를 쭉 보면 쥐방울이 항상 이쪽으로 사라졌거든."

마침 지현도 쥐방울 생각을 하고 있었나 보다.

"근데 여긴 흙밖에 없고."

지현이 기운 빠진 목소리로 덧붙였다.

그때였다. 광선천을 넘어온 한 줄기 바람이 주차장으로 불어닥쳤다. 덕분에 포대 밖으로 나와 있던 흙이 하늘로 날렸다.

"어휴. 이놈의 모래."

경자가 얼른 고개를 돌리며 눈을 가렸다.

"잠깐만!"

미리가 외쳤다. 바람은 계속 불고 있었다. 바람결에 흙먼지가 날렸다. 미리의 트렌치코트도 펄럭펄럭 살아 움직였다.

펄럭펄럭.

천이 바람에 나부끼는 소리 사이에 무언가 이질적인 소음이 섞여 있었다. 끼익. 끼익. 녹슨 철이 뱉어 내는 고통에 찬 신음이었다. 미리는 자신보다 높게 쌓인 흙더미의 뒤쪽으로 돌아갔다. 바람이 조금 잦아들었지만 소리는 멈추지 않았다.

끼익. 끼익.

거기에 작은 쪽문이 있었다. 주차장의 담벼락과 담벼락 사이,

그야말로 사람 하나가 겨우 지나갈 만한 크기의 문이었다. 소리
는 그 문의 걸쇠가 뱉어 내고 있었다. 흙더미에 가려서 보통 사
람이라면 절대 알아볼 수 없는 문이었다.

"여기 봐."

미리가 두 사람을 향해 외쳤다.

"뭐야? 여기 문이 있었어?"

경자가 어리둥절한 표정으로 말했다. 지현은 뭔가가 생각난
듯 경자의 어깨를 탁 쳤다.

"맞다! 여기 있었잖아, 이 문. 주차한 사람들이 바깥으로 나
가기 편하라고 만들어 둔 건데 외부 사람들이 워낙 들락날락하
니까 한참 전에 잠가 버리고 더 이상 안 쓰기로 했잖아. 기억
안 나?"

"아! 맞다. 그런 말 있었지. 나야 주차장까지 올 일이 없으니
기억도 못 하고 있었네."

"그러니까. 나도 그래서 까맣게 잊고 있었어."

"그런데 지금은 사용을 하는 것 같은데요?"

미리가 문을 주의 깊게 살펴보며 말했다.

녹이 슬긴 했지만 자물쇠 부분은 최근까지도 사람의 손을 탄
흔적이 있었다. 주위가 반들반들했고 열고 닫을 때마다 바닥으
로 떨어진 녹도 조금 쌓여 있었다. 오랫동안 잠가 둔 채로 폐쇄
한 문이라고 보기는 힘들었다.

"설마…."

지현이 말끝을 흐렸다.

"맞아요. 맞는 것 같아요. 여기가 쥐방울의 출입로예요."

"진짜?"

경자가 미리를 향해 눈을 동그랗게 떴다.

"적어도 쥐방울에 대해선 거의 다 푼 셈이에요. 쥐방울은 범죄를 저지른 뒤 CCTV의 사각지대인 이곳으로 와서 이 문을 열고 도망친 거죠. 그렇다면 아파트 주민이 아닐 확률도 높고."

"아니. 아파트 사는 사람도 아닌데 이 문이 여기 있다는 건 어떻게 알고 열쇠는 또 어찌 얻었데?"

지현이 물었다.

"그건 경비실이나 관리사무소에 물어봐야 할 것 같아요. 열쇠가 거기 보관돼 있을 거니까."

"그럼 혹시 소희도 누가 이 문으로 해서 끌고 간 거 아닐까?"

지현은 '누가'라는 단어를 말하면서 몹시 고통스러운 표정을 지었다.

"그랬을 수도 있죠. 여기로 나가면 바로 광선천으로 통하고 거길 지나서 차를 세워 뒀다면 모든 게 맞아떨어지니까요."

"그, 그럼. 스마일맨인지 뭔지 하는 그 살인마가 아니라 쥐방울이 데리고 간 걸 수도 있겠네! 미리 네가 말했잖아. 범죄가 점점 더 과격해진다고. 그래서 이번에는…. 아이고. 이렇게 생각해도 안 좋은 결과뿐이네."

지현이 머리를 감싸며 한숨을 푹 쉬었다.

미리는 가만히 서서 흙더미와 쪽문을 바라봤다. 쥐방울은 아니었다. 일종의 감이 그렇게 말하고 있었다. 쥐방울의 범죄 강도가 점점 대범하게 변하긴 했지만 단번에 여자를 납치할 정도로 진화하진 못했을 것이다. 아무나 스마일맨처럼 될 수는 없다. 게다가 자신의 추리에 의하면 쥐방울은 그렇게 할 수 있는 상황도 아니었다. 그렇다면 남은 한 가지는….

"여긴 알았으니까 아파트 단지 안쪽을 살피면서 마지막에 경비실에 가 봅시다."

미리는 마지막으로 떠오른 단어를 입 밖으로 꺼내지는 않았다.

스마일맨.

TV나 인터넷에서 그 단어를 봤을 땐 선명하게 다가왔던 이미지가 지금은 오히려 너무 비현실적으로 느껴졌다. 아이들이 좋아하는, 인형 탈을 뒤집어쓰고 나오는 프로그램의 등장인물 같은 이름. 스마일 배지도 너무 유치하다. 놈은 왜 그런 행동을 하는 걸까?

"미리 말대로 하자."

이번에는 지현이 앞장서서 걸었다.

"힘들지? 너한테만 맡겨 놓고 우린 하는 게 없네."

경자가 미리를 향해 속삭이듯 말했다. 얼굴에 미안한 기색이 가득했다.

"아냐. 나중에 윤미 아빠한테 도움받을 게 있을 거야. 그때 잘 좀 말해 줘."

"그이가 워낙 화를 내니까…."

"아마 형부는 이런 게 얼마나 위험한 일인지 잘 알아서 더 그럴 거야."

"그런가?"

두 사람이 이야기를 하며 걷고 있을 때였다. 앞서가던 지현이 멈춰 서서는 바닥에서 무언가를 주워 올렸다.

"이건 그냥 쓰레기겠지?"

지현이 주운 건 작은 크기의 종이였다.

"뭔데요?"

경자가 물으며 가까이 다가갔다.

"아니. 바람이 불면서 이게 저기 저 주차장 안쪽에서부터 날아오더라고."

"이거 상가 통닭집 전단지잖아요."

경자가 반가운 표정을 지으며 말했다.

미리도 경자의 어깨너머로 그 전단지를 봤다. 구겨진 곳 없이 비교적 깨끗한 상태였다. '아빠가 오늘 치킨 사 갈게!'라는 광고 문구가 커다랗게 적혀 있고 유명 개그맨이 활짝 웃고 있는 전형적인 전단지였다.

"누가 일부러 여기에다 버린 게 아니라면 이렇게 깨끗한 상태의 전단지가 그냥 떨어져 있는 것도 좀 이상하긴 하다."

미리가 말했다.

"치킨 사 가지고 차에서 내리다가 봉지에서 흘렸을 수도 있지."

경자의 말에 미리도 고개를 끄덕였다.

"에이. 가다가 쓰레기통 나오면 버릴게. 내가 괜한 짓 했어."

지현은 그렇게 말하며 전단지를 구겨서 주머니에 넣었다.

그때 미리의 핸드폰이 울렸다. 낯선 번호였지만 받아야 할 것 같았다.

"여보세요?"

"현지 어머니시죠? 접니다. 노 형사. 경자 남편."

"아! 안녕하세요?"

미리는 경자에게 입 모양으로 '형부'라고 말한 뒤 다시 전화를 받았다. 지난밤 진술을 끝내고 집으로 돌아올 때 몇 번이나 거듭 부탁을 했던 것이다. 혹시 손목의 주인이 이수미가 맞으면 한 번만 연락을 달라고.

미리의 심장이 심하게 뛰었다.

"네. 어제는 고생 많으셨습니더. 결과가 나왔는데… 이건 뭐 이수미 씨가 맞습니더. 어제 이수미 씨 어머니도 오셔서 확인을 끝냈습니더. 그래도 현지 어머니 덕분에 피해자 신원을 빨리 밝힐 수 있었네요. 고맙습니데이."

"네."

미리는 다른 말을 할 수가 없었다.

지현과 경자가 하얗게 질린 미리의 얼굴을 걱정스레 바라보고 있었다.

"DNA 결과가 나와야 확실한 거니까 아직 발표는 못 하고 있습니더. 그러니까 현지 어머니도 이제는 다 잊고 어디 가서도 말하고 다니고 그러시면 안 됩니더. 아셨지예?"

강식의 말투는 부드러웠으나 그 속에 담긴 뜻은 뻔했다.

싸돌아다니면서 떠들지 말 것.

"알겠어요. 고맙습니다."

미리는 전화를 끊었다.

"뭐래?"

경자가 궁금한 표정으로 물었다.

"그 아이 맞대."

최대한 담담한 표정으로 말했지만 목소리 끝이 떨렸다. 자기 딸을 찾아 달라던 그 절실한 표정이 머릿속에서 지워지지 않았다. 그때는 이미 늦었던 걸까? 그때라도 뭔가를 할 수 있지 않았을까? 그런 죄책감이 미리를 괴롭혔다.

"이걸 어째. 이걸."

경자는 아예 미리를 부둥켜안고 울었다. 미리는 경자의 등을 가만히 쓰다듬었다. 미리의 어깨는 지현이 두드려 주었다.

"언니. 우는 건 나중에 하자. 그 애 엄마를 위해서라도, 그리고 소희를 위해서라도 우리가 빨리 뭔가를 해야 해."

미리는 조용히 중얼거렸다.

수사는 정오까지 계속되었지만 별다른 수확이 없었다. 그 사이 소희의 어머니에게 전화가 걸려와 지현과 통화를 했다. 소희는 여전히 소식이 없었고 경찰들도 아직까지는 딱히 움직이지 않는다고 했다.

"정말 죄송합니다."

전화를 끊으며 지현이 말했다.

"소희 걔는 꼭 돌아올 겁니다. 철이가 여기 있는데요. 암요. 철이 두고 걔 어디 안 갑니다."

소희 어머니의 마지막 말이었다.

세 사람은 단지 구석구석을 다 둘러봤다. 아파트에는 의외로 무언가를 숨길 곳이 많았다. 지하실, 비품실, 보일러실, 배전실, 그리고 용도를 알 수 없는 창고까지 그 종류도 다양했다. 대부분은 자물쇠가 채워져 있어 들어가 보질 못했다. 지하실은 열려 있는 곳도 있었지만 너무 어두워 아무것도 보이지 않았다.

"아이고. 다리야. 그래도 우리 딱 한 시간만 더 돌아보자."

지현이 힘들어하면서도 그렇게 말했다.

경자 역시 힘이 빠진 표정이었지만 고개를 끄덕였다.

"그러면 나눠서 돌아봅시다. 난 6동부터 뒤로 돌면서 찾아볼 테니까 언니들은 탐문을 해 줘."

"탐문이 뭐야?"

지현이 물었다.

"사람들한테 묻고 다니는 거. 혹시 어젯밤에 이상한 거 못 봤냐고."

"알았어. 조심해 다들. 전화 꼭 하고."

지현과 경자는 다시 주차장 쪽으로 돌아가고 미리는 아파트 뒤편으로 발걸음을 옮겼다.

조사도 중요하지만 미리에게는 혼자서 생각을 정리할 시간도 필요했다. 어젯밤에 본 잘린 손목이 머릿속을 떠나지 않았다. 눈만 감으면 그 끔찍한 모습이 생생하게 떠올랐다. 실제로 그런 걸 본 건 처음이었다.

"스마일맨…."

미리는 중얼거려 봤다.

도대체 어떤 인간이기에 자신의 범죄를 그런 식으로 전시하는 걸까? 범인의 뚜렷한 실체 앞에서 책 속 범인들이 만들어 놓은 인상들은 그저 허깨비처럼 느껴질 뿐이었다. 지금까지 읽었던 추리 소설 속 살인마들이 책장을 뚫고 밖으로 나와 하나로 합쳐진 것만 같았다. 그러고선 큼지막한 미소를 짓는 것이다. 잘린 손목을 든 채.

우욱.

다시 구토가 올라왔다. 미리는 벽을 짚고 토했다. 어젯밤부터 먹은 건 하나도 없기에 쓰디쓴 위액만 나올 뿐이었다.

"하아."

미리는 입을 훔치며 크게 한숨을 쉬었다. 그때 못 보던 건물 하나가 눈에 들어왔다. 놀이터를 조금 지난 곳에 서 있는 네모

반듯한 건물이었다. 회백색 벽이 꽤 낡은 거로 봐서 오래전부터 거기 있던 건 틀림없지만 이제야 발견했다.

"너무 평범해서 눈에 띄지 않았던 거야."

미리는 혼잣말을 하며 건물을 향해 걸어갔다.

〈전기배선실 -관계자 외 출입금지-〉

건물의 철제문 위에 그렇게 적혀 있었다. 전기배선실이 무엇을 하는 곳인지 미리로선 알 도리가 없었다.

문손잡이를 돌려 봤다. 잠겨 있지 않았다. 문을 밀자 끼이익, 하는 기분 나쁜 소리가 들렸다. 잠들어 있던 무언가가 깨어나며 이를 가는 소리 같기도 했다.

창문이 없어서인지 건물 안은 지독하게 어두웠다. 현지가 좋아하는 3단 초코케이크처럼 어둠이 겹겹이 쌓여 있는 듯했다.

미리는 핸드폰 조명을 켰다. 동그랗게 퍼져나간 불빛은 건물 안에 깃든 어둠에 비해 너무나도 초라했다. 애처로운 불빛 사이로 점점 가늘어지기 시작하는 남편의 머리카락 같은 전선이 모습을 드러냈다. 전선과 함께 알 수 없는 기둥들도 여러 개 서 있었다. 아주 좁고 숨 막힐 정도로 더웠으며, 지독하게 습했다.

그리고 공기 중에 어떤 냄새가 떠돌고 있었다.

미리는 희미하게나마 그 냄새를 맡을 수 있었다. 숨을 크게 들이쉬자 냄새가 콧속을 비집고 훅 들어왔다. 동시에 다시 구역질이 났다.

몸을 숙이려다가 휙 고개를 돌렸다. 핸드폰 불빛 너머, 감히 닿을 수조차 없는 어둠 속에 누군가가 서 있었다.

지현과 경자는 헉헉거리며 주차장 쪽으로 향했다. 날씨가 더 워서인지, 아니면 어제 일 때문인지 단지에는 사람들이 별로 없었다.

"누굴 잡고 물어봐야 할까요?"

경자가 말했다.

"밖에 나와 있는 사람이 없으니까 주차장하고 제일 가까운 5동이랑 6동을 쭉 돌면서 일일이 물어봐야 하지 않겠어. 1층 사람들한텐 이상한 소리 들은 거 없었느냐고 묻고, 2층, 3층 올라가면서는 혹시 뭘 보지 못했느냐고 묻고."

지현이 말했다.

"오! 언니 진짜 탐정처럼 말하네! 미리가 가르쳐 줬어?"

"아니. 미리라면 더 잘했겠지. 어젯밤에도 걱정되고 해서 잠이 안 오는 거야. 할 수 없이 미리가 빌려준 홈즈 그 책 읽었지. 거기 보니까 홈즈라는 탐정이 이런 식으로 말하던데."

"이야. 우리 언니 푹 빠졌네, 푹 빠졌어."

"아이고. 빠지기나 말기나 소희나 빨리 좀 찾았으면 좋겠다."

"찾을 거야. 내가 오늘 밤에 우리 남편한테 한 번 더 이야기를 할게."

"꼭 좀 그래. 너도 그렇겠지만 소희 생각만 하면 내가 가슴이 무너져 내린다."

지현의 발걸음이 점점 느려졌다. 경자는 지현의 손을 잡았다. 어젯밤 이후로 십 년은 더 늙은 것 같았다. 경자는 지현의 마음을 알고도 남았다. 소희를 직접 불러낸 사람은 지현이다. 지현은 스스로를 어마어마하게 자책하고 있으리라.

지현 역시 경자의 손을 꼭 잡았다. 그러고는 천천히 다시 걸었다. 두 사람은 어느새 6동 앞에 도착했다. 6동은 주차장과 바로 붙어 있다. 간밤에 무슨 소리를 들었거나 무언가를 목격한 사람이 있다면 6동이나 맞은편인 5동 주민일 확률이 높았다.

"101호부터 벨 한번 눌러 볼까?"

경자가 물었다.

지현이 성큼성큼 걸어가서 벨을 눌렀다. 한참 동안 새소리가 들렸지만 아무도 나오지 않았다. 지현은 한 번 더 눌렀다. 이번에도 마찬가지였다. 성마른 새가 가파르게 지저귀는, 귀에 거슬리는 소리만 들릴 뿐이었다.

"여긴 아무도 없는 모양이네."

"그럼 옆집으로 가요."

두 사람이 102호 초인종을 막 누르려는 순간 6동 1호 라인 현관으로 남자 하나가 무거워 보이는 박스를 들고 들어왔다. '도시가스'라고 적힌 노란색 조끼를 입은 남자였다. 남자는 지현과 경자를 힐끔 쳐다본 후 엘리베이터 앞에 박스를 내려놓았다.

"더운데 고생하네. 그런데 그게 뭐요?"

지현이 눈을 가늘게 뜨고 물어봤다.

"가스계량기요. 못 보셨어요? 그제부터 1단지 계량기 전부 교체한다고 게시판에 붙여 놨는데. 어제오늘은 6동이에요."

도시가스 기사가 얼굴에 흐르는 땀을 닦으며 말했다.

서글서글하고 푸근한 인상의 남자였다. 엘리베이터는 맨 꼭대기에서 천천히 내려오고 있었다. 지현과 경자는 서로의 얼굴을 마주 봤다.

"그러면 밤늦게까지 작업을 하시겠네요?"

경자가 물었다.

"이 아파트는 계량기가 복도에 있어서 좀 편하긴 한데 워낙 오래된 게 많아서 나사가 헛돌 때가 많거든요. 각 층 복도에 계량기 박스를 놔두고 하나씩 교체하는데도 생각보다 시간이 꽤 걸려요. 어제도 9시 넘어서까지 작업했어요."

"잠깐만. 그러면 어제 이 아파트에 사고 터진 건 알고 있지?"

지현이 그렇게 물으며 도시가스 기사에게로 바짝 다가섰다. 흠칫 놀란 기사는 한 발 뒤로 물러섰다.

"네. 그, 그것 때문에 경찰서도 갔다 왔는데…."

"외부에서 온 사람들은 아마 다 조사했을 거예요."

경자가 지현을 향해 말했다.

"맞아요. 저만 아니고 조경 공사하는 인부들도 줄줄이 불려다가 이것저것 묻더라고요. 전 아무것도 몰라서 그냥 모른다고만 했어요. 근데 왜 그러세요?"

도시가스 기사는 이제 경계하는 기색이 역력했다.

"아니, 아니. 그런 게 아니고 우리도 뭐 하나만 물어볼까 해서."

"뭘요?"

"어젯밤에도 여기 6동에서 작업했다고 했지? 그러면 혹시 무슨 소리 못 들었는가? 이를테면 여자 비명 같은 거."

지현이 도시가스 기사의 눈치를 살피며 신중하게 물었다.

"경찰에도 이야기를 했는데 전 일할 때 이어폰으로 노래를 듣거든요. 그래서 아무것도…."

"그러면 뭘 본 건 없어요? 주차장 쪽에서 뭐 이상한 광경 같은 거."

경자가 기사의 말을 자르고 끼어들었다.

"이상한 광경이라면?"

"뭐든 좋아. 평소에 못 보던 장면 같은 거. 아무것도 못 봤어?"

"잘 생각이… 아! 주차장에서 남자 하나가 술 취한 여자를 부축하는 건 봤어요."

띵!

도시가스 기사가 그렇게 말한 순간 엘리베이터가 도착하며 문이 열렸다.

"계속 이야기해 봐. 내가 음료수 사 줄게."

지현이 재빨리 엘리베이터 버튼을 누르며 말했다.

미리는 간신히 몸을 돌렸지만 발이 움직이지 않았다. 끈적끈적한 어둠이 미리의 다리를 잡고 놓아 주지 않았다.

안 돼!

비명을 질러 보려 해도 입이 떨어지지 않았다. 호흡이 가쁘고 심장이 튀어나올 듯 빨리 뛰었다. 귀 뒤쪽으로 땀이 흘러 목덜미를 타고 옷 속으로 들어갔다. 미친 듯이 더웠다가 미친 듯이 추웠다가를 반복했다.

알잖아. 공미리. 저긴 아무것도 없어.

머릿속으로 몇 번이고 되뇌어도 몸이 말을 듣지 않았다. 어둠 속에 도사린 것은 얽히고설킨 전선과 차가운 기둥들뿐이다. 그 뒤에 사람 같은 건 없다. 그 사실을 잘 알면서도 뒷덜미를 핥아대는 섬뜩한 어둠이 미리의 의지를 자꾸만 갉아먹었다.

미리는 덜덜 떨면서 주머니를 뒤져 약을 꺼냈다. 간밤에 한숨도 못 자면서 혹시 몰라 챙겨 온 약이었다.

핸드폰을 들고 약봉지를 뜯으려 했지만 손가락 마디마디가 딱딱하게 굳어 제대로 움직이지 않았다.

저벅.

발소리가 들렸다. 아니, 미리의 머릿속 어딘가에서 보이지 않는 존재가 저벅, 소리를 내며 움직였다. 입을 크게 벌리고 한껏 숨을 들이쉬려 했지만 퀴퀴하고 습한 공기가 숨구멍을 막아 올

뿐이었다.

"다가오지 마!"

온 힘을 쥐어 짜내 어둠을 향해 외쳤다.

"내 머릿속에서 물러가."

미리는 결국 바닥에 주저앉았다. 눈앞이 빙글빙글 돌기 시작했다. 머리가 터질 듯이 아프고 숨을 쉬기가 힘들었다.

약봉지를 입으로 가져가 꽉 물고는 잡아당겼다. 겨우 손가락한 마디 정도 찢어졌지만 그것만으로도 숨통이 조금 트이는 것같았다. 약을 털어 넣고 이로 씹었다. 쓴맛이 확 올라오면서 정신이 조금 돌아왔다.

알고 있지? 모두 너 때문이야.

어둠 속의 존재가 속삭였다.

네가 무모한 짓을 벌이는 바람에 그 여자가 사라진 거야.

"아니야."

미리의 입에서 침이 질질 흘러내렸다. 서서히 약 기운이 돌았지만 아직은 부족했다. 미리는 쓰러진 채로 몸을 끌면서 문을향해 기었다. 고작 두서너 걸음일 텐데 빛으로 가득한 문은 저멀리, 다른 차원에 서 있는 것만 같았다.

네가 뭐라도 된 줄 알았나 보지? 응, 그런 거야?

"아니야."

미리는 중얼거렸다.

넌 아무것도 아니야. 지금까지도 그랬고, 앞으로도 그럴 거야.

"아니…."

미리가 거기까지 말했을 때 문이 벌컥 열리며 낯익은 얼굴이 불쑥 고개를 들이밀었다.

"아주머니. 여기서 뭐 하세요?"

광규였다.

"도와주세요."

미리는 광규를 향해 손을 내밀었다. 광규가 들고 있던 손전 등을 내려놓으며 양손으로 미리를 부축했다. 미리는 거의 끌려 가다시피 해서 밖으로 나왔다. 햇살이 정수리와 등에 닿자 한기 가 조금 물러갔다.

"어떻게 된 거예요?"

광규가 미리를 내려놓으며 물었다.

한동안 숨을 고르던 미리는 천천히 고개를 들었다. 바로 앞 에 전기배선실이 보였다. 철문이 활짝 열려 있고 거기서 스멀스 멀 어둠이 새어 나오는 것 같았다. 보이지 않는 그 존재가 금방 이라도 걸어 나와 자신을 덮칠 것만 같았다. 미리는 눈을 질끈 감았다가 떴다. 간신히 떨림이 멈췄다.

"그러는 아저씨는 오늘 비번 아니세요? 어젯밤에 그런 일도 있었는데."

미리가 잔뜩 잠긴 목소리로 말했다.

"오늘 경비원들 다 출근했어요. 쉬고 있을 수 없잖아요. 상황

이 이런데. 전부 흩어져서 문제가 될 만한 시설들 다 점검하고
있던 참이었어요. 각 동 지하실도 다 둘러보고. 관리소장이 난
쉬어도 된다고 했는데 집에 있으니까 자꾸 그게 생각나서…."

광규도 미리 옆에 털썩 주저앉았다. 두 사람은 한동안 말없
이 전기배선실만 바라봤다. 바람이 조금씩 불었고 그때마다 철
문이 끼익, 끼익 거슬리는 소리를 냈다.

"철이 엄마가 실종됐어요."

미리가 말했다.

"압니다. 그쪽 분들 중에서 제일 어리신 분. 사근사근하고 표
정도 밝고 좋았는데."

"우린 지금 소희를 찾고 있어요."

"아! 그래서 여기도 들어가 본 거구나."

"원래 잠가 놓지 않나요?"

미리가 광규를 바라봤다.

"열려 있었어요? 솔직히 말하자면 매일 점검하는 건 아니니
까 누가 문을 따고 들어간다 해도 당장은 모를 수도 있어요."

"열려 있는 것뿐만이 아니고…."

미리는 천천히 일어나 전기배선실을 향해 다가갔다. 저 네모
난 건물 안에 무언가가 있다고, 아니 있었다고 미리의 감이 이
야기했다.

"아저씨도 한번 맡아 보세요. 혹시 치킨 냄새 안 나요?"

"치킨 냄새?"

광규가 벌떡 일어나 전기배선실로 들어갔다. 쿵쿵 소리까지
내며 냄새를 맡던 광규는 고개를 갸우뚱하며 밖으로 나왔다.

"모르겠는데."

"제가 원래 냄새에 민감하거든요. 희미하게 치킨 냄새가 나
요. 아주 희미하게."

미리는 다시 구토가 올라오려는 걸 꾹 참고 말했다. 건물 안
곳곳에, 탁한 공기 중에 치킨의 기름 냄새가 배어 있었다. 그
냄새가 무엇을 의미하는지는 알 수 없었지만 지현이 주운 치킨
집 전단과 관련이 있을지도 모른다는 생각이 자꾸만 들었다.

"근데 아주머니는 괜찮으세요? 어제 같이 봤잖아요. 그거."

광규는 얼굴을 찡그리며 물었다. 굳이 손목이라는 단어를 사
용하지 않은 채.

"괜찮을 리가 있겠어요? 저도 처음인데."

미리는 솔직하게 대답했다.

"저는 막 심장이 벌렁거려서 병원에라도 가 봐야겠어요. 이렇
게 다른 사람이랑 이야기를 하면 좀 괜찮은데 혼자 멍하니 있
으면 그 검은 봉투가 생각이 나고 그 안에… 어휴!"

광규는 몸을 부르르 떨었다. 그 순간 미리의 머릿속에 무언
가가 떠올랐다.

"잠깐. 아저씨 방금 뭐라고 하셨죠?"

"네? 내, 내가 뭘. 그냥 병원에 가 봐야겠다고."

"아뇨. 그 뒤에."

"뭐? 혼자 있으면 그게 들어 있던 검은 봉투가 생각난다고요. 검은 비닐봉투 있잖아요."

광규는 괜스레 주눅 든 표정으로 말했다.

"비닐봉투!"

미리는 자기도 모르게 외쳤다.

"깜짝이야!"

광규가 흠칫 놀라며 뒷걸음질쳤다.

"맞아요. 검은색 비닐봉투였어. 근데 평범한 비닐봉투는 아니었어."

미리는 중얼거리며 제자리를 빙글빙글 돌았다.

"저기… 괜찮은 거 맞죠? 아주머니도 정 힘들다 싶으면 병원에 한번 가 보시죠. 어제 경찰이 그러더라고요. 자기들이 소개해 줄 수도 있다고. 심리치료라나 뭐라나."

광규가 주뼛거리며 말했다.

"고마워요. 나중에 경비실로 찾아갈게요!"

미리는 그 말을 남기고는 달리기 시작했다.

"뭐, 뭐야?"

혼자 남은 광규가 영문을 몰라 중얼거렸다.

"응. 언니. 뭐라고? 정보를 얻은 게 있다고? 알았어. 난 어디 잠깐만 들렀다가 슈퍼로 갈게. 조금 이따가 봐."

미리는 지현과의 통화를 끊으며 미소신경정신과로 들어섰다.

점심시간 전이라서 그런지 병원에는 생각보다 사람이 많았다. 정신과에 오는 환자들을 관찰한 결과 두 가지 표정으로 나뉜다는 사실을 미리는 깨달았다. 치통을 앓는 듯 얼굴을 찡그리고 있는 사람과 가면이라도 쓴 것처럼 무표정한 사람. 미리는 주로 후자에 속했다. 하지만 지금은 달랐다. 땀에 젖은 이마와 발갛게 상기된 뺨, 그리고 헉헉 몰아쉬는 숨. 언뜻 극심한 조증에 시달리는 사람처럼도 보였다.

"오늘 예약 날짜 아니잖아요?"

미리를 알아본 간호사가 평소의 그 퉁명한 표정으로 물었다.

"아닌데 선생님을 좀 만나야겠어요. 제가 그 일 때문에 왔다고 하면 아마 알아들으실 거예요."

"그 일?"

"네. 그 일."

미리는 다시 한번 또박또박 말했다. '그 일'에 힘을 주면서.

"알겠어요."

간호사는 메기처럼 볼을 부풀리더니 컴퓨터 앞에 앉아 뭔가를 쳐 넣기 시작했다. 아마도 대기자 명단에 올리는 것이리라.

"대기할 필요 없어."

미리는 확신에 차 있었다. 박도진 선생이 자신을 바로 만나고 싶어 하리라는 확신. 그 역시 아파트에서 벌어진 살인사건에 대해 알고 있을 것이다. 그리고 미리가 찾아왔다면 바로 그 일과 연관이 되었을지도 모른다고, 박도진 선생이라면 충분히 추리하고도 남으리라.

아니나 다를까, 진료실에서 젊은 남자 한 명이 나오자마자 간호사가 미리의 이름을 불렀다.

"공미리 씨. 진료실로 들어오세요."

미리는 간호사를 향해 고개를 한 번 까딱해 준 후 천천히 진료실로 들어갔다.

"무슨 일이 생긴 겁니까?"

박도진 선생은 미리가 자리에 앉기도 전에 물었다. 느긋해 보이기까지 하던 평소의 태도 대신 호기심 가득한 표정의 소년이 앉아 있었다.

"시간이 없어서 잠깐만 조언을 얻으러 왔어요."

미리가 말했다.

"어젯밤 광선주공아파트에서 잘린 손목이 발견됐다는 뉴스를 봤습니다. 그것과 관련된 일이겠죠?"

미리는 고개를 끄덕인 후 박도진 선생을 향해 바싹 다가앉았다.

"경찰들은 스마일맨의 소행이라 생각하는 것 같아요. 근데 그것보다 더 큰일이 생겼어요."

"말씀해 보시죠."

간밤에 박도진 선생과의 통화 후에 어떤 일이 있었는지, 그리고 병원으로 달려오기 전에 소희를 찾아 아파트를 돌아다녔던 일까지 미리는 하나도 빼놓지 않고 이야기를 했다. 박도진은 미리의 이야기를 끊지 않고 끝까지 들어 주었다.

"지금 이야기를 경찰도 다 알고 있는 건가요?"

박도진은 미리의 이야기가 끝나자 조심스레 물었다.

"알고는 있는데 별개의 사건이라 생각하나 봐요. 스마일맨이 나타난 거랑 소희가 실종된 건 다른 일이라고."

"미리 씨 생각은 다르군요."

"지독한 우연인진 모르겠지만, 전 스마일맨이 소희를 납치한 거라고 봐요."

미리의 목소리가 파르르 떨렸다. 지현과 경자 앞에서는 언제까지나 냉정함을 유지해야 하지만 박도진 선생에게는 다르다. 그래도 우는 모습을 보여 주기는 싫다. 아랫입술을 꽉 깨문 채 미리는 박도진 선생을 바라봤다.

"그게 확실하다면 미리 씨와 친구분들만으론 어떻게 할 수가 없습니다. 경찰의 도움을 받아야 해요."

박도진 선생이 말했다.

"경자 언니 남편이 경찰이에요. 증거가 모이면 바로 알려야죠. 그런데 확실하지 않으면 소용이 없을 거예요. 그래서 선생님께 도움을 얻으려고요."

"제가요? 전 추리 소설을 좋아하긴 하지만 미리 씨 같은 능력은 없습니다."

"범죄심리학도 공부하셨다고 했죠?"

박도진은 고개를 끄덕였다.

"스마일맨은 어떤 인간일까요? 그걸 확실히 알고 싶어요."

"음…."

박도진은 턱을 괴며 미리를 바라봤다. 그는 절대로 시선을 다른 곳에 두거나 피하는 법이 없었다. 언제나 똑바로 상대방을 바라봤는데 그 시선이 부담스럽지 않은 재주를 지니고 있었다.

"스마일맨은… 겉보기에는 아주 외로운 삶을 살고 있을 겁니다. 가족도 없고 친구도 없고 교류를 할 만한 어떤 사람도 없겠죠. 이번까지 아홉 건의 살인을 저지르는 동안 시종일관 그렇게 살아왔을 거예요."

"가족이 없다는 게 아주 중요할 것 같아요. 그래야 자기 집에서 마음껏 살인을 하니까."

"그것도 그렇죠. 하지만 제가 더 주목하는 건 스마일맨의 살해 방식입니다. 혹시, 알고 계신가요?"

"인터넷에서 본 것 정도로는."

"그렇다면 지금부터 제가 말씀드리는 건 좀 충격적일 수도 있겠네요. 전 과거에 스마일맨에 대해서 조사를 좀 했습니다. 아까 말씀드린 범죄심리학 공부 때문에. 그때 일반에는 공개되지 않았던 몇 가지 정보를 알게 됐어요. 스마일맨은 시체를 수집하는 데 공을 들이는 부류입니다. 토막을 내죠. 그런 뒤에는 쓸모없는 부위를 유기합니다. 그중 일부는 보란 듯이 전시하고요. 우리가 아는 건 여기까지입니다. 그런데 지금껏 발견된 희생자들에게는 한 가지 공통점이 있어요. 모두 머리가 없다는 겁니다. 아무리 수색을 해도 머리는 발견하지 못했죠. 즉, 스마일맨은 희생자들의 머리를 모으고 있다는 거죠."

어느 정도 대비를 했지만 그래도 충격이 상당했다. 박도진 선생은 전문가라서 그런지 얼굴 한 번 찡그리지 않고 담담하게 말했지만 미리는 현기증이 일었다.

머리를 수집한다니, 완전 미친놈이잖아!

순간 최악의 상상이 머릿속으로 스며들었다. 미리는 재빨리 고개를 저어 생각을 털어 냈다.

"괜찮으십니까?"

박도진이 물었다.

"네. 괜찮아요. 선생님이 하신 이야기가 뭔지 잘 알겠어요. 스마일맨은 확실히 고립된 생활을 하고 있어요. 희생자들의 머리를 모은다면 더욱더. 누군가가 집에 놀러 오는 일도 없을 거고 그 반대의 경우도 아마 없겠죠. 하지만 사회생활은 하고 있을 거예요. 직업도 있을 거고. 과시하고 전시하는 걸 좋아하는 성격으로 미뤄 봐서 고학력자에다가 전문직일 확률도 높아요."

"의사는 아닐 겁니다."

미리는 박도진 선생의 농담에 픽, 하고 웃었다.

"제가 주목하는 건 스마일맨이 광선주공아파트 몇 동 몇 호에 사는가 하는 거예요."

"아파트 주민이라고 생각하시는 겁니까?"

박도진이 놀란 표정으로 물었다.

"네. 그게 아니라면 설명이 안 되는 점이 있어요."

박도진은 잠자코 미리를 바라봤다. 미리는 머릿속에 떠오르는 혼란스러운 생각들을 정리하느라 미간을 찌푸렸다. 병원으로 달려오기 전까지는 확실하다고 생각했으나 막상 박도진 선생 앞에 앉으니 말문이 막혔다. 어떻게 보면 빈약한 추리일 수도 있었다. 박도진은 끈기를 가지고 기다려 줬다. 미리는 더듬더듬 말을 이었다.

"음… 스마일맨의 이전 기사들을 봤어요. 지금까지는 모두 경기 남부 지역 곳곳에서 사체 일부가 발견됐죠. 경찰들은 그 주변을 철저히 수색했고요. 그러다가 어느 순간 살인이 뚝 끊겼고 지금에 와서 저희 아파트에 손목을 놓아둔 거예요. 저는 스마일맨이 살인을 끊은 그 4개월 동안 이사를 했다고 생각해요."

"광선주공아파트로?"

"네. 손목이 발견된 그 쓰레기통은 아파트 주민들이 자주 불법 투기를 해서 문제가 되던 곳이에요. 그래서 순찰도 자주 돌죠. 스마일맨은 그걸 잘 알고 있었어요. 그러니까 보란 듯이 거기에 버린 거고요. 아파트 사정을 속속들이 알 정도니 주민이라고 의심해 봐도 되지 않을까요?"

"그렇다면 자신의 살인을 과시할 목적으로 거기에 버렸다?"

"네. 스마일맨은 지금까지 쭉 그래 왔잖아요. 이번에도 마찬가지인 거죠. 우리 아파트에 살지만 절대 잡히지 않을 거란 자신이 있는 거죠."

"그토록 아파트 주민이라 확신하시는 이유가 뭡니까?"

미리는 잠시 망설였다. 결정적인 증거를 확보한 건 아니지만 나름 추리를 하긴 했다. 다만 여전히 혼란스럽고 확신이 없을 뿐이었다. 박도진 선생에게 달려온 이유는 자신의 추리를 뒷받침해 줄 스마일맨의 성향에 대해 알고 싶었기 때문이었다. 그 목적을 이룬 이상 추리에 대한 건 다른 주부탐정단원과 먼저 이야기하는 게 맞지 싶었다.

"이유가 있긴 한데 지금은 말씀드릴 수 없어요. 때가 되면 다 이야기할게요."

미리는 살짝 미안한 표정을 지었다.

"탐정의 촉이 발동하신 거군요?"

박도진은 부드럽게 미소를 지었다.

"그렇다고 할 수 있죠."

미리는 자리에서 일어났다. 경자와 지현을 만나야 했다. 소희의 실종이 스마일맨의 짓이라면 시간이 너무도 없었다.

"잠깐만요. 미리 씨."

박도진이 그렇게 말하며 서랍에서 뭔가를 꺼냈다. 그러고는 말없이 미리에게 건넸다. 얼핏 보면 애들이 들고 다닐 법한 장난감 시계처럼 생긴 물건이었다. 작고 동그랗고 분홍색이었다.

"이게 뭔가요?"

무심코 그 물건을 받아 든 미리가 물었다.

"호신용 경보기예요. 거기 고리 보이죠? 그걸 잡아당기면 엄

202

청 큰 소리가 나요. 위급할 땐 꽤 도움이 된대요."

박도진은 빙긋 웃었고 미리는 어쩔 줄 몰라 하며 고개를 꾸벅 숙였다.

"고, 고맙습니다."

"아무쪼록 조심하십시오. 미리 씨까지 위험에 빠지면 안 되니까요."

"네."

미리는 얼굴이 붉어진 걸 들키지 않으려고 재빨리 돌아섰다. 그러고는 툭 한마디를 던졌다.

"스마일맨 꼭 우리가 잡고 소희도 구할 거예요."

미리는 그 길로 진료실을 나갔다. 퉁명한 간호사가 미리를 불렀지만 돌아보지 않고 뚜벅뚜벅 복도를 가로질렀다. 트렌치코트 자락을 휘날리면서.

밖으로 나오자 뜨듯한 공기가 훅 날아들었다. 바람이 제법 불었던 오전과 달리 오후부터는 본격적으로 더워지기 시작했다. 미리는 핸드폰을 꺼내서 지현에게 전화를 걸었다.

"난 이제 끝났어. 슈퍼로 갈게."

미리는 전화를 끊고 5월의 열기 속으로 발걸음을 옮겼다.

잠시 후 미리는 광선슈퍼에 도착했다. 먼저 와서 기다리고 있던 지현과 경자는 평상에 앉아 있었다. 지현은 연신 다리를 주물렀고 땀범벅이 된 경자는 부채질을 하느라 정신이 없었다.

"왔어? 덥지? 하드 하나 꺼내 먹어."

지현이 턱짓으로 냉장고를 가리키며 말했다.

미리는 고개를 끄덕이며 '고드름'을 꺼냈다. 얼음을 씹어 먹는 재미가 쏠쏠해 평소에도 좋아하던 거였다. 뚜껑을 열고 고드름 몇 개를 입안으로 털어 넣자 더위가 좀 가시는 것 같았다.

"휴. 살겠네."

"더운데 고생했어."

경자가 손바닥을 내밀며 말했다. 미리는 그런 경자에게 고드름 몇 개를 부어 주었다.

"앉아. 앉아서 이야기하자."

지현의 말에 미리는 평상에 앉았다.

"언니들도 고생했어. 건진 게 있다며?"

지현과 경자는 서로의 얼굴을 바라봤다. 입을 연 것은 경자였다.

"어제저녁에 6동에서 도시가스 기사가 계량기 교체 작업을 했다는 거야. 6동 복도에서는 주차장 쪽이 훤히 보이잖아. 그래서 나랑 지현 언니가 물어봤지. 뭐 이상한 거 본 거 없느냐고. 그랬더니 한 남자가 술 취한 여자를 부축해서 6동으로 들어오더라는 이야기를 하는 거 있지."

"술 취한 여자?"

"그것도 아주 만취를 해서 몸을 못 가누더라는 거야."

지현이 끼어들었다.

"그때가 몇 시쯤이었대?"

"7시 좀 넘어서. 잠시 쉴 겸 난간에 기대서 아래를 내려다보는데 두 사람이 걸어오더래. 여자 쪽이 워낙 취한 것 같아서 시간을 확인해 보니 7시쯤이었고. 초저녁인데 저렇게 취하다니 참 이상하다. 그렇게만 생각했대."

경자는 손을 바꿔 부채질을 하며 말했다.

"7시라면 소희가 나한테 전화했을 무렵인데."

"맞아. 내 전화기도 확인해 보니 그쯤에 소희랑 통화를 한 거더라고. 그러니까 소희는 7시쯤에 주차장에 있었단 말이지."

지현이 미리의 말을 받았다.

미리는 생각에 잠겼다. 7시라면 너무 이르다. 누군가가 만취해서 부축을 받아야 할 시간은 아니다. 물론 초저녁부터 달렸다면 가능한 이야기겠지만 그런 만일의 상황까지 다 넣어 버리면 수사가 안 된다. 무엇이라도 목격을 했다면 우선 거기 매달릴 수밖에 없다. 셜록이나 미스 마플은 앉아서 모든 걸 꿰뚫어 보지만 아무래도 자신은 발품을 팔아야 하는 하드보일드 속 탐정이 운명인 것 같았다.

"그런데 그 만취한 여자를 6동 안으로 데리고 가더란 말이지?"

미리가 다시 한번 확인하듯 물었다.

지현과 경자가 동시에 고개를 끄덕였다.

"여자가 입고 있던 옷이나 남자의 차림새 같은 것까지 알았다면 참 좋았을 텐데."

미리가 중얼거리자마자 경자가 자기 허벅지를 철썩 치며 말했다.

"맞다! 지현 언니. 기사 아저씨가 그 이야기했잖아. 부축하던 남자가 치킨 봉투를 들고 있었다고. 멀리서도 그건 알아보겠다고 했잖아."

"치킨 봉투!"

경자가 주차장에서 주운 전단과 미리가 맡았던 치킨 냄새, 그리고 남자가 들고 있던 치킨 봉투가 어렴풋이 연결됐다.

"근데 치킨을 사서 가는 사람이 나쁜 놈일 이유가 없는데?"

경자가 마지막 남은 고드름 하나를 우물거리며 말했다. 도무지 이해할 수 없다는 투였다.

"아니야. 뭔가 있어. 이 아파트에 뭔가 있다고."

미리가 중얼거렸다.

"미리 네가 알아 온 건 뭐야?"

지현이 물었다.

미리는 박도진 선생 이야기는 뺀 채 전기배선실에서 겪었던 일만 말했다. 박도진 선생과 자신과의 사이는 왠지 비밀로 하고 싶었다. 말을 해 버리면 두 사람만의 끈끈한 느낌이 사라질 것만 같았다. 대신에 미리는 전기배선실에서 맡았던 치킨 냄새에 대해 꼼꼼하게 설명했다. 경자가 입맛을 다실 정도로. 그러다가 광규를 만난 이야기까지 했고 스마일맨이 광선주공아파트에 살지도 모른다는 자신의 추리에 대해 조심스레 말했다.

"맞아. 그 쓰레기통 위치는 우리 아파트 주민 아니면 알 수가 없지. 근데 그것만으론 그 뭐냐, 증거가 좀 부족하지 않아?"

고개를 끄덕이던 지현이 제법 탐정처럼 말했다.

"맞아, 언니. 그래서 말인데 난 증거를 찾았어. 지금 내 수중에 있는 건 아니지만."

"그게 뭔데?"

경자가 물었다.

"봉투. 손목이 들어 있던 그 검은색 비닐봉투."

"봉투? 그걸 보고 스마일맨이 우리 아파트 사람인지 아닌지 추리를 했다고?"

"응. 순간적으로 생각이 났어. 언니들은 그 봉투를 직접 못 봤으니까 알아채지 못했을 거야."

"뜸 좀 들이지 말고 빨리 말해."

지현이 버럭 소리를 질렀다. 미리가 가져다준 책을 읽으면서도 답답했던 게 바로 이런 부분이었다. 탐정이란 작자들은 하나같이 너무 뜸을 들인다. 그 사이에 사람이 죽어 나가는 줄도 모르고.

"그 검은색 비닐봉투… 길 건너편 럭키마트 거였어."

"뭐? 우리 슈퍼 망하게 하려고 달려들었던 그 럭키마트?"

지현이 발끈했다. 안 좋은 기억이 떠올라서였다. 작년 6월 광선주공아파트 맞은편에 중형 마트 하나가 들어섰다. 식자재를 전문으로 판다며 대대적인 할인 공세를 퍼부었는데 그게 바로 럭키마트였다. 구멍가게 수준의 슈퍼를 운영하는 지현으로서는 죽을 맛이었다. 두부 한 모에 300원을 받아 버리니 당해 낼 재간이 없었다. 그나마 단골손님들이 찾아 줘서 근근이 버텼다.

"맞아. 그 럭키마트. 사장이 횡령인가 뭔가를 하는 바람에 올 2월에 문을 닫았잖아."

미리의 말처럼 럭키마트는 2월에 폐업을 했다. 처음 문을 열고는 공격적으로 장사를 했지만 어느 순간 말도 없이 문을 닫았다. 사장이 횡령을 했다, 도박에 빠져서 엄청나게 빚을 졌다 같은 흉흉한 소문이 나돌았지만 진실은 아무도 몰랐다. 남은 것은 아직까지 비어 있는 조립식 건물뿐이었다. 그리고 또 하나.

"거기서 나눠 준 장바구니용 비닐봉투 나도 가지고 있는데…."

경자가 말을 하다 말고 지현의 눈치를 슬쩍 봤다. 공식적으로는 광선슈퍼 멤버들은 럭키마트 근처에도 안 가는 거로 되어 있었다.

"나도 있어. 그 검은색 비닐봉투."

지현이 다 알고 있다는 듯한 표정으로 말했다.

"언니가 왜 럭키마트 봉투를 가지고 있어?"

경자가 깜짝 놀라며 물었다.

"적을 알아야 이긴다 싶어서 나도 손님인 척 슬쩍 가 봤지. 그러니까 그 싸구려 장바구니 주더라고. 오래 쓰기엔 잘 찢어질 것 같고 그렇다고 외출할 때 들고 다니기엔 좀 못생겼잖아. 집에 처박아 두기만 했지. 그런데 손목이 들어 있던 봉투가 그거라고?"

"맞아. 기억하는데, 똑똑히 봤어. 럭키마트 글씨랑 로고가 떡하니 박혀 있었어."

미리는 눈을 빛내며 지현과 경자를 차례로 바라봤다.

"잠깐만, 잠깐만. 그럼 한번 정리해 보자고. 그 스마일맨이란 놈은 럭키마트를 한 번이라도 이용해 봤다는 거잖아."

"그렇지. 내가 장담하는데 럭키마트 이용객 중 90프로는 우리 아파트 주민이었어. 그러니까 스마일맨이 우리 아파트에 살고 있을 확률이 높다는 거야."

경자와 미리의 이야기를 듣고 있던 지현이 뭔가 생각났다는 듯 끼어들었다.

"그럼 소희도 이 아파트 어딘가 있겠네!"

"그렇지. 스마일맨이 우리 아파트에 사는 거라면 소희 역시 여기에 있다는 소리지."

"근데… 그게 가능할까? 그러니까 아파트에서 누굴 납치해 죽, 죽이는 거 말이야."

경자가 주저하며 말했다.

미리도 그 생각을 했다. 럭키마트 봉투에 대해 깨달은 후부터 줄곧 스스로에게 물었다. 가능하다고 생각하는 거야? 이 좁은 주공아파트에서 누군가를 죽이는 일이? 그랬기에 박도진 선생을 찾아가 조언을 구했다. 예상했던 대로 스마일맨은 혼자 사는 사람이라는 의견을 들었다. 오랫동안 혼자 살아왔다면 남몰래 사람을 죽이는 것쯤은 가능했을지도 모른다. 문제는 소리였다. 상대방을 힘으로 제압한다고 해도 불시에 터져 나오는 비명은 어떻게 막을 수 있을지 궁금했다. 그 문제에 대한 정답을 찾을 수 있다면 스마일맨에게 의외로 쉽게 접근할 수도 있으리라.

"가능하다고 봐. 실제로 사건이 벌어졌고. 우리만 해도 그렇잖아. 우리끼리는 이렇게 친해도 옆집에선 어떤 일이 일어나는지 전혀 모르잖아."

"하긴…."

경자가 고개를 끄덕였다.

"지금 중요한 건 이 아파트 어디에 스마일맨이 살고 있는지 그 범위를 좁히는 거야."

"그거라면 그 도시가스 기사가 봤다는 술 취한 여자 이야기가 도움이 되지 않을까? 그게 혹시 소희였을 수도 있잖아."

가만히 듣고 있던 지현이 말했다.

"그래! 시간도 비슷하고 치킨도 왠지 맞아떨어지잖아!"

"맞아. 그러니까 그걸 확인하러 경비실에 가자. 아무리 CCTV 화질이 구려도 우리라면 소희를 알아볼 수 있을 거야."

그렇게 말하며 미리가 일어섰다.

"아이고. 지금 이 시간에도 우리 소희는 고생하고 있을 텐데."

지현은 한숨을 푹 쉬며 따라 일어섰다.

"시간 싸움이야. 시간 싸움."

미리는 아랫입술을 지그시 깨물며 중얼거렸다. 스마일맨이 소희를 납치한 것이 확실하다면 그놈이 끔찍한 일을 저지르기 전에 막아야 했다. 시간은 소희의 편도, 주부탐정단의 편도 아니었다.

그 남자 4

남자는 콧노래를 흥얼거렸다. 그 어느 때보다 몸 상태와 기분이 좋았다. 조금 열어 놓은 창문 사이로 5월의 상쾌한 바람이 불어 들어왔다. 라디오에서는 글렌 굴드가 연주하는 바흐가 흘러나오고 있었다. 차는 막히지 않았다. 목적지까지는 제시간에 문제없이 도착하리라.

남자는 운전대에 가볍게 손을 올려놓은 채로 화장실에 있는 그 여자에 대해 생각했다. 아침에 다시 한번 클로로포름을 맡게 했으니 아직 깨어나려면 멀었을 것이다. 앞으로 반나절, 어쩌면 그것보다 더 시간이 지나야 깨어나리라. 만약 깨어난다면 공포에 떨며 울부짖을 것이다. 그게 아니라면 자신에게 닥친 불행을 이해하지 못한 채 멍하니 앉아 있을지도 모른다. 자기가 뭘 잘못했는지 몇 번이나 생각하며.

사냥감들이 죽기 직전에 어떤 생각을 하는지 남자는 항상 궁금했다. 몇 번인가는 직접 물어보기도 했지만 만족할 만한 대답을 듣지 못했다. 대개는 공포에 질려 제정신이 아니었기 때문이다. 하긴 톱을 든 상대가 눈앞에 서 있으면 누구나 말문이 막히기 마련이리라.

"큭큭."

남자는 혼자서 웃었다. 또다시 처리해야 할 누군가가 있다는 사실이 더없이 만족스러웠다. 자신 때문에 공포에 떨고 있을 사람들의 반응을 상상하는 것도 재미있었다. 아침에 아파트 단지를 빠져나올 때 마주친 사람들의 표정에는 모두 공포가 서려 있었다. 이제 그 공포는 점점 더 커질 것이다.

공포.

그 단어가 마음에 들었다. 누군가에게 공포를 선사할 수 있다는 것은 강한 힘을 가졌다는 뜻이었다. 남자에게 공포란 그런 의미였다. 다른 이를 마음대로 조정할 수 있는 힘. 그러기 위해서는 전시가 필요했다. 자신의 업적을 내보여야 했다. 물론 그것이 지나치면 꼬리가 밟힐지도 모른다. 몇 번이나 아슬아슬한 순간이 있었다. 그래도 공포를 전시할 때의 짜릿함을 포기할 수는 없었다. 남자가 훤한 대낮에 작품을 내다 버리는 것도 바로 그런 이유 때문이었다. 더 큰 자극, 더 깊은 희열, 그리고 더 강렬한 쾌감….

남자의 이런 내밀한 마음을 이해해 주는 사람은 당연히 그뿐이었다. 남자가 공포를 즐긴다면 그는 혼란에 기쁨을 얻는 쪽이었다. 누군가를 혼란에 빠트릴 때 진정한 행복을 느낀다며 그는 슬쩍 웃었다.

생각에 잠긴 사이 어느새 목적지에 도착했다. 남자는 지하주차장으로 차를 몰았다. 주차요원에게 출입증을 내밀었다. 주차요원은 미소를 지으며 주차권을 건네주었다.

주차를 마친 남자는 의상을 챙겨 들고 엘리베이터로 향했다. 내려야 할 곳은 2층이었다. 막 문이 닫히려는데 머리가 긴 여자 한 명이 들어왔다. 여자는 남자를 알아봤다.

"어머. 연주자님. 지금 오시는 거예요?"

"네."

남자는 자주 연습하곤 했던 선량해 보이는 미소를 지으며 대답했다.

"오늘도 멋진 연주 부탁드려요."

여자의 말에 남자는 고개를 끄덕였다. 그러고는 오늘의 연주에 대해 잠시 생각했다. 적어도 피아노 건반을 두드릴 때만은 딴생각은 잠시 미뤄 두는 남자였다.

도마 위의 생선

주부탐정단 세 사람이 경비실로 몰려가자 광규는 한숨부터
푹 쉬었다. 얼굴에는 피곤이 덕지덕지 묻어 있었고 눈 밑은 거
뭇했다. 미리와 만났을 때보다 피부도 훨씬 더 거칠했다.
"이젠 더 도와드릴 것도 없어요."
광규가 힘없이 말했다.
"CCTV 한 번만 더 보여 주시면 돼요."
"아주머니는 괜찮아요? 아까는 안색이 안 좋더니 지금은 또
팔팔하시네."
광규가 미리에게 말하는 틈을 기다리지 않고 지현이 냉큼 모
니터 앞 의자에 앉았다.
"안부는 나중에 묻고 일단은 CCTV부터 좀 보자고."
"어허. 아무거나 막 만지시면 안 돼요."
"고장 안 낼 테니까 빨리 보여 줘."
"경찰들이 CCTV 녹화된 거 아무한테나 보여 주지 말래요.
특히 아무것도 모르는 아주머니들한테는요. 그러면 수사에 차질

이 생긴다고. 저기 저 아주머니 남편분이 직접 이야기하고 가셨어요."

광규는 그렇게 말하며 경자를 가리켰다.

"참나 내가 못 살아! 우리 윤미 아빠 말은 안 들어도 되니까 빨리 보여 줘요. 책임은 내가 질게."

경자가 씩씩거리며 목소리를 높였다. 남편 강식이 어떻게 말했을지 안 봐도 비디오였다. 당연히 자기를 무시하는 투였을 것이다. 틈만 나면 무식쟁이 아줌마 취급을 하는데 이제는 더 이상 참기가 싫었다. 전날 밤에 귀가 따갑도록 잔소리를 퍼부을 때도 한마디를 할까 하다가 겨우 삼켰다. 곤히 잠든 윤미를 깨우기 싫어서였다. 강식은 그런 줄도 모르고 끝내 한마디를 더하곤 방으로 들어갔다.

"하여간 다시 한번 나대기만 해 봐. 그땐 나도 안 참아!"

흥. 안 참는 건 나야!

"잘한다. 우리 경자! 우리가 뭐 할 게 없어서 이러는 줄 알아? 자기들이 아직 제대로 수사도 안 하는 걸 우리가 대신 나서서 해결하려는 거잖아. 안 그래?"

지현의 목소리도 덩달아 커졌다.

"우리가 아무 근거 없이 보여 달라는 거 아니에요. 스마일맨, 우리 아파트에 살아요."

미리가 광규를 향해 차분하게 말했다.

"네?"

광규는 벗어진 이마가 벌게질 정도로 놀랐다.

"겨, 경찰들은 그런 말 안 하던데요. 당연히 우리 아파트도 조사를 하지만 광선동 일대를 다 뒤져 볼 거라고…."

"경찰들은 못 알아낸 게 있어요."

"우리 미리 동생만 매의 눈으로 알아챈 게 있다니까. 그러니까 우리 말 좀 믿어 봐."

하아. 광규는 다시 한번 한숨을 쉬었다. 주부탐정단이라고 당당하게 주장하는 이 아줌마들에게는 왠지 매몰차게 대할 수가 없다. 이토록 적극적으로 달려드는데 무슨 도움이라도 주고 싶었다.

"알겠어요. 그러면 진짜 잠깐만 보고 가셔야 해요."

"걱정 말라니까."

지현이 광규의 어깨를 퍽 소리가 나게 두드렸다.

"언제, 어디 영상이 필요한 거예요?"

"어젯밤 7시경 뒤편 주차장."

미리가 말했다.

"경찰들이 싹 다 훑어봤을 텐데…."

광규는 구시렁거리면서도 녹화된 화면을 돌려서 모니터에 띄웠다. 자글자글한 흑백 화면이 모니터에 떠올랐다. 사물을 간신히 알아볼 수준이었다.

"두 눈 크게 뜨고 봐야 해."

지현이 말하며 의자에 바싹 다가앉았다. 경자와 미리도 지현

뒤로 붙었다. 광규는 멀찌감치 떨어져 있으면서도 고개는 주부
탐정단 쪽으로 향하고 있었다. 그때였다. 광규의 무전기가 지직
지직 울렸다.

"경비 책임자님. 여, 여기 와 보셔야…."

무전기 너머 남자는 격양된 목소리였다.

주부탐정단 세 명은 일제히 광규를 바라봤다. 광규는 슬쩍
눈치를 살피며 무전기를 꺼내 들었다.

"무슨 일이야?"

"그, 그게… 순찰을 돌다가 광선천에서 이상한 걸 발견했어
요. 아무래도 경찰에 신고를 해야 할 것 같은데."

그 말이 떨어지기가 무섭게 미리가 경비실 밖으로 달려 나갔
다.

"저기, 잠깐만요! 혼자 그렇게 가시면…."

광규가 난감한 표정으로 미리의 뒤를 따랐다.

"언니는 안 가?"

경자가 지현에게 물었다.

"난 이걸 보고 있을래. 이게 내 전문이잖아."

지현은 모니터에서 눈을 떼지 않은 채 말했다. 그 모습이 듬
직해 보였다. 한번 결심을 하면 뿌리를 뽑는 지현이었다. 작은
구멍가게로 시작해 지금의 슈퍼로 키운 것도 지현의 그런 근성
이 없었다면 불가능한 일이었다.

"알았어요. 나 그럼 미리 따라갔다 올게!"

경자는 뒤뚱거리며 경비실을 나갔다.

미리는 벌써 저만치 앞서 달려가고 있었다. 그 뒤를 광규가 뭐라고 소리를 지르며 따라갔다.

"어휴. 같이 좀 가!"

경자는 헉헉거리며 뛰어갔다.

미리도 경자를 기다려 주고 싶은 마음이 굴뚝같았지만 경찰이 오기 전에 도착해야 뭐라도 건질 것 같았다. 미리는 뒤쪽 주차장 쪽으로 방향을 잡았다. 뒤에서 광규의 숨찬 목소리가 들려왔다.

"광선천이라는데 왜 그쪽으로 가요?"

보통은 아파트 정문으로 나가서 큰길을 빙 돌아 광선천 쪽으로 내려가야 한다. 그 똥물 가득한 곳에 갈 일이 뭐가 있겠냐마는 아무튼 그렇다. 미리는 대답 없이 일단 달렸다. 이내 조경 공사용 흙을 덮어 놓은 곳까지 다다랐다. 헐레벌떡 뛰어오던 광규가 무릎에 손을 짚고 숨을 골랐다.

"아이고. 뭐가 그리 빠르데요? 그리고 여긴 도대체 왜⋯."

"잊고 계셨죠? 저희도 이번에 발견했어요. 여기 쪽문이 있다는 거."

미리는 가로막고 있는 흙무더기 뒤편으로 돌아가 쪽문을 보여 줬다. 광규는 대번에 놀랐다.

"이 문이 아직 있었네! 막아 버린 줄 알았더니."

"공사장 인부들 중 몇 명이 여기로 들락날락한 것 같아요. 그중에 쥐방울이 있고요."

"쥐방울이요?"

"지금은 그게 중요한 게 아니고, 광선천으로 제일 빨리 내려갈 수 있는 길이 여기예요."

미리는 그렇게 말하며 굳게 닫힌 문을 힘껏 밀었다. 문은 끼익, 하는 기분 나쁜 소리를 낼 뿐 열리지 않았다.

"같이 좀 밀어 봐요!"

미리와 광규가 번갈아 가며 문에 부딪쳤지만 꼼짝도 하지 않았다. 두 사람이 다시 한번 달려들 때 경자가 나섰다. 경자는 어깨에 힘을 팍 주고 제법 기합까지 넣으면서 문을 향해 돌진했다.

"이얍!"

쿵!

문은 의외로 쉽게 열렸다. 걸쇠 부분이 거의 나가떨어졌다. 미리는 경자를 향해 엄지를 들어 보였다. 경자는 별일 아니라는 듯이 씩 웃었다.

"저기 봐요. 광선천으로 바로 내려가는 계단이 있잖아."

광규가 아래쪽을 가리키며 말했다.

세 사람은 나란히 줄을 서서 녹슨 철제 계단을 내려갔다. 광선천에 닿으면 닿을수록 고약한 물비린내와 무언가가 썩어 가는 냄새가 진동을 했다. 하천 주위로 불법 투기한 쓰레기가 지천에 널려 있었다.

"쯧쯧. 이래서 안 되는 거예요. 이래서 안 된다고. 원래 여기가 산책로로 만들어진 거잖아요. 그래서 아파트 쪽에서도 이렇게 계단을 만들어 놓은 거고. 그런데 우리나라 국민성이…."

"빨리 무전 쳐 봐요. 다른 경비원들 어디 있는지."

미리가 점점 길어지려는 광규의 말을 냉큼 막았다.

"경비원들이 다 흩어져서 아파트 일대를 조사했거든요. 아무래도 안전이 우선이니까. 혹시 광선천 쪽에도 뭔가 있을지도 모른다고 생각을 해서…."

"그러니까 빨리 연락해 보시라고요."

"알았어요."

광규가 막 무전기를 꺼내 드는데 경자가 앞쪽을 가리켰다.

"저기 아니야?"

계단에서 백여 미터 정도 떨어진 곳 광선교 아래에 경비원 복장을 한 남자 두 명이 서 있었다.

"저 친구들 맞네요."

광규가 말했다.

"가 보자."

이번에도 미리가 앞장섰다.

세 사람이 다가가자 경비원들이 고개를 돌렸다. 둘 다 겁에 질린 표정이었다. 특히 나이가 좀 젊은 쪽은 얼굴이 허옇게 질려 있었다.

"경비 책임자님."

광규와 비슷한 또래로 보이는 경비원이 잔뜩 잠긴 목소리로 말했다.

"무슨 일입니까?"

광규가 마른침을 한 번 삼킨 후 물었다.

"여길 둘러보는데 다리 밑에 저런 봉투가 있어서…."

경비원은 턱짓으로 몇 미터 앞을 가리켰다. 다리 아래 기둥이 세워진 곳이었다. 거기에 검은색 봉투 세 개가 보란 듯이 놓여 있었다. 봉투는 부피감이 상당했다. 그 위로 파리가 들끓었다. 광선천이 내뿜는 고약한 냄새와는 또 다른 악취가 풍겨 왔다.

"똑같아. 럭키마트 봉투야."

미리가 경자를 향해 속삭였다.

"그러네. 그, 그러면 저기에도 그게 있다는 거잖아."

경자가 한 발 뒤로 물러났다.

"열어 보진 않았는데 아무래도 이상해서 연락을 드렸어요."

경비원이 변명하듯 말했다.

"열어 보고 말고 할 것도 없어. 이건 경찰에 신고를 해야겠네."

광규는 그렇게 말하며 봉투에서 멀찌감치 떨어졌다.

"잠깐만요."

미리가 앞으로 걸어 나갔다.

"뭐, 뭐 하시게요?"

"그래도 확인을 해 봐야죠."

"어허. 아주머니. 어젯밤에 그렇게 고생을 하셔 놓고."

광규의 만류에도 미리는 봉투 쪽으로 다가갔다. 다가가면 갈수록 악취가 심해졌다. 머리가 지끈거릴 정도였다. 검은색 럭키마트 봉투는 이글거리는 악의를 내뿜고 있었다. 빨리 열어 보라는 듯 엉성하게 묶어 놓은 매듭이 미리의 눈에 들어왔다. 미리는 봉투를 향해 손을 뻗었다. 봉투에서는 바람이 불 때마다 살아 있기라도 한 것처럼 바스락거리는 소리가 났다.

"조심해!"

경자가 말했다.

미리는 봉투의 매듭을 풀었다. 이마에 땀방울이 맺혔다. 숨을 한 번 고른 후 봉투를 열어젖혔다. 제일 먼저 눈에 들어온 것은 허연 덩어리였다. 이상할 정도로 새하얀 덩어리. 그것이 신체의 일부라는 것을 알아채기까지는 그리 긴 시간이 필요하지 않았다.

미리는 뒷걸음질을 쳤다. 그러다가 풀썩 주저앉고 말았다. 그런 미리 주위로 파리 한 마리가 날아올랐다.

제일 먼저 느낀 감각은 두통이었다. 머리가 깨질 듯 아팠다. 눈 앞쪽에서 쉴 새 없이 폭죽이 터졌다. 콧속도 화끈거렸다. 역한 기운이 올라와 토하고 싶었지만 입이 막혀 있었다. 소희는 그제야 눈을 뜨고 주위를 둘러봤다. 그 작은 동작을 하는 것만으로도 힘이 들었다.

사방은 컴컴하고 축축했다. 문 밑으로 들어오는 희미한 불빛으로 이곳이 화장실이라는 것을 겨우 알아챌 수 있었다. 저만치 변기가 보였고 그 옆에는 세면대가 있었다. 소희는 고개를 돌렸다. 뒤쪽은 욕조였다. 조금 움직여 보려다가 불가능하다는 사실을 깨달았다. 오른쪽 손에 채워진 수갑의 한쪽 끝이 욕조 샤워기에 매달려 있었다. 아무리 당겨도 팔목만 아플 뿐 꼼짝하지 않았다. 다행인 것은 왼손이 멀쩡하다는 사실이었다. 소희는 왼손으로 입에 붙어 있던 테이프를 뜯어냈다. 그제야 숨쉬기가 좀 편해졌다.

"하아."

깊게 숨을 토해 낸 소희는 아랫배에 힘을 모은 채 소리쳤다.

"살려 주세요!"

소리는 뻗어나가지 않고 무언가에 막힌 듯 허공에서 흩어져 버렸다.

"살려 주세요!"

다시 한번 온 힘을 다해 소리를 질렀다.

마찬가지였다. 소희의 목소리는 답답할 정도로 화장실 안만 맴돌았다. 공포가 온몸을 사로잡았다. 심장이 터질 것 같았다. 자신이 어떤 상황에 처했는지 정확히 알 수 없어 더 두려웠다.

"살려 주세요!"

또 소리를 질렀다. 결과는 마찬가지였다.

몇 번 더 소리를 치던 소희는 결국 포기하고 자신의 몸 상태를 살폈다. 두통이 심하긴 했지만 일단 다친 곳은 없는 듯했다. 두 팔도 멀쩡하고 다리도 괜찮았다. 그제야 조금 안정이 되었다. 소희는 욕조 가장자리에 걸터앉았다. 그러고는 가장 마지막까지 남아 있던 기억을 떠올렸다.

치킨 냄새.
그 기름진 냄새가 뒤에서 확 덮쳐 왔고 자신은 정신을 잃었다. 어떤 남자가 다가온 것 같았다. 그것 말고는 떠오르는 게 없었다. 여기가 어디인지, 도대체 무슨 이유로 자신이 이곳에 갇혀 있는 건지 아무것도 몰랐다.
한 가지 확실한 것은 여기 이대로 있다가는 자신이 영영 철이에게로 돌아가지 못한다는 사실이었다. 소희는 그걸 알 수 있었다. 아파트 주차장에서 여자를 납치할 정도의 미친놈이라면 순순히 놓아주지는 않을 것이다. 그런 것쯤은 미리 언니가 아니라도 알 수 있다.
게다가… 화장실 안에서는 희미하지만 비린내가 풍기고 있었다. 한때 마트 생선 코너에서도 아르바이트를 했던 소희는 비린내의 정체가 무엇인지 알아챘다. 피였다. 생선의 배를 가르고 내장을 꺼내 물에 씻을 때면 항상 이런 냄새가 났다.
이 비좁은 화장실은 이를테면 도마였고 자신은 배가 갈리길 기다리는 생선이었다.

소희는 울음이 터져 나오려는 걸 억지로 참았다. 지금 울 수는 없었다. 울고만 있기에는 시간이 부족했다. 자신을 납치한 남자가 언제 들이닥칠지 모른다. 지금은 움직여야 했다.

"철이야. 엄마가 갈게."

이를 악물고 주먹을 꼭 쥐었다. 철이를 생각하자 마냥 떨리기만 하던 심장이 조금 진정됐다. 다시 한번 주위를 둘러봤다. 문까지의 거리는 몇 미터가 안 되었지만 문제는 수갑이었다. 아무리 당겨도 손을 빼낼 수가 없었다. 소희는 손가락을 최대한 모아서 힘껏 잡아당겼다. 아프기만 할 뿐 수갑은 오히려 더 손을 죄어 오는 것 같았다.

"살려 주세요!"

소용이 없다는 걸 알면서도 소희는 목이 터져라 소리를 질렀다. 초조했다. 수갑이 저 지독한 아가리를 벌리지 않는 이상 살아날 길은 없었다.

"침착하자, 침착해."

소희는 가만히 서서 중얼거렸다. 철이와 처음 만났던 날, 그러니까 임신테스트기의 두 줄을 확인했던 날도 스스로에게 이렇게 말했다. 침착하자고. 홀로 산부인과를 찾았을 때도, 진통이 시작됐을 때도 같은 말을 했다.

침착하자.

침착해.

수갑의 한쪽은 샤워기 연결지점에 있는 파이프에 채워져 있었다. 파이프를 뺄낼 수만 있다면 적어도 한쪽 수갑은 푸는 게 가능해 보였다. 소희는 아예 욕조로 들어가 샤워기 파이프를 돌리기 시작했다. 파이프는 꼼짝도 하지 않았다. 그래도 멈출 수는 없었다. 지금은 파이프를 돌려 빼는 것만이 유일한 희망이었다.

경찰차 사이렌 소리가 들렸다. 사이렌은 광선천을 향해 점점 가까워졌다. 안절부절못하던 광규는 반가운 표정으로 도로 쪽을 바라봤다. 다른 경비원 두 명도 마찬가지였다. 세 사람은 봉투 주위에서 떨어지지도 못하고 그렇다고 다가가지도 못한 채 어정쩡한 자세로 서 있었다.

"이틀 연속으로 이게 무슨 일이래."

광규가 봉투 쪽을 힐끔 쳐다보며 중얼거렸다.

미리는 경자의 손을 꼭 잡고 있었다. 각오는 했지만 충격은 상상 이상이었다. 몸이 떨려서 제대로 서 있을 수가 없었다. 눈을 감아 봐도 봉투 속에 든 사체의 모습은 사라지지 않았다.

"아니겠지? 응? 미리야. 아니겠지?"

한참을 말없이 있던 경자가 떨리는 목소리로 물었다.

미리는 경자가 무슨 말을 하는지 알아들었다.

"아니야."

떨리는 걸 참으며 미리는 단호하게 고개를 저었다. 충격으로 머릿속은 텅 비었지만 그 사실 하나만큼은 확신할 수 있었다.

"그렇지? 소희는 아니지?"

"스마일맨은 그 빌어먹을 스마일 배지를 남겨 둔 다음에 나머지 사체 역시 곳곳에 버렸어. 지금까지 쭉 그래 왔어. 이건 어제 사건의 연장일 거야. 소희는 아니야."

미리는 그렇게 말한 후 아랫입술을 지그시 깨물었다. 서서히 정신이 돌아왔다. 소희가 아니기에 아직은 기회가 있었다. 그 기회를 살리려면 움직여야 했다. 벌벌 떨고 있을 여유 따위는 없었다.

"지현 언니한테 돌아가자."

미리가 경자의 손을 잡아끌었다.

"어? 어어. 알았어."

경자가 미리의 뒤를 따랐다.

"잠깐만요. 지금 가시면 어떡해요? 아주머니들이 목격잔데 경찰 오면 증언해야죠."

광규가 두 사람 앞을 막아섰다.

"지금 그럴 시간 없어요. 아저씨가 알아서 잘 둘러대 주세요."

"어허. 제가 뭐라고 둘러대요? 봉투를 들춰 본 것도 아주머니 잖아요."

"그냥 도망갔다고 말해 주세요."

"그러면 제 입장이…."

미리는 순간 멈칫했다. 광규가 이렇게 말하는 것도 이해가 갔다. 광규 입장에서는 경찰을 상대하기가 곤란할 것이다. 그렇다고 해서 미리와 경자가 느긋하게 경찰들 질문을 듣고 있다가는 모든 게 틀어진다. 혹 경자의 남편 강식이 출동을 한 거라면 이야기는 더 복잡해질 것이고. 한바탕 잔소리를 들을 건 뻔하고 증언이라는 명목으로 경찰서에 끌려가지 않으면 다행일 노릇이었다. 경찰은 스마일맨과 소희의 실종은 별개의 사건이라 생각한다. 그렇기에 주부탐정단이 사건을 캐고 다니는 걸 이해해 주지 않을 것이다. 미리 역시도 그 부분에서는 경찰을 설득할 자신이 없었다. 연쇄살인범의 소행으로 보이는 사건이 일어난 직후 소희가 실종되었다. 두 사건 간에 인과관계가 있다는 건 불을 보듯 뻔한 사실이었지만 확실한 증거가 나오지 않는 이상 그 둘을 연결 짓지 않는 것이 경찰 조직의 시스템이었다. 확실한 증거…. 미리는 적어도 하나의 증거는 가지고 있었다. 스마일맨이 광선주공아파트에 산다는 증거. 일단은 그걸 던져 주자. 미리는 고민을 끝냈다.

"아저씨. 제 말 잘 들으세요. 경찰들이 오면 저희들은 도망갔다고 한 뒤에 이 말을 꼭 전해 주세요. 그러면 아저씨를 귀찮게 하진 않을 거예요."

미리는 광규의 눈을 들여다보며 말했다.

"무, 무슨 말이요?"

"저 봉투 보이죠? 저거 럭키마트 봉투예요. 아저씨도 알아보겠죠?"

"럭키마트라면?"

"맞아요. 그 럭키마트. 어제 손목이 담겨 있던 봉투도 같은 거였어요. 그러니까 스마일맨이라는 그놈은 럭키마트를 이용했단 거예요. 아시겠지만 럭키마트 고객 중 대부분은 우리 아파트 주민이었고요. 그러니까 우리 아파트에 스마일맨이 살고 있을지도 모른다는 거예요. 아니, 살고 있어요. 놈은 우리랑 같은 주민이에요."

"경찰들은 못 알아냈다는 게 이거 말씀이세요?"

미리는 고개를 끄덕였다. 혀로 연신 입술을 핥던 광규는 급기야 마른세수를 했다. 그러고는 봉투를 다시 바라봤다. 하아. 광규는 가슴이 푹 꺼질 정도로 한숨을 쉬었다.

"아파트 사람들을 싹 다 조사하는 한이 있어도 스마일맨을 찾아야 해요. 그걸 꼭 강조해 주세요! 아셨죠?"

"네. 알긴 알겠는데…."

"그럼 우린 가 볼게요."

"아주머니들은 이제 뭘 하시려고요?"

광규가 돌아서는 미리를 향해 물었다.

"소희를 찾아야죠."

짧게 대답한 후 미리는 발걸음을 서둘렀다. 경자가 헉헉거리며 따라왔다. 경찰이 도착한 듯 사이렌 소리가 바로 가까이서 들렸다. 광규가 이야기를 잘 전하기만 한다면 큰 도움이 될 것이다. 경찰이 발 빠르게 움직여 스마일맨을 잡아내면 그것보다 좋은 게 없었다.

"벌써 시간이 많이 지났어."

뒤따라오던 경자가 말했다.

미리는 핸드폰을 들어 시간을 확인했다. 어느새 오후가 훌쩍 지나 조금 있으면 현지가 돌아올 시간이었다.

"서둘러야 해."

"지현 언니가 뭔가 알아냈을까?"

"그랬길 바라야지."

두 사람은 그런 대화를 하면서 계단을 올랐다. 미리는 힘들어하는 경자의 손을 잡아 주었다. 낡은 철제 계단은 삐걱거리는 소리를 냈다. 특히 경자가 발을 디딜 때마다 요란한 소리가 났다. 그 소리를 듣는 순간 어떤 의문이 미리의 머릿속을 스치고 지나갔다. 소리. 아까 슈퍼에서 이야기를 나눌 때도 떠올랐던 의문이었다. 스마일맨은 어떤 식으로 소리를 차단한 걸까? 가장 쉽게 떠올릴 수 있는 건 피해자의 입을 막는 것이었다. 정신을 잃게 만들어 죽이거나 아니면 입에 재갈을 물리는 것.

아니야.

미리는 고개를 저었다. 그런 방법은 스마일맨의 스타일이 아니었다. 보란 듯이 범죄를 전시하는 스마일맨은 자기 과시가 하늘을 찌를 것이다. 놈은 피해자가 공포에 떨며 비명을 내지르는 모습을 보며 희열을 느끼리라. 미리가 파악한 스마일맨은 그런 놈이었다. 그렇다면 소리 역시도 스마일맨에게는 빼서는 안 될 요소였다.

"설마… 방음 공사를 한 건가?"

미리는 발걸음을 멈췄다. 단서 하나가 눈앞에서 아른거렸다. 봄철 나비처럼 잡힐 듯 잡히지 않는 단서.

"뭐라고?"

경자가 물었다.

"언니. 우리 아파트 말이야, 워낙 낡아서 입주할 때 리모델링하는 사람들 많지?"

"많지."

경자는 무릎을 짚으며 숨을 몰아쉬었다.

"그런 사람이 얼마나 될까?"

"그야 정확히 알긴 힘들지. 이사 철에는 아주 많지 않을까? 하루 종일 여기저기서 공사하는 소리가 들리기도 하잖아. 그것 때문에 싸움도 나고."

"잠깐만! 공사하는 소리라고 했지?"

"응."

미리는 골똘히 생각에 잠겨서는 제자리를 빙글빙글 돌았다. 경자가 그런 미리를 불안한 듯 바라봤다.

"왜? 뭐가 또 떠올랐어?"

"아니야. 생각 중이야. 일단 빨리 경비실로 가자."

잠시 후 두 사람은 경비실에 도착했다. 지현은 미리와 경자가 들어오는데도 뚫어져라 모니터만 쳐다보고 있었다. 안 그래도 주름진 미간을 더 굵은 주름이 가로질렀다.

"언니. 뭐 좀 나왔어요?"

지현은 경자가 묻자 그제야 고개를 돌렸다. 안경 너머 보이는 눈이 잔뜩 충혈되어 있었다.

"너희들도 이리 와서 한 번 봐봐."

지현의 손짓에 두 사람은 모니터로 다가갔다. 모니터에는 흑백의 CCTV 화면이 떠 있었다. 아파트 뒤편 주차장이었다.

"이게 어제 녹화된 거죠?"

경자가 물었다.

"맞아. 내가 지금 열 번도 넘게 돌려 봤어. 7시 조금 안 됐지? 여기서 조금만 더 보면… 소희가 나와."

지현의 말 그대로였다. 주차된 차들만 덩그러니 보이던 화면에 자그마한 여자가 모습을 드러냈다. 흑백인 데다가 밤이라서 알아보기는 힘들었지만 체구와 헤어스타일로 봤을 때 분명 소희였다.

"소희야. 소희라고!"

경자가 흥분해서 소리쳤다.

소희는 핸드폰을 들고 서성거리다가 화면 밖으로 사라졌다. 잠시 후 소희는 또 모습을 드러냈다. 이번에는 전화를 걸려는 듯 핸드폰을 귀에 가져다 댔다. 미리는 화면에 뜬 시간을 확인했다. 자신에게 전화가 걸려 왔던 바로 그때였다. 그 순간 소희가 다시 화면 밖으로 나갔다.

"아!"

미리와 경자는 동시에 탄식을 내뱉었다.

"이 화면은 이게 끝이야. 이후로도 계속 봤는데 소희는 안 나와. 대신에 다른 화면이 있어."

지현은 더듬더듬 마우스를 움직여 또 다른 CCTV 영상을 불러 냈다.

"와! 언니. 이제 선수 다 되셨네요."

경자가 감탄했다.

"이런 것도 다 소희가 가르쳐 줬는데…."

쯧쯧. 지현은 안타까움에 혀를 찼다.

새로 불러 낸 화면은 다른 각도의 CCTV 영상이었다. 처음 영상이 주차장 바깥쪽에서 입구를 찍은 것이라면 이번에는 주차장 안쪽이었다. 영상 속에는 주차된 차들이 보였다. 한동안 같은 장면만 계속되던 화면에 갑자기 누군가가 나타났다. 짧은 시간, 그야말로 찰나의 순간이었다.

"어!"

경자가 화면을 가리켰다. 지현은 탁 소리가 나게 스페이스를 눌렀다. 영상이 멈추며 사람의 형체가 흐릿하게 잡혔다.

"남자지?"

미리가 물었다.

"남자야. 내가 몇 번을 돌려 봤어. 우리 슈퍼를 걸고 말하는데 저건 분명 남자야."

지현의 장담대로 영상 속 인물은 남자처럼 보였다. 평범한 체구에 재킷을 걸친 남자. 차들이 빼곡하게 서 있는 데다가 CCTV 각도마저 어중간해서 확실히 보이지 않는다는 게 아쉬울 따름이었다.

"시간을 봐. 소희가 사라진 바로 그 시간이야."

미리가 말했다.

"그것도 중요한데, 더 중요한 게 있어. 너희들 눈에는 이 남자가 뭘 하는 거로 보여?"

지현의 물음에 미리와 경자는 뚫어져라 화면을 바라봤다. 남자는 어깨를 구부정하게 구부린 채 정면을 응시하고 있었다.

"글쎄요. 어딜 보고 있는 것 같은데…."

경자의 말을 듣던 미리는 순간 소름이 돋았다.

"소희야! 저 남자 소희를 쳐다보고 있는 거야!"

"그래 보이지? 나도 암만 봐도 그렇게밖에 안 보여. 차들 사이에 숨어서 소희를 보고 있는 거지. 그리고 아래쪽을 한번 봐."

지현은 마우스를 움직여 화면의 아랫부분을 가리켰다. 거기에는 남자의 손이 있었다. 남자가 들고 있는 무언가가 승용차 범퍼에 가려 반쯤만 보였다. 어두운 화면 속에서도 유독 반짝이는 그것은….

"치킨 봉투."

경자가 중얼거렸다.

"도시가스 기사가 했던 말 기억하지? 치킨 봉투 같은 걸 든 남자가 술 취한 여자를 부축해서….”

“6동으로 들어왔다.”

미리가 지현의 말을 받았다.

“그, 그러면 저 남자가 소희를 납치했다는 거야? 그래서 6동으로 끌고 간 거고?”

“아직 확신할 순 없어. 저 남자가 소희를 끌고 간 장면이 잡힌 것도 아니니까.”

미리는 최대한 냉정함을 유지하려고 애썼다. 그렇지만 심장이 쿵쿵대는 건 어쩔 수가 없었다. 어쩌면 저자가 스마일맨일지도 모른다. 그 생각을 하자 입안이 말라 왔다. 억지로 마른침을 삼킨 후 숨을 한 번 골랐다.

“그래도 저 남자가 그 뭐냐, 유력한 용의자인 건 맞지?”

지현이 어깨를 펴며 물었다.

“그래요.”

미리가 고개를 끄덕였을 때였다. 경자의 핸드폰이 요란한 소리를 내며 울렸다. 핸드폰을 확인한 경자가 화들짝 놀라며 미리를 바라봤다. 거의 울 것 같은 표정이었다.

“언니. 왜 그래?”

“우리 남편이야. 윤미 아빠.”

“남편이 잡아먹기라도 한대? 왜 그리 겁을 먹어?”

“지현 언니는 아까 무슨 일이 있었는지 몰라서 그래요. 어떻게 해, 미리야? 아무래도 현장에 도착한 게 윤미 아빠가 봐. 우리 얘기 다 들었을 거야. 그러니까 이렇게 바로 전화를 했지. 보나 마나 잔소리를 할 텐데….”

자신도 이제 참고 있지 않을 거라고 다짐을 했건만 막상 강식과 이야기를 해야 할 순간이 오니 심장이 벌렁거렸다. 결혼하고 줄곧 잡혀 살기만 했던 경자였다. 남편에게 어떤 식으로 의견을 말해야 할지 생각도 나지 않았다.

“언니. 그냥 다 말해 버리자. 지금 우리가 알아낸 것도 다 말해. 형부한테 그렇게 이야기하면 경찰이 움직일 거고 소희를 위해서라도 그 편이 좋을 거야.”

미리는 결심을 했다. CCTV 속 남자가 스마일맨이건 아니건 이제는 경찰에게 이야기를 해야 할 순간이었다. 주부탐정단의 힘만으로는 한계가 있었다.

“아, 알았어.”

경자는 크게 심호흡을 한 후 전화를 받았다.

“윤미 아빠.”

강식이 버럭 소리라도 질렀는지 경자가 핸드폰을 귀에서 뗐다. 미리와 지현은 안타까운 표정으로 그런 경자를 바라봤다. 경자는 어쩔 줄 몰라 하며 발을 동동 굴렸다.

“괜찮아. 언니. 빨리 말해.”

미리의 말에 경자가 숨을 골랐다. 그런 뒤 눈을 질끈 감고는 말을 쏟아 냈다.

“다 미안한데 우리도 사정이 있었어. 소희를 찾아야 했다고!

그러자면 스마일맨인지 뭔지 하는 놈을 쫓을 수밖에 없었고. 그
래도 우리가 밝혀냈어. 스마일맨, 우리 아파트에 살지도 몰라.
그러니까 당신이… 뭐?"

순간 경자가 눈을 동그랗게 떴다. 그러고는 멍하니 미리와
지현을 쳐다봤다.

"왜?"

지현 역시 눈을 크게 뜨고 물었다.

"스마일맨… 자수했대."

경자가 천천히 말했다.

소희는 손바닥을 쥐었다가 폈다. 쥐가 나서 손 전체가 저리
고 아팠다. 손가락도 딱딱하게 굳었다. 물집도 잡혔다. 빌어먹
을 파이프는 1밀리미터도 돌아가지 않았다. 이대로라면 평생을
돌려도 풀어낼 수 없을 것 같았다. 다시 한번, 확실하고 압도적
인 절망감이 파도처럼 밀려왔다. 파이프를 풀지 못하면 이 지옥
에서 탈출하는 것은 불가능하다. 그 말은 곧 비참한 죽음을 맞
이하리란 뜻이었다. 도마 위의 생선처럼.

몇 시간이나 흘렀을까? 어둠이 가득한 이 화장실에서는 시간
이 어떻게 흐르는지 알 수 없었다. 언제 그 남자가 문을 열고
들어올지 모른다는 사실이 소희를 미치게 했다. 조급함과 두려
움이 소희를 뒤흔들었다.

침착하자, 침착해.

이제 주문도 효력이 다한 것 같았다. 아무리 발버둥 쳐도 이 도마 위를 벗어날 수 없었다.

"아!"

파이프를 돌리던 손이 미끄러지며 화끈한 통증이 손바닥을 타고 지나갔다. 아무래도 물집이 터진 모양이었다. 소희는 끝내 울음을 터트렸다. 뜨거운 눈물이 흘러내렸다. 입안은 바싹 말랐지만 눈물만은 펑펑 흘렀다.

"철이야."

소희는 울먹이며 아들을 불렀다. '철이'라는 이름을 지어 준 것은 소희 자신이었다. 소년만화의 주인공 같은 그 이름이 좋았다. 빨리 철이 들었으면 좋겠다는 바람도 조금은 들어가 있었다. 철이는 자기 이름을 불러 주면 그 큰 눈을 동그랗게 뜨고 활짝 웃었다. 그 웃음이 너무 눈부셔서 울컥했던 적이 한두 번이 아니었다. 철이는 이제 말을 곧잘 했다. 엄마. 이것 봐. 엄마. 이거 좋아. 엄마. 좋아해. 엄마…. 철이가 엄마라고 불러 줄 때마다 힘이 솟았다. 아무리 힘든 일을 하고 돌아와도 그 말한마디면 피곤이 다 풀렸다.

철이.

아들의 말간 얼굴을 떠올리자 서서히 진정이 됐다. 철이는 지금 이 순간에도 엄마를 기다리고 있을 것이다.

"철이를 위해서라도 여기서 반드시 살아나가야 해."

소희는 이를 악물었다. 이대로 포기할 수는 없었다. 분명 방법이 있을 것이다. 소희는 절박한 심정으로 다시 주위를 둘러봤다. 문 밑으로 들어오는 빛의 양은 화장실의 어둠을 밝히기에는 너무 부족했다. 희미한 빛줄기 하나가 길쭉하게 새어 들어와 변기 위에 맺혀 있을 뿐이었다.

변기.

묵직해 보이는 하얀색 변기가 새삼 눈에 들어왔다.

"저거다!"

소희는 자기도 모르게 중얼거렸다. 심장이 뛰었다. 저 변기의 위쪽 뚜껑 부분을 열 수만 있다면 그래서 손에 쥘 수만 있다면…. 변기 뚜껑의 무게라면 파이프를 깰 수도 있을 것 같았다.

문제는 위쪽 뚜껑을 무슨 수로 여느냐 하는 거였다.

소희는 왼팔을 쭉 뻗었다. 아슬아슬하게 닿지 않았다. 수갑에 묶인 오른쪽 팔을 최대한 잡아당긴 뒤 다시 한번 뻗었지만 이번에도 마찬가지였다.

"끙."

저절로 신음이 흘러나왔다. 어깨가 너무 아팠다. 왼손 가운뎃 손가락이 닿을 듯 말 듯 했다. 이 정도론 어림도 없었다. 적어도 뚜껑을 건드릴 정도는 되어야 했다. 소희는 잠시 숨을 골랐다.

무슨 수가 없을까?

고민을 하던 소희는 다리를 뻗어 보기로 했다. 아까처럼 오른팔을 한껏 당긴 뒤 오른쪽 다리는 욕조 가에 딱 붙었다. 그러고는 왼쪽 다리를 뻗었다. 발을 최대한 펴자 뚜껑에 닿았다.

"됐다!"

소희는 그 상태를 유지한 채 왼발로 뚜껑을 건드렸다. 뚜껑은 묵직한 소리를 내며 조금씩 움직였다.

조금만 더.

조금만 더.

그 순간 오른발이 쭉 미끄러졌다. 삽시간에 균형을 잃고 화장실 바닥에 넘어졌다. 본능적으로 왼팔을 뻗었지만 소용이 없었다. 소희는 오른쪽 무릎을 크게 찧고 말았다. 무릎 쪽에서 끔찍한 통증이 터졌다. 전기라도 통한 것 같았다.

"아!"

제대로 비명도 지르지 못할 만큼 아팠다. 소희는 왼손으로 무릎을 감싸 쥔 채 꼼짝도 하지 못했다. 무릎은 금세 부어올랐다. 숨을 한 번씩 쉴 때마다 새로운 통증이 밀려왔다. 후끈한 열기는 덤이었다. 다시 눈물이 차올랐다. 그러나 이번에는 울지 않았다. 아랫입술을 피가 나도록 깨물며 참았다.

무시무시한 통증은 소희의 분노를 깨웠다.

화가 치밀었다. 미치도록 화가 났다. 자신을 가둔 그놈의 얼굴에 한 방을 먹이지 못한다면 화가 풀리지 않을 것 같았다. 그러기 위해서는 일단 여기서 벗어나는 게 먼저였다. 소희는 고통을 씹어 삼키며 다시 일어섰다. 무릎이 덜덜 떨렸다. 힘이 들어가지 않았다. 천천히 자세를 잡았다. 다리를 뻗자 새로운 통증이 온몸을 휘감았다. 무릎만이 아니라 몸 전체가 다 아팠다.

왼발을 최대한 뻗어서 뚜껑을 건드렸다. 엄지발가락이 당겨 왔다. 뚜껑이 조금씩 움직였다. 그냥 바닥에 떨어지기라도 한다면, 그래서 깨지기라도 한다면 말짱 도루묵이었다. 살살 달래야 했다. 철이를 어를 때처럼.

"침착하자. 침착해."

이번에야말로 그 주문이 필요했다.

뚜껑이 스윽 소리를 내며 한쪽으로 떨어지려 했다. 소희는 그 사이에 재빨리 엄지발가락을 걸었다. 심장이 철렁 내려앉았다. 그 상태 그대로 뚜껑을 들어 올렸다. 꽤 무거웠다. 이번에는 장딴지까지 당겼다. 엄지발가락에 뚜껑을 건 채로 천천히 왼쪽 다리를 접었다. 뚜껑이 불안정하게 덜렁거렸다. 조심스레 왼팔을 뻗었다. 그 순간 뚜껑이 떨어졌다.

"안 돼!"

소희는 재빨리 뚜껑을 낚아챘다. 간발의 차로 바닥에 떨어지는 걸 막을 수 있었다. 뚜껑을 손에 쥔 채로 숨을 몰아쉬었다. 소희는 고개를 돌려 파이프를 노려봤다. 이제는 결판을 내야 할 때였다.

끙.

신음을 삼키며 소희는 다시 욕조 안으로 들어갔다. 변기 뚜껑으로 파이프의 이음새를 내리치기 시작했다.

"형부. 제 이야기 좀 들어 봐요. 스마일맨이 그렇게 쉽게 자수할 리가 없다니까요!"

미리는 강식의 팔을 붙잡고 말했다.

경자가 전화를 끊은 즉시 주부탐정단은 광선경찰서로 향했다. 미리는 택시 안에서도 연신 믿을 수 없다고 중얼거렸다. 정말로 믿을 수가 없었다. 미리가 생각하는 스마일맨은 절대 자수 같은 걸 할 놈이 아니었다. 게다가 오랜만에 사건을 저지른 이 마당에 제 발로 경찰서에 찾아가 범행을 털어놓았을 리가 없다. 그런 확신이 들었다.

한창 바쁘게 서류 작업 중인 노강식의 자리까지 가서, 그것도 주뼛거리는 경자까지 끌고 가서 그렇게 말한 것은 다 그 때문이었다.

"하아."

강식은 경자를 흘끗 노려본 뒤 한숨부터 쉬었다.

"저기요, 현지 어머니. 무슨 말씀인지도 다 알겠고 지금까지 열심히 뛰어다니셨단 것도 다 알겠는데요 이젠 경찰한테 좀 맡겨 주이소. 스마일맨 그놈아가 뭐 별겁니꺼? 잡힐 것 같으니까 지도 쫄아서 자수를 한 거지요."

"잡힐 것 같았다고요? 다른 단서가 있었어요?"

강식은 슬쩍 주위를 살핀 후 미리를 향해 다시 고개를 돌렸다. 광선경찰서 안은 바쁘게 돌아가고 있었다.

"단서 좋아하시는 거 알겠는데요, 그런 건 다 추리 소설에나 나오는 거라 이 말입니더. 실제로 범인을 잡을 땐 우짜는지 아십니꺼? 의심되는 곳을 샅샅이 뒤지는 겁니다. 이번에는 저기 저쪽 광선천 건너편 아시죠? 광선시장 있고 불에 탄 고시원 있던 데. 거기에 우범자들이 많이 숨어 산다는 첩보를 듣고 우리 형사들이 쎄리 마 이 잡듯이 뒤졌다 아입니꺼! 그랬더니 보이소. 스마일맨인지 거시긴지 하는 놈이 제 발로 지구대에 와서 척 손목을 내밀었다 아잉교. 지가 스마일맨이라고, 네? 지가 스마일맨이라고!"

"아예 가슴에 배지까지 달고 왔다던데."

옆자리 형사가 강식을 보며 거들 듯 말했다.

"하아."

이번에는 미리가 한숨을 쉴 차례였다.

"그럼 자기가 스마일맨이라 주장하는 그 남자는 지금 지구대에 있겠네요?"

"여기로 오는 중이죠. 취조는 우리가 해야 하니까. 조금 있으면 도착할 깁니더."

미리는 머리를 감싸 쥐고 생각에 잠겼다.

그 남자의 정체는 뭘까? 설마 진짜 스마일맨일까? 그는 광선주공아파트에 살지도 않는다. 그렇다면 CCTV 화면에서 소희를 노려보던 그 남자는 또 다른 인물인 건가?

머릿속이 복잡했다. 의문이 꼬리에 꼬리를 물고 일어났다. 그 의문의 끝에는 한 가지가 남아 있었다.

소희는 어디에 있는가?

"자자, 이제 세 분도 이쯤에서 귀가하세요. 저녁 준비해야 할 시간이네. 윤미 엄마한테 주부탐정단이다 뭐다 듣긴 했는데 이런 식으로 자꾸 수사 방해하면 그때는 저도 못 참습니다."

스마일맨을 잡아 기분이 좋아서 그런지 강식의 목소리는 예상외로 부드러웠다.

미리는 한 번 더 매달려 보기로 했다.

"형부. 생각해 봐요. 스마일맨이 어떤 놈이에요. 전국에서 몇 건이나 토막 살인사건을 일으켰는데도 잡히질 않았어요. 그런데 이 광선동에 와서, 그것도 자수를 한다고요? 상식적으로 말이 안 되잖아요."

미리는 스마일맨이 자수를 하니 자신이 연쇄살인범이 되는 쪽이 빠르리라 생각했다. 물론 그 말은 하지 않았지만.

"이번에 손목 발견된 이수미 사건, 자기가 사체를 어디에 유기했는지 정확히 증언을 하더랍니다. 나머지 사체도 광선교 아래에 놓아뒀다고 이야기했고요. 이쯤 되면 야가 범인 아입니꺼?"

"그럼 우리 소희는? 소희는 어떻게 된 거요?"

지현이 격양된 목소리로 끼어들었다.

"그건 더 알아봐야겠지만 단순 가출이 아닐까…."

그때였다. 광선경찰서 입구 쪽이 소란스러워졌다. 누군가가 "온다!" 하고 외쳤다. 기다리고 있었다는 듯 기자들이 입구 앞에 포진했다. 미리와 지현, 그리고 경자도 우르르 달려 나갔다.

순찰차 한 대가 미끄러지듯 서더니 조수석에서 순경 한 명이 내렸다. 순경은 약간 긴장한 표정으로 순찰차 뒷좌석 문을 열었다. 그 순간부터 카메라 셔터가 번개처럼 터지기 시작했다. 잠시 후 고개를 숙인 남자가 모습을 드러냈다. 길쭉한 얼굴에 빼빼 마른 남자였다. 계절에 어울리지 않는 후줄근한 점퍼 차림이 인상적이었다. 그 점퍼의 왼쪽 가슴 쪽에 노란색 스마일 배지가 달려 있었다.

"스마일맨인가요?"

"살인을 인정하는 건가요?"

"자수한 이유는 뭡니까?"

기자들의 질문이 쏟아졌지만 남자는 어리둥절한 표정으로 서 있을 뿐이었다. 겁을 먹은 것도 같았고 지금 이 상황이 정확히 어떤 의미인지 모르는 것도 같았다.

미리는 순찰차에서 내린 남자를 처음 본 순간 고개를 가로저었다.

"아니야."

저 인간은 미리가 그려 왔던 스마일맨의 모습과 정반대였다. 스마일맨은 겉으로 보기에 훨씬 더 평범하고 매력적인 인물일 것이다. 저놈처럼 방구석에 틀어박혀 세상 물정 모르고 살아가는 음지식물 같은 인간이 아니라.

"그만 가자. 미리야."

경자가 미리의 팔을 당겼다.

경자 입장에서는 1초라도 빨리 남편의 직장인 이 경찰서를 벗어나고 싶었다. 안 그래도 등 뒤로 날아드는 남편의 눈길이 불편해 죽을 지경이었다.

"잠깐만."

순간 미리의 머릿속에 어떤 기억 하나가 떠올랐다. 미리는 재빨리 주위를 둘러봤다.

"모자. 모자 어디 있지?"

"모자는 왜?"

지현이 허둥대는 미리를 향해 물었다.

"모자가 필요해요!"

미리는 잠시 멈칫했다가 광선경찰서 계단을 달려 내려가 기자들의 카메라 세례를 받고 있는 남자에게로 다가갔다.

"어? 저 뭐꼬?"

뒤늦게 알아챈 강식이 움직였지만 미리가 한발 더 빨랐다. 미리는 순찰차 옆에 서 있던 순경의 모자를 벗겨 남자의 머리 위에 씌웠다.

모자를 눌러쓴 빼빼 마른 남자.

미리는 남자와 똑바로 눈을 마주쳤다.

"당신, 스마일맨 아니지?"

순간 남자의 눈빛이 흔들렸다.

"혼란이 필요하다 했어요."

남자는 미리에게만 겨우 들릴 만한 목소리로 중얼거렸다.

"이거 뭐 하는 겁니까?"

강식과 다른 경찰들이 미리를 거칠게 끌어냈다. 미리는 바닥에 내동댕이쳐졌다. 지현과 경자가 다급히 다가가 미리를 일으켜 세웠다.

"아니, 보자 보자 하니까 너무하네예! 수사 방해 그만하고 빨리 밥이나 하러 가이소! 또 이러면 그땐 싹 다 잡아넣을 겁니다."

강식은 진짜 화를 내며 휙 돌아섰다. 미리의 돌발행동에 놀랐던 기자들도 남자가 광선경찰서로 들어가자 그 뒤를 따랐다. 결국 남은 것은 주부탐정단 셋뿐이었다.

"야! 너 뭘 한 거야?"

경자가 미리의 등을 때리며 물었다.

"나 저 남자 만난 적 있어. 분명해."

"어디서?"

"미소신경정신과."

병원에서 저 남자와 어깨를 부딪혔다는 사실이 똑똑히 기억났다. 남자는 그때의 어눌한 눈빛 그대로였다. 누군가를 죽이고 토막을 내고 그걸 여기저기 전시하며 쾌감을 얻는 변태로는 보이지 않았다. 남자는 미리처럼 그저 아픈 사람일 뿐이었다.

"확실해? 그럼 저 남자가 거기 환자라는 소린데 사실은 스마일맨이었단 거야?"

경자가 고개를 갸우뚱했다.

"아니라니까! 스마일맨은 따로 있어. 저 남자는 그냥 미끼인 것 같아."

"그래. 미리 동생 말이 맞아. 내가 얼치기로 관상을 좀 볼 줄 아는데 저치는 누굴 죽일 위인이 아니야."

지현이 미리의 말을 거들었다.

세 사람은 잠시 침묵에 빠졌다. 주부탐정단의 머리 위로 제법 묵직하고 축축한 바람이 불어왔다. 미리와 경자, 그리고 지현은 동시에 하늘을 올려다봤다. 멀리서부터 먹구름이 몰려오고 있었다.

"이러려고 하루 종일 시큰거렸구먼."

지현이 자기 무릎을 문지르며 말했다.

"일기예보엔 맑음이라고 했잖아요."

"일기예보보다 내 무릎이 더 정확해."

지현과 경자가 이야기를 하는 사이 미리는 생각에 잠겼다. 뜻하지 않게 끼어든 미소신경정신과가 계속 마음에 걸렸다. 박도진 선생에게 연락을 해야 할까? 자기 환자가 스마일맨이라고 경찰에 자수를 했다면 분명 황당해할 것이다.

"미리 동생. 이제 어떡하지?"

지현이 난감하다는 표정으로 물었다.

"애들 돌아올 시간이기도 하고. 난감하네. 어쩌지…."

경자가 말끝을 흐렸다.

"저 남자를 보니까 더 확신이 들었어. 스마일맨은 자수한 게 아냐. 그리고 우린 소희를 찾아야 하고. 그건 언니 둘 다 동의 하지?"

지현과 경자는 동시에 고개를 끄덕였다.

"그럼 집안일은 잠시 미루고 같이 움직이자. 스마일맨이 자수한 게 아니라면 우리 추리는 유효한 거야. 그놈은 광선주공아파트에 살고 있다는 거지. 그것도 6동일 확률이 높고. 우리끼리라도 한번 돌아보는 거야. 어때?"

지현과 경자는 아무 말도 못하고 서로의 얼굴만 바라봤다. 두 사람 역시 혼란스러웠다. 경찰이 더 이상 개입하지 말라고 주의를 준 상황에서 또다시 수사를 벌인다는 게 영 마음에 걸렸다. 그렇다고 소희를 포기할 수는 없었다.

"언니들 마음 알아. 나도 그래. 이게 맞나 싶어. 근데 이대로 집으로 돌아가 버리면 우린 아무것도 안 돼. 지금까지 노력해 왔던 게 모두 물거품이 된단 말이야. 그래도 좋아? 이대로 소희를 포기해도 좋아?"

미리는 지현과 경자의 눈을 찬찬히 바라봤다.

"그런데 지금은 뾰족한 수가 없잖아. 경찰 도움 없이 우리가 무슨 수로 6동 전체를 다 뒤지겠어?"

지현이 난감하다는 표정으로 물었다.

"언니 말이 맞아요. 그래서 내가 생각을 좀 해 봤는데 6동에서도 리모델링 공사를 한 집만 알아내면 범위를 좁힐 수 있겠더라고."

"리모델링?"

"누군갈 납치해서 죽인다면 아무리 조심해도 소리가 새 나갈 거예요. 그걸 막으려면 방음 공사를 하는 수밖에 없고. 스마일맨이라면 분명 그런 공사를 했을 거야."

"피아노 교습소처럼 말이지?"

경자의 말에 미리는 고개를 끄덕였다.

"좋아."

지현이 입을 뗐다.

"이왕 여기까지 온 거 끝까지 한번 가 보자고. 저치들 얘기가 맞는지 우리 얘기가 맞는지. 나야 뭐 영감탱이 밥 한 번 안 차려 준다고 큰일 나는 것도 아니고."

"윤미는 친구 집에 보낼게. 나도 같이 가자."

경자 역시 어렵게 입을 열었다.

바람이 불었다. 미리가 입고 있던 트렌치코트 자락이 휘날렸다. 미리는 말없이 두 사람 사이로 손등을 내밀었다. 그 손등 위에 지현이 자기 손을 포갰다. 다음은 경자였다. 하나, 둘, 셋. 세 사람은 박자를 맞춘 후 동시에 하늘 위로 손을 들어 올렸다.

쿠쿵.

저 멀리서 하늘이 으르렁거렸다.

노강식은 앞에 앉은 남자를 지그시 바라봤다. 남자는 고개를 푹 숙인 채로 눈알을 이리저리 굴렸다. 불안해한다는 신호였다. 취조실에 들어오면 죄 없는 사람도 불안하기 마련이다. 하물며 연쇄살인범이라 자처하는 남자가 불안하지 않을 리 없었다. 그런데도 강식은 무언가가 못마땅했다. 당연한 반응을 보고 있지만 그게 계속 마음에 걸렸다.

그러니까 스마일맨이라면 점퍼에 달린 저 우라질 배지처럼 실실 웃어야 할 것 같았다.

"어떻게 죽였어?"

강식은 단도직입적으로 물었다. 사사로운 이야기로 친분을 쌓으며 서서히 접근해 가는 방식은 강식과 맞지 않았다. 게다가 경찰서 밖에는 이놈을 취재하기 위해 기자들이 진을 치고 있다. 위에서도 빨리 결과물을 내놓으라고 성화다. 그러니까 구체적인 자백 말이다.

"그냥 칼로 스윽."

남자는 어눌한 말투로 말했다.

"칼로 어데를?"

지금은 이수미 사건에 대해 집중적으로 추궁해야 한다. 그것이 순서다. 손목부터 발견된 이수미를 죽인 놈이 이 남자가 확실하다면 스마일맨이 저지른 나머지 사건도 캐내는 것이다.

"여기 이렇게."

남자는 자기 목을 긋는 시늉을 해 보였다. 애매했다. 광선교 아래서 발견된 나머지 사체 조각들 중에 머리는 없었다. 스마일맨은 머리를 수집한다. 그것이 경찰들 사이에 내려오는 공공연한 비밀이었다. 그렇다면 이놈이 칼로 그었는지 찔렀는지 그것도 아니면 아예 목을 졸랐는지 확인할 방법이 없었다. 강식은 질문을 바꾸기로 했다.

"시체는 뭐로 잘랐어?"

"칼."

톱이다. 스마일맨은 항상 톱을 사용한다. 그것도 날이 아주 무딘 톱을. 부검의의 말에 의하면 대부분 살아 있을 때 잘라냈을 거란다. 고통이 상당했을 거라며 부검의조차 얼굴을 찡그렸다. 이수미의 사체도 톱으로 잘렸다. 그런 건 척 보면 안다. 강식은 남자를 노려봤다. 고개를 주억거리다가 눈이 마주치자 남자는 허공으로 시선을 돌렸다. 눈빛이 흔들렸다. 거짓말이 들켰다는 걸 본인도 알고 있다.

"너 이 새끼 거짓말하면 확 죽이삔다?"

일부러 으름장을 놓았다. 남자가 움찔했다.

"거, 거짓말 아닌데요."

말을 더듬거린다.

"너 스마일맨 아니제?"

강식이 기습적으로 물었다.

"맞아요. 스마일맨. 여기 배지."

남자는 그렇게 말하며 가슴팍의 배지를 가리켰다. 샛노란 배지는 분위기 파악도 못한 채 웃고 있었다.

"그라믄 자세히 설명해 봐. 이수미를 어떻게 납치해서 어떻게 죽였는지."

남자는 말없이 강식을 쳐다봤다. 초조한 듯 자꾸만 입술을 핥았다. 초조한 건 강식도 마찬가지였다. 이자가 스마일맨이 아니라면 골치 아파진다. 문득 미리가 했던 말이 떠올랐다.

스마일맨이 그렇게 쉽게 자수할 리가 없다니까요!

"형사님."

한참 만에 남자가 입을 열었다.

"왜?"

"혼란이 필요하다 했어요."

남자는 그렇게 말하면서 처음으로 웃었다.

"뭐?"

"내가 혼란을 가져올 수 있다고 했어요. 내가 주인공이 될 거라고."

"무슨 개소리야?"

"제가 스마일맨이에요. 다 죽였어요. 다. 전부 다."

남자의 목소리가 높아지는가 싶더니 갑자기 오줌을 싸기 시작했다. 남자의 바짓가랑이를 타고 싯누런 오줌이 바닥으로 흘러내렸다.

"에이. 씹할. 이게 뭐꼬?"

강식은 기겁을 하며 일어섰다. 그러고는 그 길로 취조실을 나와 버렸다. 스마일맨인지 뭔지는 확실하지 않아도 미친놈인 것만큼은 틀림없었다.

"어떤 것 같아?"

상황실로 들어온 강식을 향해 서장이 물었다. 서장과 형사들은 CCTV로 취조 장면을 보고 있었다.

"다 보셨잖아요."

"스마일맨 맞는 것 같아?"

"아직 모르겠심니더."

강식이 상황실에 놓여 있는 사탕 하나를 까서 입에 넣었다.

"신원 조회는 들어갔어? 본명, 주소지, 전화번호, 병원 기록까지 싹 다 빼내."

서장이 애꿎은 다른 형사들을 향해 목소리를 높였을 때였다.

"어어!"

CCTV를 들여다보고 있던 신참 형사 하나가 화면을 가리키며 소리를 질렀다.

"뭔 일이고?"

취조실에 앉아 있던 남자가 일어서서 책상 모서리에 온 힘을 다해 자기 머리를 박는 모습이 생생하게 중계됐다. 퍽, 하는 소리가 들리며 피가 튀었다. 그래도 남자는 멈추지 않았다.

"썝할. 저 미친 새끼가!"

강식은 취조실을 향해 달렸다.

"도대체 나한테 왜 이래요?"

광규는 미리와 지현, 그리고 경자를 발견하자마자 의자에 털썩 주저앉아서는 발까지 동동 굴렀다. 광규는 아파트는 물론이고 광선천 주변까지 이제 막 경비를 돌고 돌아온 참이었다. 날도 후덥지근한데 간밤에 잠까지 설친 광규는 목욕탕 생각이 간절했다. 시원하게 땀을 뺀 후 냉장고에서 갓 꺼낸 맥주 한 캔을 들이켜는 거다. 천국이 따로 없을 것 같았다. 그러나 천국은 나중으로 미뤄야 할 판이었다. 지옥에서 올라왔다고 해도 믿을 아줌마 세 사람이 자못 비장한 표정으로 다가오고 있었기 때문이다.

"마침 잘됐네. 경비 책임자님이 있어서."

광규에게는 지현의 말이 자신을 기다린 거라고밖에 들리지 않았다. 애초에 잘해 주는 게 아니었어. 매몰차게 거절했어야 했어. 후회를 해 봤지만 이미 늦었다. 저 아줌마들은 광규를 주부탐정단의 단원쯤으로 생각하는 것 같았다.

"아저씨. 구해 줘야 할 자료가 있어요."

미리가 당당하게 말했다.

"이번엔 또 뭐요?"

"아파트 리모델링하면 공사 소리 때문에 시끄럽잖아요. 그래서 시공 허가서 같은 걸 받아서 자기 집 주위로 돌리잖아요. 사인받으려고. 그때 아파트 경비실에도 신고를 하는 거로 알고 있는데 맞죠?"

미리가 무슨 의도로 묻는지는 모르겠지만 맞는 말이긴 했다.

입주 시, 혹은 입주 후에라도 이틀 이상 가는 공사를 하게 되면 반드시 경비실에 알려서 주민의 동의를 얻어야 했다.

"네. 그게 규정이죠."

"그러면 그 시공 허가서를 모아 놓은 자료 같은 게 있을까요? 많이도 필요 없어요. 작년 말부터 이번 달까지, 그중에서도 6동 자료만 필요해요."

"6동이요? 자료가 있긴 할 건데 그건 여기에 없고 관리사무실에 가야 있을 겁니다."

광규는 떨떠름한 표정으로 말했다. 경비실은 관리사무실 소속이다. 거기에 앉아서 근무하는 새파란 놈들한테도 광규는 꾸벅 고개를 조아려야 한다.

"그럼 제발 부탁 좀 드릴게요. 리모델링 허가를 받은 6동 집이 어디인지 좀 알아봐 주세요."

미리가 전에 없이 간절한 표정으로 부탁을 하자 광규는 당황했다.

"그것만 해 줘. 그럼 더 안 괴롭힐게."

지현도 거들고 나섰다.

"아저씨 아까 우리 애 아빠한테 저랑 미리 이야기하셨죠? 그것 때문에 얼마나 애를 먹었는지 아세요?"

경자는 오히려 강하게 나왔다. 광규는 중간에 끼어 이러지도 못하고 저러지도 못한 채 숱 없는 이마만 쓸어 넘겼다.

"관리사무실에서 분명히 물을 텐데. 그게 왜 필요하냐고."

광규는 자신 없는 투로 중얼거렸다.

"분쟁이 있다고 하세요. 공사가 깔끔하게 안 돼서 이웃들끼리 싸운다고."

미리는 모든 상황을 준비해 온 듯 척척 잘도 말했다.

"알겠어요. 이것도 그 뭐냐, 철인가 뭔가 그 귀여운 애 엄마를 찾으려고 그러는 거죠? 그렇다면 내 기꺼이 협조를 하고."

주부탐정단은 크게 고개를 끄덕였다.

광규는 뭐라고 구시렁거리면서도 경비실을 나갔다. 그 뒷모습에 대고 미리가 소리쳤다.

"전화 주세요!"

"자, 이제 우리는 어째?"

지현이 나머지 두 사람을 둘러봤다.

"무작정 연락만 기다릴 순 없으니까 일단 6동으로 가죠. 가 봐야 뭘 알 것 같아요."

미리의 말에 세 사람은 경비실을 나섰다. 이제 비가 한두 방울씩 떨어지기 시작했다. 셋 다 우산은 없었다. 미리는 트렌치코트 깃을 세웠다. 코트 위로 빗방울이 투둑투둑 떨어졌다. 지현은 무릎이 쑤신지 연신 주물러댔고 경자는 통통한 주먹으로 허리를 두드리고 있었다.

"그러고 보니까 쥐방울은 뭘 하고 있을까?"

경자가 입을 열었다.

"내가 어제 오후에 마주쳤던 게 마지막이었어. 워낙 큰 사건이 터지다 보니까 걔도 몸 사리겠지."

"아서라. 남자 좋은 사리고 말고 할 수가 없어요. 비도 오고 오늘 같은 날 딱 좋네. 어디서 옷 벗고 지랄하고 있을 거야. 분명히."

지현의 말에 두 사람은 조금 웃었다. 그 사이 6동에 도착했다. 아직 광규에게서는 연락이 없었다. 비가 본격적으로 내렸다. 5월의 녹음 사이로 빗방울이 내리그었다. 조경 공사를 하던 인부들이 재빨리 철수하는 모습이 보였다. 세 사람은 6동 가운데 라인 앞에 서서 비를 피했다.

"쯧쯧. 꽃 다 떨어지겠네."

경자가 안타까움에 혀를 찼다.

"그 도시가스 기사가 6동 몇 호 라인으로 들어온 것까지는 못 봤단 거지?"

미리가 확인하듯 물었다.

"응. 그냥 6동 쪽으로 오는 것만 보고 자긴 돌아섰대."

경자가 대답했다.

그때였다. 미리의 핸드폰이 울렸다.

"경비 책임자야?"

지현이 물었다.

"아뇨."

전화는 박도진 선생에게서 걸려온 것이었다. 미리는 잠시 망설였다. 지금 전화를 받아야 할까? 광규가 언제 전화를 할지 모르는 상황이었다. 그래도 박도진 선생에게 궁금한 게 있는 것이 사실이었다. 오히려 먼저 전화를 해 줘서 고맙기도 했다. 미리는 전화를 받기로 결심했다.

"여보세요."

"미리 씨. 지금 통화 괜찮아요?"

여전히 부드러운 목소리였지만 그 속에서 다급함도 느껴졌다.

"간단하게면 괜찮아요."

"알았어요. 간단하게 말씀드릴게요. 제 환자 중 한 명이 자기가 스마일맨이라고 자수를 했대요. 방금 경찰이 왔다 갔어요."

"알고 있어요."

"하지만 아니에요. 그 환자, 스마일맨 아니에요."

그것도 알고 있다고 말하려다가 미리는 입을 다물었다. 박도진은 계속 말을 이어 갔다.

"그저 평범한 망상장애 환자일 뿐이에요. 흔히 과대망상이라고 하죠. 경찰한테 그 점을 계속 설명했는데 안 믿는 눈치였어요."

"그런데 왜 하필이면 이 시점에 자수를 했을까요? 아니, 왜 자기가 스마일맨이라고 주장을 했을까요?"

미리는 궁금했던 걸 물었다.

"그 환자가 스마일맨은 아니지만 아마 스마일맨에게 직접적인 영향을 받았을 수는 있어요."

"직접적인 영향…."

"저랑 상담을 할 때도 항상 '그 남자'라는 사람한테 이런저런 이야기를 들으며 영감을 얻는다고 했거든요."

"그 남자가 누구죠?"

"모르겠어요. 그건 끝까지 말해 주지 않았는데 지금에 와서 생각해 보면 그 남자가 스마일맨이 아닐까 싶어요."

미리의 머릿속이 빠르게 돌아갔다. 그렇다면 그 환자가 자수를 한 건 스마일맨의 명령을 받은 걸까?

"스마일맨은 우리 생각보다 더 많은 걸 알고 있는 것 같아요. 그러니 조심해야 해요. 저도 마침 오후 휴진이라 병원에서 나름의 추리를 계속하고 있어요. 지금은 어디를 조사하고 계세요?"

"우리 아파트 6동이요. 저희들 추리대로라면 스마일맨은 아마 여기 살고 있을 거예요."

"그럼 경찰하고 동행을 해야죠! 너무 위험해요."

그 순간 미리의 핸드폰으로 다른 전화가 걸려 왔다. 이번에는 광규였다. 미리는 박도진을 향해 다급하게 말했다.

"선생님. 일단 끊을게요. 중요한 전화가 와서요."

미리는 박도진의 대답을 듣지 않고 전화를 끊었다. 그러고는 광규의 전화를 받아 스피커 모드로 돌렸다.

"알아냈습니다. 말씀하신 기간에 6동에서 리모델링을 한 집은 딱 두 곳이에요. 403호랑 101호."

"고마워요. 아저씨."

미리는 전화를 끊고 지현과 경자를 바라봤다.

"자, 그럼 어디부터 가 볼까?"

지현이 물었다.

그 남자 5

연주는 무난하게 끝났다. 남자의 긴 손가락은 피아노 건반을 두드리기에 안성맞춤이었다. 남자는 일곱 살 무렵에 처음 피아노를 배웠다. 엄마의 손에 이끌려 찾아간 피아노학원이지만 남자는 건반으로 이뤄진 그 흑백의 세계가 마음에 들었다. 재능도 있었다. 곧잘 칭찬을 들었고 연주가 익숙해질 무렵에는 대회에 나가 상을 받기도 했다. 학년이 올라가고 상장이 한두 개씩 쌓여 갈 때쯤에는 자연스레 피아니스트를 꿈꾸게 되었다. 그때만 해도 남자는 알지 못했다. 재능에도 차이가 있음을.

소규모 대회에서 수상을 하고 서울 지역 음대에 진학을 하는 딱 그 정도가 남자의 재능이었다. 더 이상 높은 곳으로 올라갈 수 없다는 사실을 남자는 일찌감치 알아 버렸다. 유학으로도, 값비싼 개인 과외로도 해결할 수 없는 문제였다. 남자의 미래는 일찍이 정해졌다. 교수들과 원만한 관계를 유지해 그렇고 그런 상을 수집한 후 밥벌이 연주가로 살아가는 길. 남자는 그 길을 충실히 따랐다.

남자는 자신의 인생에 딱히 불만을 가지지 않았다. 섭외를 받을 때마다 피아노 연주를 했고 그만큼 돈을 벌었다. 피아니스트를 찾는 자리는 많았다. 큰돈을 벌지는 못했지만 살아가는 데 불편함은 없었다. 가끔은 학생을 가르치기도 했다. 자신의 재능을 살려 주기적으로 봉사활동도 했다. 거울처럼 투명하고 평평한 삶이었다.

그런 삶을 이어 가던 중에 남자는 한 가지 의문을 품었다.

사는 게 왜 이리 심심하지?

모든 것이 그 의문에서부터 시작됐다.

남자는 자신이 한 번도 웃어 본 적이 없다는 사실을, 진심을 다해 웃은 적이 없다는 사실을 깨달았다. 여자를 만나기도 했고 피아노 외의 취미를 가져 보기도 했고 여행을 다녀 보기도 했다. 그 어떤 것을 해도 즐겁지 않았다. 심심함은 날이 갈수록 더했다.

그러던 어느 날 남자는 '그'를 만났다. 인터넷에서 어렵사리 찾아내 가입한 자살카페에서였다. 남자는 죽을 결심을 하고 있었다. 죽는 것만이 이 심심한 삶을 끝낼 수 있는 유일한 길이라는 생각을 했다. 그것은 남자가 평소 그래 왔던 것처럼 아주 자연스러운 발상이었다. 흰색 건반 옆에 검은색 건반이 있듯 분명하고 확실한 발상.

"과연 그게 최선일까요?"

그런 남자에게 그가 물어 왔다. 남자는 당황했다. 남자는 최선의 선택을 해 본 적이 없었다. 언제나 차선을 선택했다. 차선이 주는 안정감이 좋았다. 그렇다면 무엇이 최선이냐고, 남자는 그에게 물었다. 그때부터였다. 남자와 그는 주기적으로 이야기를 나눴다. 그는 노련한 청자였다. 그와 이야기를 하면 할수록 남자는 자신이 진정으로 원하는 것이 무엇인지 알아 갔다. 남자가 자신의 내면 깊숙이 잠들어 있던 포식자와 대면하게 된 것도 그때쯤부터였다.

알고 보니 남자는 피아노에만 재능이 있던 게 아니었다.

"계획이 조금 변경되었습니다."

연주를 끝내고 나온 남자를 향해 그가 말했다. 그는 모든 것을 알고 있었다. 그의 말을 따르면 심심할 틈이 없었다. 남자는 집을 향해 차를 몰았다. 서둘러 돌아가야 했다. 그가 모처럼 해 온 부탁이니 꼭 들어줘야 했다. 하늘이 어두워진다 싶더니 비가 내리긋기 시작했다. 와이퍼가 좌우로 움직이며 빗물이 씻겨 나갔다. 그때마다 앞 유리에 남자의 얼굴이 비쳤다.

남자는 진심으로 웃고 있었다.

사투

파이프는 조금씩 우그러졌다. 대신에 변기 뚜껑도 깨져 나갔
다. 한 번씩 내리칠 때마다 뚜껑의 크기가 줄어들었다. 손바닥
에는 베인 상처가 무수히 생겼다. 피가 뚝뚝 떨어졌다.

"한 번만 더."

소희는 벌써 몇 번째 '한 번만 더'를 중얼거리고 있었다. 한
번만 더 내리치면 될 거야, 한 번만 더.

깡!

크기가 줄어든 뚜껑으로 파이프를 내리쳤다. 뚜껑이 깨지는
것과 동시에 파이프의 이음새가 벌어졌다. 그 사이로 물이 새어
나오기 시작했다.

"됐다!"

희망이 보였다. 정말로 한 번 정도 남은 것 같았다. 정확하게
만 내리친다면 다음번에는 결판이 날지도 모른다. 문제는 손이
아파 뚜껑을 들고 있기조차 힘들다는 데 있었다. 소희는 이를
악물었다. 이번이 진짜 마지막이었다. 뚜껑을 들어 올려 머리

위까지 치켜들었다. 벌어진 틈새를 조준했다. 그러고는 힘껏 내리찍었다.

깡!

경쾌한 소리와 함께 파이프가 완전히 벌어졌다. 뚜껑은 반으로 깨졌다. 물이 엄청난 기세로 뿜어져 나왔다.

"아!"

소희는 기쁨의 탄성을 질렀다. 온몸에 물이 튀었다. 파이프에서 수갑을 빼냈다. 해방감이 밀려들었지만 그걸 즐길 새가 없었다. 서둘러 욕조에서 빠져나왔다. 마음은 급해도 혹시라도 미끄러지지 않게 조심스레 발을 디뎠다. 여기서 다시 한번 다친다면 그야말로 끝장이었다. 부어오른 오른쪽 무릎은 체중을 실을 때마다 비명을 질러댔다.

절뚝거리며 화장실 문 앞으로 다가갔다. 혹시 문이 잠겨 있으면 어쩌나 걱정했지만 기우였다. 손잡이를 돌리자 문은 부드럽게 열렸다. 소희는 마른침을 삼키며 밖으로 나갔다.

그곳은 안방이었다. 아니, 광선주공아파트의 구조로 보자면 안방으로 써야 하는 공간이었다. 제일 먼저 눈에 들어온 것은 방 한가운데 놓인 피아노였다. 거대한 피아노가 방의 절반쯤을 차지하고 있었다. 이미 그것만으로도 안방의 기능은 상실한 상태였다. 소희는 홀린 듯 주위를 둘러봤다. 천장과 벽 할 것 없이 모두 방음재가 빽빽하게 붙어 있었다. 창문은 아예 막혀 있었다. 소희가 햇빛이라고 생각했던 것은 천장에 달린 형광등 불빛이었다. 소리가 절대 새어 나가지 못하게 하려는 듯 방문에도 방음재가 붙어 있었다.

소희는 방문을 밀었다. 묵직했다. 거실 역시 단출하기 짝이 없었다. 작은 소파와 TV, 그리고 대형 오디오가 가구의 전부였다. 창가에는 암막 커튼이 드리워져 거실 전체가 컴컴했다. 사람이 사는 곳이라는 느낌이 전혀 들지 않았다. 황량하기까지 한 거실에 잠시 시선을 뺏겼던 소희는 퍼뜩 정신을 차렸다.

여기서 나가야 한다!

현관문을 바라봤다. 일반적인 도어록이었다. 저 문을 열고 나가기만 한다면….

소희는 서둘러 현관으로 걸음을 옮겼다. 그때였다.

삑. 삑. 삑.

누군가가 밖에서 도어록을 누르기 시작했다. 소희는 그 자리에 딱 굳었다. 순간 머릿속이 하얘졌다. 어떻게 하지? 아무런 생각도 할 수가 없었다. 도망가야 한다는 걸 알면서도 발이 떨어지지 않았다. 박소희 정신 차려! 소희는 주먹을 꽉 쥐었다. 사방을 둘러봤다. 소파 뒤편으로 작은 방이 있었다. 소희는 그곳을 향해 달렸다.

안방과 거실이 단출함의 극치라면 작은 방은 각종 가구와 가전이 빼곡히 들어찬 공간이었다. 옷걸이와 침대, 대형 김치 냉장고까지 모두 밀어 넣어 발 디딜 틈이 없었다. 현관문 열리는 소리가 들렸다. 소희는 망설이지 않고 침대 밑으로 기어들어 갔다.

곰팡내 나는 침대 밑에서 소희는 숨을 죽였다. 발소리가 들린다 싶더니 곧 음악이 큰 소리로 울려 퍼졌다. 아무래도 오디오를 튼 모양이었다. 현란한 피아노 연주곡이었다. 남자는 소희가 화장실에서 도망쳤다는 사실을 금세 알아챌 것이다. 소희가 아예 밖으로 탈출했다고 생각하고 남자 역시 집을 나간다면 그것이 가장 좋은 시나리오였다.

제발 그렇게 되기를….

소희는 눈을 감고 빌었지만 그 바람은 이루어지지 않았다. 작은 방으로 누군가가 들어왔다. 절정을 향해 달려가는 피아노 연주 속에서도 남자의 발소리는 똑똑히 들렸다. 소희는 살며시 눈을 떴다. 침대 아래로 검은색 양말이 보였다. 소희는 그제야 자신의 몸에서 떨어진 물이 작은 방까지 점점이 이어졌으리라는 사실을 깨달았다.

심장이 터질 듯이 뛰었다. 남자는 비좁은 방 안을 서성이다가 우뚝 멈춰 섰다. 소희는 검은 양말의 움직임에 눈을 떼지 않았다.

"여보세요?"

돌연 남자의 목소리가 들렸다. 전화를 받는 듯했다. 깊게 울리는 중저음이었다. 이런 상황이 아니었다면 꽤 좋은 목소리라 생각했을 것이다.

"네. 알겠습니다."

한참을 듣고 있던 남자가 대답했다. 그러면서 침대에 걸터앉았다. 소희는 자기도 모르게 숨을 삼켰다. 남자의 뒤꿈치가 바로 눈앞에 보였다.

"잘 처리하겠습니다. 걱정 마세요."

남자는 서글서글하게 말한 뒤 웃음을 터트렸다. 하. 하. 하. 짧게 끊어 웃는 독특한 웃음이었다. 그 웃음을 듣자 온몸에 소름이 돋았다. 흡사 로봇이 웃는 듯했다. 아무런 감정이 실리지 않는 메마른 웃음.

"휴."

전화를 끊은 남자가 가볍게 한숨을 뱉었다. 소희는 남자를 향해, 남자의 검은 양말을 향해 온 신경을 집중했다. 남자가 발을 조금 움직였다. 일어나려는 건가? 그런 기대에 소희의 눈이 잠시 커진 그 순간, 남자가 침대 아래로 고개를 휙 내렸다.

"찾았다!"

한껏 웃고 있는 남자의 얼굴과 놀라서 딱딱하게 굳은 소희의 얼굴이 거꾸로 마주쳤다. 순식간에 손을 뻗어 온 남자가 소희의 머리채를 잡았다.

"악!"

소희는 비명을 질렀다. 남자는 무시무시한 힘으로 소희를 끌어냈다. 손등을 할퀴며 버둥거렸지만 소용없었다. 남자는 침대 밖으로 끌어낸 소희를 바닥에 내동댕이쳤다. 소희는 머리를 바닥에 부딪히면서도 정신을 잃지 않았다. 무릎으로 버티면서 그대로 오른팔을 휘둘렀다. 손목을 그러쥐고 있던 수갑이 호를 그리며 남자의 얼굴을 때렸다.

"윽."

불시에 일격을 맞은 남자가 얼굴을 감싸며 주저앉았다. 소희는 그 틈을 놓치지 않고 엉금엉금 기어서 작은 방을 빠져나갔다. 남자가 소희의 다리를 잡아당겼다. 하필이면 오른쪽 다리였다.

"아!"

짧은 비명과 함께 거실 바닥에 그대로 뻗었다. 무릎을 타고 온몸으로 퍼져나간 통증 탓에 숨을 쉬기가 힘들 정도였다. 그 순간에도 한 가지 사실만은 기억해 냈다. 거실에는 방음재가 설치되지 않았다. 힘껏 소리를 지른다면 밖에 있는 누군가가 들어줄지도 모른다. 소희는 입을 크게 벌렸다.

"살려…."

뒤에서 달려든 남자가 소희의 입안으로 양말을 밀어 넣었다. 컥. 숨이 턱 막혔다. 남자는 벌떡 일어나 소희의 배를 걷어찼다. 소희의 작은 몸이 기역 자로 꺾였다. 그 한 번의 공격으로 의식이 거의 날아갔다.

"이렇게 거친 건 싫은데."

남자는 부어오른 광대뼈 근처를 만지며 소희를 내려다봤다. 어떻게 처리할까? 남자의 머릿속에는 그 생각뿐이었다. 그 생각을 하는 것만으로도 웃음이 나왔다. 일단 작업실로 옮겨야 했다. 남자는 소희의 팔을 잡고 질질 당겼다. 소희는 눈을 가늘게 뜨고 신음을 흘리고 있었다. 입을 완전히 막는 게 좋을 것 같았다.

"지금 당장 시작할까, 아니면 나중에 할까?"

남자는 스피커에서 울려 퍼지는 피아노 연주에 맞춰 리듬을 탔다. 아직 연주회의 여운이 남아 있었다. 거기에 사냥의 짜릿함까지 더해 묘한 흥분이 남자를 사로잡았다. 여자가 도망쳤다는 사실을 알았을 땐 당황했던 것도 사실이었다. 설마 그런 식으로 빠져나갈 거라고는 생각지도 못했다. 허둥대지 않을 수 있었던 건 역시나 그가 해 준 말 덕분이었다.

천천히, 그러나 정확하게.

"천천히, 그러나 정확하게."

남자는 중얼거리며 소희를 작업실에 밀어 넣었다.

"천천히, 그러나 정확하게."

다시 한번 그 말을 되뇌며 베란다에 놓아둔 공구함과 비닐 깔개를 들고 왔다. 성가신 일은 빨리 마무리를 지어 버리는 게 낫다. 그 편이 그에게도 도움이 되리라. 남자는 쪼그리고 앉아 소희의 입에 테이프를 붙였다. 그러고는 신중하게 공구를 고르기 시작했다. 칼, 톱, 망치…. 어떤 거로 시작할지는 순전히 남자 마음이었다. 결국 남자는 칼을 집어 들고는 화장실로 들어갔다. 순간 남자가 얼굴을 찡그렸다. 여자가 망가뜨린 샤워기 파이프 사이로 여전히 물이 새어 나와 욕조로 떨어지고 있었다.

그걸 보자 갑자기 화가 치밀었다. 남자는 충동적으로 소희의 목을 향해 칼을 들이밀었다. 그때였다.

딩동.

초인종이 울렸다.

"네."

나이 지긋한 여자가 문을 빼꼼히 열며 얼굴을 내밀었다.

"안녕하세요? 아파트 관리사무소에서 나왔습니다."

미리는 활짝 웃어 보이며 준비한 인사를 건넸다. 아무리 생각해도 주부탐정단 운운하며 리모델링에 대해 묻는 건 무리가 있었다. 잘못이라는 건 알지만 가장 먹힐 만한 이야기를 꺼낼 수밖에 없었다.

"난 또 택밴 줄 알고. 그런데요?"

여자는 관리사무소라는 말에도 살짝 경계하는 듯 얼굴을 찡그렸다.

"이사하실 때 리모델링하셨죠? 그거 관련해서 질문드릴 게 있어서요."

"리모델링? 우린 아무 문제 없이 했어요. 아래위에 다 동의서도 받았고 끝난 뒤에는 죄송했다고 음료수까지 돌렸는데요."

문을 연 순간부터 여자가 스마일맨과 거리가 멀다는 사실은 이미 알고 있었다. 여자는 쾌적한 노후를 보내기 위해 낡은 주공아파트를 뜯어고쳐 이사한 것이리라. 미리는 403호에 대한 의심을 거뒀다. 그래도 어중간하게 말을 끊을 수는 없었다.

"아! 문제가 있어서 찾아온 건 아니고요. 리모델링하신 이유를 파악해서 앞으로 아파트 관리에 참고를 하려고요. 그래서 찾아뵌 겁니다."

말도 안 되는 변명이었지만 여자는 일단 믿는 눈치였다.

"그냥 구조가 좀 답답해서… 베란다도 넓히고 주방도 좀 편하게 만들고 그랬어요."

"네. 그러셨군요. 혹시 방음 공사는 안 하셨나요?"

"방음 공사를 왜 해요? 참! 방음 하니까 생각이 났는데 우리 윗집이 너무 쿵쾅거리면서 걸어."

"아. 네…."

왠지 말이 길어질 것 같은 불길한 예감이 들었다.

"어떻게 해결 좀 해 주세요. 몇 번을 찾아가서 조심해 달라고 말을 해도 어떻게 된 게 들어먹질 않아요. 이거 아파트 관리사무소 차원에서 해결해 줄 수 없어요?"

"그게 참 괴롭죠. 저희들이 한번 이야기를 해 보겠습니다."

미리로서는 이렇게 말하는 수밖에 없었다. 어떻게든 이 대화를 빨리 끝내야 했다. 403호가 아니라면 남은 집은 101호다. 미리의 마음은 이미 101호로 향하고 있었다.

"그러지 말고 들어와서 들어 봐요. 지금도 쿵쿵거리거든."

여자는 다짜고짜 미리의 팔을 잡아당겼다.

딩동.

지현은 다시 한번 초인종을 눌렀다. 6동 101호 앞이었다. 집 안에서는 희미하게 음악 소리가 새어 나오고 있었다.

"아무도 없는 거 아냐?"

경자가 물었다.

"소리가 들리잖아. 음악을 틀어 놓은 것 같은데."

지현은 문에 귀를 바싹 가져다 댔다. 차가운 기운이 뺨을 타고 올라와 얼른 얼굴을 뗐다. 본격적으로 내리기 시작한 비에 더위가 한풀 꺾였다.

"또 눌러 볼까?"

경자가 초인종에 막 손가락을 가져다 댈 때였다.

"누구세요?"

문 안쪽에서 저음의 남자 목소리가 들렸다. 지현과 경자는 서로를 바라봤다. 미리는 403호, 두 사람은 101호를 맡기로 한 후 어떻게 이야기할지 입을 맞췄다. 그래도 막상 상황이 되니 당황스러웠다.

"저, 저 관리사무소에서 나왔어요."

경자가 재빨리 대답했다. 어쨌든 어떤 공사를 했는지 알아내기만 하면 된다. 지현이 잘했다는 듯 경자의 엉덩이를 툭 쳤다. 경자가 고개를 끄덕이고는 말을 이었다.

"리모델링하셨죠? 그거 관련해서…."

벌컥 문이 열렸다. 예상치 못하고 있던 지현과 경자는 화들짝 놀라서 한 발 물러섰다. 평범하게 생긴 남자가 모습을 드러냈다. 어디에서나 마주칠 수 있는 외모, 딱히 나이를 짐작하기도 어렵고 그다지 인상적이지도 않은 이목구비의 남자였다. 한 가지 특이한 점이라면 검은색 정장을 입고 있다는 사실이었다.

"들어오세요."

남자가 사람 좋아 보이는 미소를 지으며 말했다.

"네, 네?"

경자가 당황해서 말을 더듬었다.

"관리사무소에서 나오셨다면서요? 하실 이야기 있으시면 잠깐 들어오시라고요."

남자는 문을 활짝 열며 안으로 비켜섰다. 깔끔하게 정리된 현관이 보였다. 두 사람이 머뭇거리자 남자는 재차 손짓을 했다. 지현과 경자는 서로 눈치를 살폈다. 지금 그냥 돌아가기에는 애매한 상황이 되어 버렸다.

"그럼 잠깐 실례할게요."

지현이 그렇게 말하며 먼저 안으로 들어갔다. 경자도 주뼛거리며 뒤를 따랐다. 집 안에서는 부드러운 피아노 연주가 흘러나오고 있었다. 두 사람은 거실로 올라섰다.

철컹.

문 닫히는 소리가 귀에 거슬릴 정도로 묵직했다. 지현과 경자는 나란히 뒤를 돌아봤다. 남자가 닫힌 문 앞에 서서 웃고 있었다. 지현은 그제야 남자가 양말을 한 짝만 신고 있다는 사실을 발견했다.

나머지 한 짝은 어디 갔을까?

지현이 그런 생각을 하는 사이 남자가 성큼 다가와 소파를 가리켰다.

"앉으시죠. 마실 거라도 드릴까요?"

"네."

그렇게 대답하는 경자의 옆구리를 지현이 쿡 찔렀다.

"아, 아뇨. 저희들 금방 갈 거예요."

경자가 얼른 말을 바꿨다.

"그래도 잠깐 앉으세요."

남자의 거듭되는 권유에 지현과 경자는 소파에 앉았다. 지현은 슬쩍 주위를 둘러봤다. 안방 문은 닫힌 상태였다. 주방에는 김치 냉장고가 두 대나 놓여 있었다. 그것 외에는 특이한 점을 찾을 수가 없었다. 딱히 리모델링을 한 구석도 없어 보였다.

"가족들이 많나 보네요."

지현이 나란히 놓인 김치 냉장고를 가리키며 말했다. 남자가 뒤를 돌아보더니 "아." 하며 입을 열었다.

"저 혼자 삽니다. 그런데 보관할 게 많아서…. 저쪽 작은 방에도 또 하나 있거든요. 하. 하. 하."

"난 냉장고 많은 집이 부럽던데. 언니는 안 그래요?"

경자가 지현을 향해 물었다.

지현은 대답을 하는 대신 눈을 가늘게 뜨고 남자의 얼굴을 바라봤다. 오른쪽 광대뼈 근처가 살짝 부어 있었다.

"그런데 아까 리모델링 관련해서 뭔가 말씀하셨죠?"

남자와 지현의 눈이 마주쳤다. 지현은 남자의 시선을 피하지 않고 마주 바라봤다. 영감쟁이가 거짓말로 둘러댈 때면 그 눈빛만 보고도 알아채는 지현이었지만 이 남자의 눈 속에서는 아무것도 읽어낼 수가 없었다. 그렇기 때문일까, 남자에게서는 왠지모르게 께름칙한 느낌이 났다.

"아! 그거요. 저희들이 조사를 하고 있는데요, 혹시 어떤 공사를 하셨는지…."

경자의 말이 끝나기도 전에 남자가 대답했다.

"방음 공사를 했어요. 제가 피아노를 치거든요. 그래서 시끄러울까 봐 저쪽 방에 손을 좀 댔어요. 한번 보실래요?"

남자는 두 사람의 대답도 듣지 않고 안방 쪽으로 걸어가 문을 열었다. 지현과 경자는 엉거주춤 일어났다. 두 사람은 뭔가에 이끌리듯 안방 쪽으로 천천히 다가갔다. 아닌 게 아니라 방전체에 방음재가 붙어 있었고 커다란 피아노 한 대가 놓여 있었다.

"여기가 제 작업실이에요."

남자가 그렇게 말한 순간, 지현이 먼저 정신을 차렸다. 지현은 몸을 홱 돌려 남자를 쳐다봤다. 비로소 알아차렸다. 께름칙함의 정체를. 남자의 입은 한껏 웃고 있었지만 눈은 전혀 웃지않았다.

"다, 당신 스마일맨이지?"

지현이 주춤 뒤로 물러나며 물었다.

"아줌마들이 참 용하네."

여전히 웃음은 잃지 않았지만 남자의 목소리가 돌변했다. 경자도 그제야 상황을 파악하고는 눈을 동그랗게 떴다. 남자는 안방 문 앞에 버티고 섰다.

"소, 소희 어디 있어?"

지현이 쥐어 짜내듯 물었다.

"어떻게 알고 여기까지 오셨을까?"

남자는 자못 신기하다는 듯 고개를 갸우뚱하더니 바지 뒤춤에 손을 집어 넣어 무언가를 빼 들었다. 끝이 묵직해 보이는 미니 망치였다. 지현과 경자의 얼굴이 하얗게 질렸다.

"이게 좋거든요. 정신 잃게 만드는 데는. 머리를 톡 쳐도 제법 무게가 나가서 맞은 사람은 금방 정신을 잃더라고요. 작지만 강한 놈의 위력이 대단하다고나 할까요? 하. 하. 하."

남자가 한 발 앞으로 다가왔다. 지현과 경자는 주춤주춤 뒤로 물러났다. 그때였다. 요란한 소리를 내며 지현의 핸드폰이 울렸다. 세 사람 모두 우뚝 멈춰 섰다. 지현은 주머니에서 핸드폰을 꺼내 발신자를 확인했다. 미리였다. 그 짧은 순간 남자가 스윽 다가왔다. 지현은 반사적으로 남자를 향해 핸드폰을 집어 던졌다.

퍽!

제대로 날아간 핸드폰은 남자의 코를 정통으로 때렸다.

"윽!"

남자는 코를 움켜쥐었다. 그 순간 경자가 남자를 향해 달려들었다.

"우와아!"

경자는 어깨에 힘을 꽉 주고 그대로 남자를 들이받았다. 남자는 벽과 경자 사이에 끼면서 헉, 하고 숨을 몰아쉬었다. 경자는 온 힘을 다해 남자를 누르며 소리쳤다.

"언니. 빨리 나가요!"

"겨, 경자야!"

"어서!"

잠시 주저하던 지현이 경자 곁을 지나쳐 거실로 달려 나가려는 찰나 남자가 팔을 뻗어 망치를 휘둘렀다. 미니 망치가 지현의 어깨를 때렸다. 남자의 말 그대로, 작지만 강한 놈의 위력은 대단했다.

"으악!"

지현은 고통에 찬 비명을 지르며 주저앉았다. 날 선 통증이 이제 막 삭아 가기 시작하는 지현의 어깨에서 폭죽처럼 터졌다. 지현은 어깨를 부여잡고 몸을 잔뜩 웅크렸다. 통증은 사라지지 않았다.

"언니!"

경자가 망치를 든 남자의 팔을 움켜쥐었다. 남자는 예상보다

강한 경자의 힘에 당황했다. 팔을 빼내려고 했지만 경자는 절대 놔주지 않았다. 경자는, 사력을 다해 버텼다. 태어나서 처음이었다. 이렇게 힘을 쓰기는. 이놈이 사람들을 죽이고 소희를 납치했다고 생각하니 분노가 치밀었다. 경자는 지금껏 화를 내 본 적도 없었다. 친구들 앞에서는 남편을 죽이네 마네 해도, 딸의 등짝을 때리며 어서 일어나라고 채근을 해도 실은 진짜로 화가 난 건 아니었다. 남편이 퉁을 주면 그저 눈을 내리깔고 듣고만 있었고, 딸이 짜증을 부리고 반찬 투정을 해도 한숨 한 번 쉬고 돌아설 뿐이었다. 참자. 경자는 입버릇처럼 되뇌었다. 자신이 한 번만 참으면 모든 게 조용히 넘어간다. 그러니까, 참자. 두 눈 질끈 감고 참으면 된다. 하지만….

"못 참아!"

경자는 소리를 지르며 남자의 코에 박치기를 먹였다.

"크윽."

결국 코피가 터졌다. 남자의 얼굴이 고통으로 일그러졌다.

"언니. 빨리 나가서 신고해!"

경자는 지현을 향해 소리쳤다.

잠깐 한눈을 판 그 순간, 남자가 경자의 발을 힘껏 밟았다.

"악!"

이번에는 경자가 비명을 질렀다. 그러면서 자기도 모르게 한 손을 놓고 말았다. 남자는 재빨리 손을 빼서 경자의 머리채를 잡았다. 그리고는 온 힘을 다해 잡아당겼다. 경자는 신음을 흘리면서도 남자의 망치 쥔 오른손만은 붙잡고 놓지 않았다. 두 사람은 엎치락뒤치락하다가 같이 엉겨서 쓰러졌다. 쿵, 소리를 내며 경자가 엉덩방아를 찧었다. 남자는 경자 위로 타고 올라와 한 손으로 목을 졸랐다.

"컥."

숨이 막힌 경자는 마구 버둥거렸다. 그 사이 지현은 기다시 피 해서 현관문에 거의 다다랐다. 손을 뻗어 문고리만 돌린다 면….

"안 돼!"

지현을 발견한 남자가 경자를 버려 두고 한달음에 달려갔다. 지현은 문고리를 잡았다. 그 순간 남자가 지현의 어깨를 낚아챘 다. 지현은 제대로 힘도 못 써 보고 주저앉아 현관 바닥에 굴렀 다. 남자는 그런 지현의 머리를 겨냥해 망치를 치켜들었다. 남 자가 망치를 휘두르려는 찰나 어느새 정신을 차린 경자가 달려 들었다. 경자는 뒤에서 남자를 끌어안았다.

"놔!"

남자가 팔로 경자의 얼굴을 후려쳤다. 남자의 팔꿈치에 턱을 제대로 맞은 경자는 휘청거리다가 풀썩 쓰러졌다. 경자는 쓰러 지면서도 남자의 허리춤을 잡고 늘어졌다. 그 순간에 지현이 아 픈 무릎을 짚으며 벌떡 일어났다. 남자가 손을 뻗었지만 이번에 는 지현이 빨랐다. 거의 몸을 날리며 문고리를 잡았다. 그러고 는 힘껏 돌렸다.

띠리링.

굳게 닫혀 있던 문이 경쾌한 소리와 함께 열렸다. 지현은 쏟아지듯 복도로 나가 바닥에 굴렀다. 상반신은 복도에, 하반신은 아직 남자의 집 안에 있었다. 지현은 엉금엉금 기어서 빠져나오려고 했다. 그때 반가운 목소리가 들렸다.

"언니!"

미리가 놀라서 눈을 크게 뜬 채 복도에 서 있었다.

"미리야!"

미리가 달려가려는 찰나 누가 잡아당기기라도 한 것처럼 지현이 집 안으로 쏙 빨려 들어갔다. 그리고는 쾅 소리가 나며 문이 닫혔다.

미리는 순식간에 모든 상황을 이해했다.

저기다!

저 집에 스마일맨이 있다!

미리는 재빨리 핸드폰을 꺼내 들었다. 그때였다. 다시 문이 열리더니 검은 양복을 걸친 남자가 모습을 드러냈다. 코피를 줄줄 흘리고 있었지만 그 모습이 우스꽝스럽다기보다는 일부러 피 칠갑을 한 괴물처럼 보였다.

"스마일맨?"

남자는 대답 대신 미리를 향해 저벅저벅 다가왔다. 한 손에는 칼을 들고서.

망치는 이미 사용했다. 날파리처럼 달라붙는 여자들의 머리를 한 방씩 시원하게 갈겨 줬다. 그제야 조용해졌다. 이제 저 여자만 남았다. 정신을 잃은 다른 여자들이 깨어나기 전에 저 여자만 처리하면 될 일이었다.

천천히, 그러나 정확하게.

아니, 이번에는 빠르고 정확하게.

남자는 걸음을 점점 빨리했다. 미리는 남자와 핸드폰을 번갈아 바라봤다. 경찰에 전화를 걸 시간이 없었다. 미리는 스마일맨에게서 눈을 떼지 않은 채 뒷걸음질쳤다. 평범하기 짝이 없는 얼굴이었지만 미리는 그를 알아봤다. 쓰레기를 무단 투기한 경찰을 쥐방울로 오해하고 쫓았을 때 자신을 도와줬던 바로 그 남자였다. 진짜 쥐방울을 쫓던 자신을 차로 칠 뻔한 남자이기도 했다. 이제야 퍼즐이 맞춰졌다. 차가 상당히 찌그러졌는데도 남자가 그때 왜 그냥 가라고 했는지 알 것 같았다. 경찰도 보험회사도 부르지 않은 채. 남자는, 스마일맨은 차에 이수미의 토막 낸 사체를 싣고 있었을 것이다. 그런데도 그토록 태연했던 것이다. 바로 지금처럼.

미리는 뒤돌아 달리기 시작했다. 스마일맨이 쫓아왔다.

"살려 주세요!"

힘껏 소리를 질렀지만 쏟아져 내리는 폭우와 휘몰아치는 바람 때문에 소리는 멀리 퍼져 나가지 못했다. 복도는 길었다. 이대로라면 따라잡힌다. 미리는 숨을 헐떡이면서 힐끔 뒤를 돌아봤다. 스마일맨이 무서운 기세로 달려오고 있었다. 미리는 트렌

284

치코트 자락이 휘날리도록 달렸다. 스마일맨의 발소리가 바로 뒤에서 들렸다. 주위를 둘러봤다. 계량기가 가득 든 플라스틱 박스가 보였다. 그 옆에는 누군가가 복도에 내놓은 세발자전거가 서 있었다. 미리는 세발자전거를 잡고 냅다 뒤로 밀었다.

"윽!"

세발자전거를 미처 피하지 못한 스마일맨이 요란한 소리를 내며 넘어졌다. 미리는 그 틈을 타 복도 모퉁이를 돌았다. 중앙 계단이 나왔다. 위로 올라가면 2층이고 아래로 내려가면 지하실이었다. 미리는 지하실로 달려 내려갔다.

지하실은 다행히 잠겨 있지 않았다. 문을 열고 들어가자 어둠이 뒤섞인 습한 기운이 훅 날아들었다. 지독하게 컴컴했다. 아무것도 보이지 않아 더듬거리며 안으로 들어갔다. 한 발 한 발 움직일 때마다 심장이 내려앉았다. 어둠이 금방이라도 달려들 것만 같았다. 미리는 어둠이 무서웠다. 그럼에도 굳이 지하실을 택한 건 시간을 벌기 위해서였다. 위로 올라가 봐야 금방 따라잡힐 것이다. 그건 곧 죽음을 의미했다. 저렇게 평범하게 생긴 살인마 따위에게 죽을 수는 없었다. 숨어서 신고를 할 시간. 딱 그 정도의 시간이 미리에게는 필요했다.

미리는 지하실 안으로 깊숙이 들어갔다. 보이지 않는 물건에 정강이를 세게 부딪쳤지만 신경 쓰지 않았다. 아프다고 멈춰 설수도 없었다. 미리는 누군가가 쌓아 놓은 짐 더미 뒤로 숨었다.

그런 뒤 핸드폰을 열었다. 제발 스마일맨이 여기가 아니라 2층으로 올라갔길 바라며.

문 열리는 소리가 들렸다.

"제장."

미리는 낮게 중얼거리며 핸드폰을 다시 껐다. 불빛이 새어 나가면 바로 들킨다. 이제 저놈이 찾지 못하고 나가길 기다리는 수밖에 없다.

차라리 공동현관을 통해 밖으로 나가 버릴걸.

지금 후회해 봐야 소용없다. 미리는 조용히 입술을 깨물었다. 시커먼 그림자 하나가 지하실 안으로 들어왔다. 스마일맨은 신중하게 살피는 듯하더니 곧 핸드폰 라이트를 켰다. 파리한 불빛이 지하실을 밝혔다. 그래도 겹겹이 둘러싸인 어둠을 모조리 벗겨 내지는 못했다. 미리는 몸을 잔뜩 숙인 채 눈만 내놓고 있었다.

스마일맨은 핸드폰 라이트로 지하실 이곳저곳을 비추며 천천히 걸어 들어왔다. 한 걸음씩 옮길 때마다 불빛이 위아래로 흔들렸고 덩달아 스마일맨의 희멀건 얼굴에 그늘이 생겼다가 사라졌다. 불빛에 드러난 스마일맨의 얼굴에는 미소가 걸려 있었다. 미리가 지금껏 한 번도 보지 못한 기괴한 미소였다. 가짜로 그어 놓은 듯한 미소, 웃지만 웃지 않는 미소, 찡그린 표정보다 더 무서워 보이는 미소였다. 그것이 스마일맨의 웃는 방식이었다.

미리는 마른침을 삼켰다. 심장이 벌렁벌렁 뛰고 목이 타들어
갔다. 조금이라도 소리를 내면 들킬 것 같았다. 불빛이 비쳐서
일까, 스마일맨의 눈동자는 이상하리만치 번득였다. 꼭 야행성
육식동물의 눈알 같았다. 스마일맨이 칼을 앞으로 내민 채 걸으
며 입을 열었다.

"여기 있다는 거 아니까 빨리 나오세요."

부드러운 중저음의 목소리가 약간 들떠 있었다. 애써 흥분을
누르고 있는 모양이었다. 그 목소리를 듣는 것만으로도 소름이
돋았다.

"그러기에 왜 나서고 그래요. 쥐 죽은 듯 조용히 살았으면 이
런 일도 없었잖아요. 안 그래요? 당신들 때문에 계획이 조금
틀어졌어. 쓸데없이 힘을 너무 많이 뺐단 말이야. 나는 깔끔하
게 처리하고 싶은데 벌써 지저분해졌다고요. 어떻게 책임질 거
지? 응?"

어르고 달래는 듯한 말투다. 그래서 더 오싹하다.

"당신 친구들은 지금쯤 죽어 가고 있을 거예요. 그러니 어서
뒤를 따라야지."

심장이 철렁 내려앉았다.

저 말이 사실일까?

아니면 그저 날 자극하려는 걸까?

한 가지는 확실했다. 스마일맨은 지금 이 상황을 즐기고 있
었다. 놀이로 생각하고 있는 것이다. 아니면 짜릿한 사냥이나.

"당신을 찾아내면 어떻게 할지 말해 줄까요? 당신은 나와 그를 귀찮게 했으니 특별히 더 꼼꼼하게 다뤄 줄 거야. 일단 발목의 힘줄을 끊어서 움직이지 못하게 할 거야. 자신이 무기력한 상태에 놓였다는 걸 자각할 때 얼마나 큰 공포를 느끼는지 알아요? 실은 나도 자세히는 몰라. 하. 하. 하. 하지만 다들 무서워하더라고. 벌벌 떨면서 살려 달라고 애원하죠. 당신도 그렇게 될 거예요. 반드시 그렇게 될 거야. 움직이지도 못하고 비명도 못 지르는 상태에서 사지가 잘려 나가는 경험을 하게 만들어 주겠어요."

스마일맨의 목소리는 점점 커졌다. 더불어 미리를 향해 조금씩 가까워지고 있었다. 불빛이 미리의 바로 근처를 훑었다. 몇 미터만 더 들어오면 미리가 숨은 짐 더미였다. 이제는 스마일맨이 들고 있는 칼이 똑똑히 보일 정도였다. 스마일맨의 눈빛만큼이나 잘 벼른 칼날이 차갑게 번득이고 있었다.

어떻게 하지?

미리는 필사적으로 머리를 굴렸다. 스마일맨의 눈을 피해 도망쳐야 했다. 그러자면 놈의 주의를 딴 곳으로 돌려야 한다. 어떻게… 어떻게… 어떻게?

순간 기막힌 생각 하나가 머리를 스치고 지나갔다. 미리는 재빨리 트렌치코트 주머니를 뒤졌다. 있다. 작고 동그란 물체가 만져졌다. 박도진 선생이 준 호신용 경보기.

"빨리 나와요. 그를 귀찮게 한 대가를 치러야지. 나도 시간이 없다고요. 그가 곧 확인 전화를 할 건데 만족할 만한 대답을 준비해야 하잖아요. 안 그래요?"

미리는 호신용 경보기의 고리를 뽑는 것과 동시에 자신이 숨은 곳과는 반대편 어둠 속으로 힘껏 던졌다.

삐익! 삐익! 삐익!

그 작은 물건의 위력은 실로 엄청났다. 지하실이 떠나갈 듯한 굉음을 내는 것으로도 모자라 불까지 번쩍거렸다.

"뭐야?"

깜짝 놀란 스마일맨이 경보기가 발광하는 쪽으로 다가가는 동안 미리는 살며시 움직였다. 짐 더미 뒤에서 나와 상체를 숙인 채 어둠 속을 가로질렀다. 심장이 크게 뛰었다. 조금만 더… 조금만 더 가면 문이었다.

미리는 드디어 문 앞에 도착했다. 망설이지 않고 문을 열었다. 빛이 새어 들어왔다. 스마일맨이 홱 고개를 돌렸다.

"거기 서!"

미리는 밖으로 튀어 나가자마자 등 뒤로 문을 닫았다.

뭐가 없을까?

재빨리 주위를 둘러봤다. 벽 한쪽에 길쭉한 나무 손잡이가 달린 빗자루가 세워져 있었다. 미리는 그걸 집어 들어 양쪽 문손잡이 사이에 끼워 넣었다. 손이 덜덜 떨렸다. 그 순간 쾅 소리가 들리며 문이 들썩였다. 스마일맨이 문에 몸을 부딪친 것이다.

"됐다."

미리는 문을 노려보며 슬금슬금 뒷걸음질쳤다. 빗자루는 당분간 버텨 줄 것 같았다. 이제는 경찰에 신고를 하고 친구들을 구하는 일이 남았다. 계단을 달려 올라가며 핸드폰을 꺼냈다. 몸이 어찌나 떨리는지 그 사소한 동작도 힘들었다. 112를 눌렀다. 그러고는 전화가 연결되자마자 큰 소리로 외쳤다.

"광선주공아파트 6동 101호에서 살인사건이 일어났어요! 빨리 와 주세요. 다친 사람도 있고 살인마도 곧 돌아올 거예요."

"여보세요? 지금 상황이…."

전화를 끊었다. 이 정도 이야기했으면 분명 출동할 것이다. 미리는 다시 복도를 달리기 시작했다. 숨이 턱 끝까지 차고 아랫배가 당겨 왔지만 멈추지 않았다. 조금이라도 빨리 주부탐정단의 상태를 확인하고 싶었다. 지현 언니, 경자 언니, 그리고 소희의 얼굴이 차례대로 떠올랐다. 만약 그중 한 명이라도 잘못된다면….

"아니야!"

입술을 꽉 깨물며 고개를 가로저었다. 아까 지나쳐 왔던 계량기 박스가 보였다. 미리는 박스에서 계량기 하나를 꺼내 들었다. 예상했던 대로 묵직했다. 이 정도면 충분할 것 같았다. 그대로 101호까지 달렸다.

"지현 언니! 경자 언니!"

미리는 일단 101호 문을 두드리며 두 사람을 불렀다. 아무런 대답이 없었다. 문에 귀를 가져다 대자 희미하게 음악 소리가 들렸다. 미리는 굳게 잠긴 도어록을 노려봤다. 그런 뒤 들고 있던 계량기를 양손으로 힘껏 쥐고선 내리쳤다.

쾅!

한 번으론 되지 않았다.

쾅!

다시 내리치자 도어록이 삼 분의 일쯤 떨어져 나갔다.

"으아아!"

미리는 괴성을 지르며 마지막으로 계량기를 휘둘렀다.

쾅!

드디어 도어록이 완전히 떨어졌다. 부서진 도어록이 바닥에 떨어지는 것과 동시에 미리는 문을 활짝 열었다.

제일 먼저 눈에 들어온 것은 현관 바닥에 쓰러져 있는 지현이었다. 그다음은 거실에 모로 누워 있는 경자였다. 미리는 안으로 뛰어 들어가 지현의 상태부터 살폈다. 지현은 다행히 가늘게 신음을 흘리고 있었다.

"언니. 정신 좀 차려 봐요."

미리는 지현을 부축해 거실로 옮겼다. 지현은 그제야 간신히 눈을 떴다. 눈동자가 새빨갛게 충혈돼 있었다.

"미리 동생."

"언니. 괜찮아요?"

"미리 동생 말이 다 맞았어. 여기 사는 놈이 스마일맨이었어."

미리는 말없이 지현의 주름진 손을 꼭 잡았다. 그때 비틀거리며 경자도 깨어났다.

"아이고."

미리는 지현의 손을 놓고 경자에게 다가가 어깨를 감쌌다.

"언니는 괜찮아?"

"괜찮긴. 머리가 깨질 것 같아."

"고생했어 언니. 이제 걱정 마. 내가 경찰에 신고했어."

"근데 아직 소희를 못 찾았어."

"이 집 어딘가 있을 거야. 미리 동생이 직접 찾아 봐."

지현이 일어나 앉으며 말했다.

"근데 그 쳐 죽일 놈은?"

경자가 휘둥그레 뜬 눈으로 주위를 둘러보며 물었다.

"내가 지하실에…."

미리가 거기까지 말한 순간, 인기척과 함께 길쭉한 그림자가 세 사람 위로 드리웠다. 미리는 천천히 고개를 돌렸다.

스마일맨이 문 앞에 서 있었다.

"으아아!"

경자가 엉덩이 걸음으로 소파까지 도망쳤다. 지현은 뱀 앞에 선 쥐처럼 아예 꼼짝도 못하고 눈만 크게 뜨고 있었다. 스마일맨은 숨을 헐떡이면서도 미소 짓는 걸 잊지 않았다. 단정하게 빗어 넘겼던 머리카락이 다 흘러내려 이마를 가리고 있었다. 코피는 더 이상 흐르지 않았지만 얼굴 아래쪽은 이미 피범벅이었다. 광대뼈는 이제 눈에 띄게 부어올랐다. 얼굴 전체가 땀으로 번들거린다. 지극히 평범했던 인상은 사라지고 상처 입고 분노한 괴물의 얼굴로 바뀌었다. 그 괴물이 칼을 앞으로 내밀며 한 발 걸어 들어왔다.

"이렇게 성가실 줄 알았으면 애초에 다 죽여 버릴걸."

스마일맨은 그렇게 말하며 머리카락을 쓸어 올렸다.

"경찰을 불렀어!"

미리가 앞으로 튀어 나가 스마일맨을 가로막으며 외쳤다. 그 사이 경자가 지현을 끌어당겼다.

"시간은 충분해."

스마일맨은 셈을 하듯 천천히 지현과 경자, 그리고 미리를 바라봤다. 무기도 가지지 않은 여자 셋, 아니 넷을 죽이는 것쯤 아무 일도 아니었다. 재빨리 죽이고, 도망친다. 스마일맨은 머릿속으로 계산을 마쳤다.

스마일맨이 다가오자 미리는 주춤주춤 뒤로 물러났다. 이번에야말로 진짜 죽을지도 모른다. 그 생각을 하자 다시 몸이 떨리기 시작했다. 현지 얼굴이 떠올랐다. 미리는 주먹을 꽉 쥐었다. 현지 때문에라도 지금 죽을 수는 없었다.

방법이 없을까?

경찰이 오기 전까지 시간을 끌 방법.

스마일맨의 뒤쪽, 현관 바닥에 미리가 던져 둔 계량기가 보였다.

저걸 쥘 수만 있다면… 쥐고 제대로 던질 수만 있다면….

스마일맨은 망설이지 않았다. 단숨에 거리를 좁혀 미리에게 달려들었다. 미리는 엉겁결에 주저앉았다. 스마일맨이 휘두른 칼이 허공을 갈랐다. 미리의 눈 바로 앞에 스마일맨의 아랫도리가 보였다. 이번에는 미리가 망설이지 않았다. 그러쥔 주먹을 온 힘을 다해 뻗었다.

퍼억!

둔탁한 소리가 나는가 싶더니 스마일맨의 자세가 무너졌다.

"어억…."

스마일맨은 신음도 제대로 내지 못한 채 눈만 크게 뜨고 상체를 구부렸다. 얼굴이 고통으로 일그러지자 비로소 사람처럼 보였다. 미리는 재빨리 현관 쪽으로 기어갔다. 그러고는 계량기를 집어 들었다. 스마일맨은 어기적거리며 돌아섰다. 핏발 선 눈이 미리를 꿰뚫을 듯 노려봤다.

"다음에는 아예 터트려 버릴 거야."

미리가 계량기를 스마일맨에게 겨누며 말했다.

두 사람은 서로의 무기를 앞으로 내민 채 잠시 대치했다. 숨막힐 듯 팽팽한 침묵이 흘렀다. 이제 시간은 미리의 편이었다. 곧 사이렌이 울리며 경찰들이 출동할 것이다. 스마일맨도 물론 그걸 알고 있었다. 먼저 움직이는 쪽은 스마일맨이 될 것이다. 그렇다면 그때를 노려서 계량기를….

먼저 움직인 것은 스마일맨이 맞았다. 다만 칼을 휘두르는 것이 아니라 발차기를 한 것이 미리의 예상과는 달랐다. 스마일맨의 발차기는 미리의 옆구리를 정확히 강타했다.

"악!"

미리는 자기도 모르게 옆구리를 쥐며 비명을 질렀다. 숨이 끊어질 것 같았다. 균형을 잃고 비틀거리는 순간 스마일맨이 다가왔다. 미리가 계량기를 휘둘렀지만 스마일맨은 여유롭게 피했다.

짝!

스마일맨은 건반을 두드리기에 적합한, 길고 큼지막한 손으로 미리의 뺨을 때렸다. 미리는 거실 바닥에 쓰러지며 머리를 세게 부딪쳤다.

"으으."

신음을 흘리는 미리 위로 스마일맨이 올라탔다. 미리가 발버둥을 쳐 봤지만 소용없었다. 스마일맨은 튼튼한 두 다리로 미리를 꽉 누른 뒤 목에다가 칼을 겨눴다.

"주부탐정단이라고? 웃기지도 않아."

스마일맨이 미리를 향해 칼을 막 내리꽂으려는 그 순간 지현이 달려들었다. 지현은 칼을 쥔 스마일맨의 오른손을 힘껏 깨물었다.

"으아악!"

스마일맨이 비명을 질렀다. 지현은 그럴수록 더 세게 이를 박아 넣었다. 지현이 유일하게 자랑하는 것이 또래보다 건강한 치아였다. 그 흔한 임플란트 하나 없었고 아무리 질긴 고기라도 맛있게 뜯어 먹을 수 있었다.

"놔! 놔!"

스마일맨이 팔을 휘저었지만 지현은 뼈다귀에 달라붙은 굶주린 개처럼 절대 떨어지지 않았다. 급기야 스마일맨의 오른손에서 피가 나기 시작했다.

"씹할!"

스마일맨은 더 이상 참지 못하고 칼을 떨어뜨렸다. 정신을 차린 미리는 누운 채로 스마일맨의 얼굴을 향해 계량기를 휘둘렀다.

퍽!

묵직한 쇳덩이가 안 그래도 부어올라 있던 스마일맨의 광대뼈를 강타했다. 스마일맨이 벌렁 나자빠지며 덩달아 지현도 같이 쓰러졌다. 지현이 물고 있던 자리엔 살점이 덜렁거렸다.

"으아아!"

스마일맨은 분노에 찬 괴성을 질렀다. 미리가 다시 한번 계량기를 휘두르며 스마일맨을 덮쳤다.

"적당히 해!"

스마일맨은 미리의 손을 막은 뒤 힘껏 배를 걷어찼다.

"컥."

미리는 뒤로 나동그라졌다. 그 순간 지현이 또 한 번 달려들어 양말을 신지 않은 스마일맨의 발을 물었다.

이번에는 스마일맨의 대처가 빨랐다. 물리기 전 발을 빼낸 스마일맨은 그대로 지현의 얼굴을 차 버렸다.

지현 역시 입술이 터진 채 벌러덩 나자빠졌다. 스마일맨은 씩씩거리며 미리와 지현을 노려봤다. 두 사람은 물을 많이 넣은 반죽처럼 널브러져 끙끙대고 있었다. 그 둘 사이에 칼이 떨어져 있었다. 스마일맨은 절뚝거리며 칼을 향해 다가갔다. 분노가 치밀었다. 이렇게 성가신 사냥감은 처음이었다. 약해 빠진 주제에 발버둥을 치다니. 게다가 자신에게 상처까지 입혔다. 금이라도 간 건지 광대뼈 주변이 불로 지진 듯 화끈거렸다. 물어뜯긴 오른손의 통증은 말할 것도 없었다. 아랫도리는 아직도 뻐근했다.

"씹할."

스마일맨은 칼을 주워 들며 다시 한번 욕을 했다. 평소의 스마일맨이라면 절대 입에 올리지 않을 천박한 말이었다. 그만큼 화가 났다. 저것들의 살을 칼로 자르고 베고 쑤시고 싶었지만 불행히도 시간이 얼마 없었다. 그 사실에도 화가 났다. 스마일맨은 칼을 고쳐 쥐었다. 그때였다.

"이 새끼야!"

벌벌 떨고 있던 경자가 스마일맨을 향해 갑자기 달려들었다. 경자는 몸통으로 스마일맨을 들이받았다.

"욱!"

대비도 못하고 있던 스마일맨은 안방까지 속절없이 날아가 버렸다. 그 바람에 칼도 다시 떨어뜨렸다. 바닥에 대자로 뻗은 스마일맨은 숨을 헐떡거렸다. 도무지 정신을 차릴 수가 없었다. 원래 계획대로라면 먼저 잡아 온 여자를 여유롭게 죽인 뒤 나머지 사냥감들도 차례차례 처리해야 했다. 그것이 그의 부탁이기도 했다. 그런데….

"죽어! 죽어!"

경자가 스마일맨의 위에 올라타서 주먹을 마구 휘둘렀다. 스마일맨은 손을 뻗어서 간신히 막고만 있었다. 이 덩치 큰 여자의 주먹은 생각보다 훨씬 매웠다. 스마일맨은 진심으로 당황했다. 상황이 통제할 수 없는 수준으로 치닫고 있었다.

"언니. 일어나 봐요."

그 사이 정신을 차린 미리가 지현을 일으켰다. 두 사람은 서로에게 의지한 채 경자를 돕기 위해 안방으로 들어갔다. 바로 그때 스마일맨이 뻗은 주먹이 경자의 턱을 때렸다. 순간 경자가 휘청했다.

"아이고. 경자야!"

지현이 달려가 쓰러지려는 경자를 붙잡았다. 미리는 경자를 밀치고 일어나려는 스마일맨의 팔을 잡고 늘어졌다.

"놔!"

힘으로는 스마일맨의 상대가 되지 않았다. 미리는 스마일맨에게 밀려 피아노 다리에 머리를 부딪쳤다. 스마일맨은 발로 경자와 지현을 차례대로 걷어찼다. 두 사람은 반항 한 번 못해 보고 나가떨어졌다.

스마일맨이 끙 소리를 내면서 일어났다. 그러고는 쓰러진 세 여자를 내려다봤다. 자신의 꼴이 말이 아니라 생각하면서. 치밀어 오르는 화를 주체하지 못해 몸을 부르르 떨면서.

"이제 끝났어. 하나씩 죽여 줄게."

스마일맨이 다시 미소를 지으며 말했다.

"젠장."

미리는 거대한 무력감을 느꼈다. 몸에서 힘이 쫙 빠졌다. 손가락 하나 까딱할 수 없었다. 무력감과 두려움에 휩싸여 꼼짝할 수 없기는 지현과 경자도 마찬가지였다. 세 사람은 벌벌 떨고만 있었다. 경자가 흑, 하고 울음을 터트렸다. 스마일맨은 두리번거리다가 자기가 떨어뜨렸던 칼을 발견했다. 만족스러운 표정으로 칼을 집어 들었다. 이제, 모든 걸 바로잡을 순간이었다.

"누구부터…."

"개새끼야!"

화장실에서 튀어나온 소희가 반만 남은 변기 뚜껑으로 스마일맨의 뒤통수를 내리친 것은 순식간의 일이었다.

퍽!

바닥에 떨어진 수박이 반으로 갈라지는 것 같은 소리가 들리며 스마일맨이 무너져 내렸다. 천천히, 거대한 육식동물이 쓰러지듯.

무릎부터 꺾인 스마일맨은 앞으로 고꾸라져 미동조차 하지 않았다. 소희는 씩씩거리며 서 있었다. 이제는 반도 남지 않은 변기 뚜껑을 들고서. 소희의 몸에서 물이 뚝뚝 떨어졌다.

"하아."

소희는 긴 한숨을 토해 내며 주저앉았다. 그것이 신호였다. 미리, 지현, 경자가 동시에 소희를 향해 달려갔다.

"소희야!"

네 사람은 같이 부둥켜안았다. 그러고는 누가 먼저랄 것도 없이 울음을 터트렸다. 기다렸다는 듯 멀리서 사이렌 소리가 들려왔다.

"아이고. 잘했다. 소희야. 잘했어."

"지현 언니."

"모두 수고했어. 우리 모두 수고했어."

지현, 소희, 경자가 울먹이며 차례로 말했지만 미리만은 아무 소리도 하지 못했다. 미리는 누구보다 크게 울고 있었다. 복잡한 감정이 거대한 파도처럼 밀려왔다. 안도감, 후회, 두려움, 그리고….

미리의 시선이 피아노에 머물렀다.

피아노 위에는 '그 물건'이 놓여 있었다.

"잠깐만."

미리가 중얼거리며 일어나자 나머지 세 사람도 어리둥절한 표정으로 고개를 들었다.

"미리 동생. 무슨 일이야?"

"왜 그래?"

"미리 언니!"

미리는 천천히 피아노 쪽으로 다가가 그 물건을 집어 들었다. 헝클어졌던 실타래가 단번에 풀어졌다. 머릿속 퍼즐 조각이 제자리를 찾아 들어갔다. 선명한 깨달음이 번개처럼 스치고 지나갔다.

그랬구나. 그래서….

미리는 그 물건을 들고 집 밖으로 달려 나갔다. 뒤에서 주부 탐정단이 부르는 소리가 들렸지만 멈추지 않았다. 온몸에 눌어붙은 통증도 미리를 막을 수는 없었다.

미리는 빗속을 달리기 시작했다.

그 남자 6

아주 어릴 때의 일이었다. 왕개미들이 줄을 지어 기어가고 있었다. 개미들은 땅에 뚫린 구멍 안으로 무언가를 끊임없이 날랐다. 구멍 속에 개미집이 있는 게 확실했다. 엄마가 쓰던 모종삽을 들고 와 구멍 주위를 깊게 팠다. 그것은 개미들에게는 날벼락 같은 일이었다. 졸지에 집을 잃은 개미들이 우왕좌왕하며 헤매기 시작했다. 그 꼴을 보고 있자니 웃음이 나와 견딜 수가 없었다. 자신이 대단한 사람처럼 느껴졌다. 무언가를 혼란에 빠트린다는 건, 그보다 힘이 세기에 가능한 일이라는 사실을 그때 처음 깨달았다.

그 외에도 여러 가지 '실험'을 했다. 조금 더 자랐을 때는 이웃집 고양이의 수염을 가위로 모두 자르기도 했다. 고양이 수염이 곤충의 더듬이 같은 역할을 한다는 걸 책에서 읽은 후였다. 수염이 잘린 고양이는 비틀거리며 걷다가 벽에 부딪히곤 했다. 그 모습이 또 그렇게 재미있었다. 엄마나 아빠의 중요한 물건을 몰래 가져다가 엉뚱한 곳에 숨겨 놓고는 당황해하는 어른들의 반응을 보는 것 역시 소소한 실험이자 즐거움이었다.

그는 그렇게 어른이 되었다. 똑똑하고 착실하며 모두에게 호감을 사는 어른. 그런 가면을 쓰는 편이 자신의 욕망을 채우기에 훨씬 더 유리하다는 사실을 그는 잘 알고 있었다. 질서를 허물어뜨리고 혼돈과 혼란을 불러오기 위해서는 머리를 많이 써야 했다. 다행히도 그는 충분히 영리했고 뱀처럼 매끄러운 혀를 가지고 있었다.

대부분의 사람들은 그의 말을 쉽게 믿었다. 그는 남들이 듣기 좋아하는 이야기를 하는 데 기막힌 재능이 있었다. 실제로 그는 그 재능을 이용해 수많은 사람들을 위로했다. 사람들은 그 앞에서 때로는 눈물을 흘리고 때로는 웃음을 터뜨렸다. 그는 그걸 보는 게 좋았다. 자신의 말 한마디에 사람들의 행동과 감정이 변한다는 사실이 신기했다. 자신에게 무한한 능력이 있는 것 같았다.

그는 그 능력을 본격적으로 사용해 보기로 마음먹었다. 욕망을 마음껏 채우기 위해, 혼돈과 혼란을 불러오기 위해.

그때쯤 그 남자를 '발견'했다. 인생이 심심하다며 죽을 결심을 한 그 남자는 자신의 가능성을 모르고 있었다. 그는 그 남자의 내면에 잠들어 있는 포식자의 본능을 발견했다. 그 남자는 감정이 없는 상태였고 그랬기에 죄책감이나 두려움, 그리고 삶에 대한 애착도 없었다. 그는 그 남자에게 넌지시 말했다.

"다른 취미를 가져 보면 어떨까요?"

그 남자는 곧 새로운 취미를 찾아냈는데, 마치 처음부터 그 일을 위해 태어난 사람처럼 금세 적응을 마치더니 얼마 안 가 능숙한 경지에 이르렀다. 그는 그 남자가 혼돈과 혼란을 만들어 내는 걸 지켜보며 진정으로 기뻤다. 짜릿했다. 그 남자는 그에게 전적으로 의지했다. 그가 하는 말이라면 무엇이든 행동으로 옮겼다. 그 남자는 그에게 자신이 한 일을 처음부터 끝까지 자세히 말해 줬다. 그는 그 시간이 좋았다. 누군가가 죽어 간 이야기를 듣는 시간. 죽음이야말로 혼돈과 혼란의 극치였기에.

많은 시간이 흘렀다. 그 사이 그 남자는 전설적인 괴물이 되었다. 그는 흐뭇했다. 그 괴물은 자신이 창조해 낸 것이었다. 그는 창조자로서의 기쁨을 마음껏 누렸다.

그러나 언제나 끝은 있는 법이었다. 그는 끝이 다가왔음을 느꼈다. 어떤 식으로든 이번 기회에 끝이 날 것 같았다.

그가 그런 생각들을 하며 짐을 정리하고 있을 때 누군가가 진료실 문을 두드렸다.

똑똑.

"들어오세요."

박도진은 부드러운 목소리로 말했다.

교차로의 악마

"들어오세요."

막상 박도진의 목소리를 들으니 몸이 굳었다. 광선주공아파
트에서 미소신경정신과까지 한달음에 달려온 미리였다. 병원에
는 아무도 없었다. '오후 휴진'이라고 적은 종이만 문 앞에 붙어
있을 뿐이었다. 미리는 그래도 문을 밀어 보았다. 열렸다. 숨을
한 번 고른 후 진료실로 다가갔다. 그러고는 노크를 한 것이다.

잠시 망설이던 미리는 살며시 문손잡이를 돌렸다. 문은 언제
나처럼 소리 없이 열렸다. 진료실에서 풍기는 은은한 향기도 평
소와 똑같았다. 적당한 밝기의 조명도, 딱 알맞은 온도도 마찬
가지였다. 무엇보다 그 남자, 박도진이 변함없는 모습으로 앉아
있었다. 늘 보여 주던 그 미소를 지으며. 미리는 한 발 안으로
들어갔다. 그러면서 살짝 문을 열어 두었다.

"미리 씨. 괜찮아요?"

그렇게 묻는 박도진을 미리는 물끄러미 바라봤다.

"왜 비를 맞고 오셨어요? 감기 걸리면 어쩌려고."

"왜 휴진을 하신 거죠?"

미리의 몸에서는 빗물이 뚝뚝 떨어졌다. 그 빗물이 카펫으로 된 바닥을 적셨다.

"개인적인 약속이 있어서요. 만날 사람이 있거든요."

"그럼 저는 불청객이겠군요."

미리의 말에 박도진은 어깨를 으쓱했다. 연극적인 그런 동작 하나도 박도진에게는 썩 잘 어울렸다.

"그럴 리가 있나요. 미리 씨는 특별한 환자인데. 어서 앉으세요. 시간도 많으니 오늘은 미리 씨 이야기 실컷 들어드릴게요."

박도진이 의자를 가리켰고 미리는 말없이 앉았다. 푹신하고 안락해서 자칫 방심하게 되는 의자에.

"자, 무슨 일로 오셨나요?"

박도진은 깍지 낀 양손으로 턱을 받혔다. 주의 깊게 듣겠다는 신호였다. 미리는 박도진의 동작 하나하나에 어떤 의미가 담겨 있는지 다 알고 있었다. 그만큼 유심히 관찰했고 관심도 많았다. 이 부드럽고 친절한 선생에게.

"스마일맨을 만났어요."

미리는 짧게 대답했다.

"어땠나요?"

박도진은 놀라지 않았다. 그저 안경 너머 반짝이는 눈을 크게 뜬 채 미리를 바라볼 뿐이었다. 이미 모든 것을 예상하고 있는 듯한 눈치였다. 박도진은 언제나 그랬다. 깊디깊은 눈으로 상대방을 지그시 바라봤고 그러면서 훤히 꿰뚫고 있다는 표정을 지었다. 그래서 박도진 앞에 앉으면 투명해지는 느낌을 받았다. 굳이 설명할 필요를 느끼지 못했다. 그게 좋았다.

"역시 놀라지 않는군요."

"저는 미리 씨가 해낼 줄 알았으니까요."

"죽을 뻔했어요."

"보니까 그런 것 같군요. 괜찮으세요? 친구분들도 다?"

"조금씩 다치긴 했지만 괜찮아요. 지금쯤이면 경찰이 스마일맨을 잡아갔을 거예요."

"소희 씨라는 그분도 안전하게 구한 건가요?"

"네. 간발의 차였죠."

"다행이네요. 정말 큰일 하셨어요. 역시 미리 씨는 대단해요."

"선생님이 스마일맨이죠?"

박도진은 대답 없이 빙그레 웃었다. 말간 그 얼굴에 더없이 어울리는 웃음이었다. 미리는 그런 박도진을 향해 덧붙였다.

"아니, 원조 스마일맨이라고 해야 하나요?"

그제야 박도진의 얼굴에 표정 비슷한 것이 떠올랐다. 호기심이 생긴 듯 박도진은 미리를 향해 상체를 약간 숙였다.

"무슨 이야긴지 전혀 모르겠군요."

"이걸 가지고 왔어요."

미리는 그렇게 말하며 그 물건을 책상에 올려놓았다. 스마일맨의 집에 있던 그 물건, 검은색 피아노 위에서 유독 빛나고 있던 그 물건이었다.

"메트로놈이군요."

박도진이 슬쩍 웃었다.

"그냥 메트로놈이 아니죠. 세상에 두 개밖에 없는 특별한 투명 메트로놈이죠. 그중 하나는 선생님이 가지고 있었고 나머지 하나는…."

"스마일맨이 가지고 있었다?"

"선생님이 직접 말씀하셨죠. 환자가 선물해 준 거라고."

"네. 선물 받았습니다. 이탈리아의 장인이 주문 제작으로 만든 메트로놈이라고 하면서 저에게 주고 갔습니다. 저와 이야기를 나누면 이렇게 속이 훤히 드러나는 느낌이라고 하더군요."

박도진은 길고 가느다란 손가락으로 메트로놈의 진자를 툭 건드렸다. 한 공간에서 두 개의 메트로놈이 똑같은 박자로 딸깍거렸다. 그 소리가 침묵이 맴도는 진료실 안에 조용히 울려 퍼졌다.

딸깍.

딸깍.

딸깍.

침묵을 깬 것은 미리였다. 미리는 자신의 핸드폰을 꺼내 책상 위에 탁 소리가 나게 올려놓았다. 박도진이 의아하다는 표정으로 바라봤다.

"저는 핸드폰으로 녹음 같은 거 안 해요. 그러니 진실을 들려 주세요. 전, 진실을 알고 싶어요."

"하하. 뭔가 오해를 하고 계신 것 같은데 전 아무것도 모릅니다."

"메트로놈은 어떻게 설명하실 거죠?"

미리는 메트로놈을 힐끗 쳐다봤다. 그 무한한 진자 운동이 거슬렸다. 딸깍거리는 소리도. 그 박자에 맞추듯 손가락을 까딱거리는 박도진의 움직임도 괜스레 신경이 쓰였다.

"제게 메트로놈을 선물해 준 환자가 스마일맨이었나 보죠. 아니면 미리 씨가 아예 잘못 짚었거나."

박도진은 아무것도 아니라는 듯 말했다.

"제가 만난 놈은 스마일맨이 확실해요. 그렇다는 말은 선생님의 환자 중 스마일맨이 있었다는 거고 선생님은 그 환자와 아주 밀접한 관계를 유지했다는 거죠. 바로 삼십 분 전까지."

미리는 박도진을 노려봤다. 박도진은 그 자세 그대로 여전히 웃고 있었다. 오른손 검지를 까딱거리면서. 메트로놈의 박자와 일치하는 그 움직임에 미리는 자꾸만 시선을 뺏겼다. 계속 긴장 상태를 유지하고 싶었지만 쉽지가 않았다. 의자는 안락하고 온도는 딱 적당했다. 온몸이 노곤했다. 허리를 꼿꼿하게 세우고 있던 미리는 차츰 자세가 무너졌다.

"삼십 분 전이라는 게 무슨 말이죠? 미리 씨의 추리인가요?"

박도진의 목소리가 나른하게 들렸다.

"스마일맨은 우리가 올 걸 미리 알고 있었어요. 마치 누군가에게 들은 것처럼. 근데 아무리 생각해 봐도 그걸 알고 있던 사람은 선생님뿐이에요. 저랑 통화를 하셨죠. 저는 선생님께 6동을 조사할 거라고 말씀드렸고. 저는 선생님이 스마일맨에게 그 사실을 말해 줬을 거라고 생각해요."

미리는 찬찬히 생각을 정리하며 말을 이었다. 박도진은 언제나 그렇듯 미리의 이야기를 말없이 듣고 있었다. 손가락을 까딱, 까딱, 까딱거리면서.

"그것뿐만이 아니에요. 스마일맨은 자꾸 '그'에 대해 말했어요. 그를 실망시키는 걸 아주 두려워하는 것 같았죠. 스마일맨이 그토록 의지하고 믿는 존재가 누구일까요? 저는 스마일맨이 말하는 그야말로 스마일맨에게 정신적으로 큰 영향을 미치는 사람이라 생각했어요. 그런 생각을 하고 있을 때 이 메트로놈을 발견했죠. 그제야 의문이 풀렸어요. 스마일맨이 말하는 그가 누구인지, 스마일맨에게 우리의 다음 행동을 알려 준 사람이 누구인지 모두 알게 됐어요."

"그게 저라는 말씀인가요?"

"아닌가요?"

박도진은 대답을 하는 대신 책상에 놓인 미리의 핸드폰을 슬쩍 내려다봤다. 그런 후 미리와 시선을 맞췄다. 투명하고 맑은 눈이 안경 너머로도 똑똑히 보였다. 눈동자는 흔들림이 없었다.

"제게 메트로놈을 선물해 준 환자는 자신이 피아니스트라고 이야기했죠. 아주 평범한 인상의 남자였어요. 저는 그 환자의 고민을 들어주고 약을 처방했죠. 미리 씨에게 했던 것처럼. 하지만 그 남자가 스마일맨이라는 사실은 알지 못했어요."

"스마일맨의 핸드폰 통화내역을 조사하면 어떨까요? 제 생각에는 선생님 명의의 다른 핸드폰으로 연결될 것 같은데."

딸깍.

딸깍.

딸깍.

박도진은 또다시 침묵을 지켰다.

"제 말이 틀렸나요?"

미리는 일부러 더 크게 말하려고 했지만 목소리가 잘 나오지 않았다. 왠지 모르게 몸이 축 늘어졌다. 스마일맨과 사투를 벌인 후유증이 이제 나타나는 건가? 아니면….

"미리 씨."

박도진이 싱긋 웃으며 속삭이듯 미리를 불렀다.

"네?"

"제가 그렇게 허술해 보여요?"

박도진은 그렇게 말한 후 쿡쿡 웃었다. 참으로 천진한 웃음이었다. 즐거워 죽겠다는 듯, 아니면 신나서 미치겠다는 듯 장난기 어린 웃음이었다. 미리는 따라 웃을 수 없었다. 박도진이 쿡쿡거리며 웃는 바로 그 순간 그의 얼굴에서 평소의 표정이 한 꺼풀 벗겨지는 걸 미리는 똑똑히 목격했다. 마치 뱀이 허물을 벗는 것 같았다.

"그 남자의 통화 목록으로 조사를 해 봐야 아무것도 못 찾을 거예요. 나는 추적이 안 되는 핸드폰을 사용했으니까요."

미리의 심장이 철렁 내려앉았다. 박도진은 지금 자신의 정체를 드러내려 하고 있었다. 미리는 주먹을 꼭 쥐었다. 아니, 쥐려고 했다. 그러나 힘이 들어가지 않았다. 몸의 마디마디가 오래 쑨 죽처럼 흐물흐물 늘어지는 느낌이었다. 온몸이 점점 물에 잠겨 가는 것 같았다. 박도진은 손가락을 까딱거리며 계속 말을 이었다.

"정말로 미리 씨는 대단해요. 이렇게 그 남자를 해치우고 제 앞에 나타날 거라곤 솔직히 생각하지 못했거든요. 게다가 멋진 추리를 하면서. 자, 어디까지 알고 계세요? 아니, 어디까지 추리를 하고 계세요?"

"그건⋯."

미리는 자꾸만 가라앉는 몸을 추스르려 애쓰며 간신히 입을 열었다.

"선생님은 오래전부터 스마일맨과 알던 사이였을 거예요. 두 사람이 어떻게 알게 된 건진 모르겠어요. 다만 아주 끈끈한 사이였다는 건 장담할 수 있어요. 선생님은 스마일맨에게 마치⋯ 교차로의 악마 같은 존재였겠죠. 평범했던 그 인간을 살인마로 이끈 인물이 바로 선생님이었을 거예요."

"제가 왜 그랬을까요?"

박도진이 물었다. 희멀건 그 얼굴이 점점 투명해지는 것 같았다. 박도진의 얼굴뿐만이 아니었다. 메트로놈도, 의자도, 쌓여 있는 책들도 조금씩 투명해졌다. 선명하고 분명한 것은 메트로놈의 딸깍거리는 소리뿐이었다. 그리고 박도진의 손가락. 까딱까딱 움직이는 그 손가락.

"글쎄요. 선생님이 왜 그랬을까요? 이곳으로 달려오면서 계속 그 생각을 했어요. 왜 그랬을까, 무슨 이유로 그랬을까…. 이 문을 열고 들어오기까지 그 의문을 풀지 못했어요. 근데 선생님 얼굴을 보자마자 깨닫게 됐어요."

"오호. 그래서요?"

미리는 한 번 숨을 고른 후 천천히 말했다.

"이유가 없어요."

박도진은 미리를 뚫어져라 바라봤다. 호기심 가득한 표정이었다. 박도진은 계속하라는 듯 미리를 향해 고개를 끄덕였다.

"이런 일을 해서 선생님이 득을 보는 건 아무것도 없어요. 오히려 위험해질 뿐이죠. 그런데도 선생님은 기꺼이 교차로의 악마가 되어 스마일맨을 키웠어요. 그건 아마도 즐거워서 그랬을 거예요. 누군가를 조종하는 것이 못 견디게 즐거운 거겠죠. 즐거움에는 이유가 없어요. 제가 이 꼴같잖은 탐정 놀이를 하는 데 아무런 이유가 없는 것처럼."

"하하하."

박도진은 크게 웃음을 터트렸다. 미리는 박도진이 웃는 모습을 바라보고 있었다. 이상할 정도로 눈꺼풀이 무거웠다. 수면제를 먹지도 않았는데 손발이 묵직하고 의식의 한 부분이 밑으로, 저 밑으로 가라앉았다.

"미리 씨는 정신과 의사를 했어도 어울렸겠네요. 아주 훌륭한 분석이었어요. 또 뭘 알고 계시죠? 자자, 빨리 말해 봐요."

"선생님이 원조 스마일맨이라는 거."

이제는 입을 떼는 것도 힘들었다.

"그건 무슨 말이죠?"

"제가 선생님에 대해 최초로 의문을 품었던 때가 언제인지 아세요? 오늘 아침에 여길 왔을 때였어요. 그때 선생님은 스마일맨에 대해 이렇게 얘기했어요. 지금까지 아홉 건의 살인을 저질렀다고. 그때는 그냥 지나갔는데 생각할수록 이상한 거예요. 스마일맨이 저지른 살인은 이번까지 더해도 분명 일곱 건이거든요. 내가 모르는 두 건이 더 있는 걸까? 그런데 아무리 생각해봐도 그건 아니었어요. 그렇다면 다른 사람들은 모르는, 오직 선생님만 아는 정보가 있다는 거죠. 그때 머릿속을 스치고 지나간 사건이 있었어요. 3년 전에 경기 남부에서 한 달 간격으로 일어난 두 건의 살인사건. 스마일맨과는 많은 게 달랐지만 딱 하나 비슷한 점이 있었죠. 그건 바로 웃는 표시를 남겨 둔 거예요. 피해자의 손바닥에 그려 놓은 웃는 얼굴 모양. 저는 그게 스마일맨의 짓이었고 스마일맨이 그 사건을 통해 점점 진화했다고 생각했지만 그건 틀린 추리였어요. 그 사건은 다른 사람이 저질렀던 거죠. 바로 선생님이."

미리는 그렇게 말하며 영화 속 탐정들처럼 멋지게 범인을 가리키고 싶었지만 팔이 올라가지 않았다.

"흥미로운 추리군요. 하지만 증거는?"

"그 사건의 범인 DNA가 남아 있어요. 선생님 것과 비교를 해 보면 바로 알 수 있겠죠."

"음."

박도진은 동요하지 않았다. 그저 고개를 슬쩍 끄덕였을 뿐이었다.

"더 흥미로운 이야기를 해 볼까요? 선생님은 원조 스마일맨이 되길 희망했지만 뒤늦게 나타난 그 남자에게 스마일맨이라는 정체성을 뺏겨 버렸죠. 범행 수법과 그 내면의 잔혹성 등 모든 면에서 그 남자가 더 우수했으니까요. 그래서 말인데요, 선생님은 스마일맨을 질투했죠?"

"하! 질투?"

반응이 바로 왔다. 박도진은 더 큰 미소를 지었는데 이번에는 자연스럽지 않았다. 한쪽 입꼬리가 파르르 떨렸다.

됐어.

미리는 그렇게 생각했다. 저 반들반들한 얼굴에 균열을 만들었으니 이제는 됐다고. 됐는데… 이제는 됐는데… 자신의 상태가 계속 나빠졌다. 머릿속이 뒤죽박죽이 되고 있었다. 누군가가 보이지 않는 손을 집어 넣어 뇌를 마구 휘저은 것 같았다.

누군가?

미리는 박도진을 노려봤다.

"그깟 남자를 질투했다고요? 이번 추리는 틀렸군요. 미리 씨. 별 볼 일 없는 사이코패스 녀석을 그럴싸한 연쇄살인마로 만든 사람이 누군데 내가 왜 질투를 하겠어요? 질투는 열등한 존재나 하는 거죠. 그 남자는 꼭두각시였어요. 내가 없으면 오줌 누는 횟수 하나도 결정하지 못할 인간이죠. 모든 걸, 그 남자의 모든 걸 내가 디자인했어요. 그 남자는 그저 교차로에 서 있을 뿐이었어요. 그랬는데… 그랬는데 내가 질투를?"

"피조물을 질투한 창조주 이야기는 널리고 널렸죠."

미리는 목소리를 쥐어 짜내야 했다.

"모든 창조주는 혼란을 사랑하죠. 무질서를 사랑해요. 그런 의미에서라면 나는 창조주가 맞습니다. 인간들이 혼란에 빠져 허둥지둥 대는 모습이 얼마나 재미있는지 미리 씨는 모를 겁니다. 그 남자는 그런 혼란을 만들어 내기 위한 도구일 뿐이에요. 내게 재미를 주는 존재, 내가 원할 때마다 혼란을 발생시키는 존재."

"그래서 소희를 납치하라고 시킨 건가요? 재미를 위해서?"

미리는 눈을 뜨고 있기가 힘들었다. 하지만 이 질문만은 꼭 해야 했다.

"그래서 나한테 살갑게 대한 건가요?"

딸각.

딸각.

딸깍.

메트로놈 소리가 유독 크게 들렸다. 박도진은 대답 없이 미리를 가만히 바라보고 있었다. 웃음을 거둔 그의 얼굴에는 도무지 읽어 낼 수 없는 표정이 떠올랐다. 어쩌면 그게 박도진의 진짜 얼굴일지도 모른다고 생각하면서 미리는 고개를 푹 숙였다. 더 이상 버틸 수가 없었다. 고개를 들고 있을 힘도, 박도진을 노려볼 힘도 없었다. 잔뜩 물을 먹은 솜이불처럼 미리는 늘어지고 말았다. 박도진이 자리에서 일어나더니 그런 미리를 향해 다가왔다. 박도진은 미리의 등 뒤에 서서 어깨를 짚었다. 그리고는 귀에다 대고 가만히 속삭였다.

"덕분에 즐거웠어요."

미리는 대답을 하고 싶었다.

개새끼라고.

씹할 놈이라고.

미리의 바람과는 달리 몸은 점점 더 무거워졌다. 입은 떨어지지 않았다. 메트로놈, 빌어먹을 메트로놈 소리만 선명하게 들렸다. 아무래도 박도진이 뭐가 개수작을 부린 게 분명했다. 미리는 간신히 의식을 부여잡고 있었다.

"좀 더 재미있는 게 없을까 싶어 이곳으로 왔는데 알고 보니 참 심심한 동네였지 뭐예요. 그런데 미리 씨가 나타났어요. 탐정이 되겠다며 떠벌리는 꼴이 어찌나 웃기던지. 어라? 그런데 제법 똑똑하더군요. 재미있겠다 싶었어요. 마침 쥐방울이라는

317

버러지가 움직여 준 것도 재미에 한몫을 더했죠. 여기에 그 남자를 끼워 넣으면 좋겠다 싶었어요. 그래서 제가 지시를 했어요. 그 여자를 납치하라고. 납치해서 죽이라고. 당신이 벌벌 떨면서 후회하고 우는 걸 보고 싶었거든요. 크크."

박도진은 그렇게 말하며 책상을 돌아 창문 쪽으로 다가갔다. 그러고는 창문을 활짝 열었다. 6층 창문 안으로 길을 잃은 비바람이 쏟아져 들어왔다.

"진실을 알고 싶다고 했죠? 이게 바로 진실이에요. 모든 것은 이 박도진의 손바닥 안에 있다는 것."

다시 다가온 박도진은 미리를 일으켜 세웠다. 그런 뒤 손을 잡고 천천히 창문을 향해 걸어갔다. 저항할 수가 없었다. 박도진이 이끄는 대로 몸이 움직였다. 미리는 창문을 바라보고 섰다. 불어오는 바람이 미리의 머리카락을 휘날렸다. 차가운 빗물이 얼굴을 때렸다.

"이젠 내가 추리를 해 볼까요? 미리 씨는 분명 혼자 왔어요. 그게 미리 씨 스타일이니까. 아니, 어쩌면 제가 끝까지 부정해 주길 바랐는지도 모르겠네요. 그러면 아무 일도 없었다는 듯 돌아가려고 했는지도 모르죠. 그래서 더더욱 혼자여야 했겠죠. 그게 얼마나 어리석은 짓이었는지 이제 곧 알게 될 거예요. 아주 깊은 최면을 걸었어요. 깨어날 수 없을 거예요. 머리가 저 콘크리트 바닥에 부딪히기 전까지는. 자, 창틀에 다리를 올려놓으세요. 세상엔 우울증에 시달리던 여자가 연쇄살인마와 대면한 후

318

심경의 변화를 일으켜 자신이 다니던 병원에서 투신을 했다고 알려질 겁니다."

미리는 창틀에 한쪽 다리를 올렸다.

끝났어.

그러니 포기해.

달콤한 목소리가 그렇게 속삭였다.

포기하면 편해질 거야.

영원히.

도저히 거부할 수 없는 목소리였다. 미리는 나머지 다리도 올려놓았다. 이제 한 발만 더 움직이면 자유가 찾아오리라. 자신을 괴롭히던 지긋지긋한 세상으로부터 자유로워지는 것이다. 정말로 괜찮은 상황이라는 생각이 스치고 지나가려는 찰나, 산산이 부서져 가라앉던 미리의 의식 중 마지막 한 조각이 사력을 다해 외쳤다.

정신 차려!

미리는 팔을 뻗어 벽을 짚었다.

"자, 손을 뗍니다. 그러고 한 발 앞으로…."

그때였다.

"제가 지금 등장하는 게 맞죠?"

광규가 눈치를 살피며 슬금슬금 진료실 안으로 들어왔다.

빗속을 뚫고 아파트 경비실 앞을 달려가는 미리를 먼저 불러

세운 건 광규였다.

"아주머니! 아니 우산도 안 쓰고 어디 가세요?"

광규는 마침 퇴근을 하고 집으로 돌아가려던 참에 미리를 발견한 것이다. 미소신경정신과를 향해 정신없이 달리던 미리는 순간 멈춰 섰다. 광규의 목소리를 듣고서야 이성이 돌아왔다. 이대로 무작정 달려가서는 해결할 수가 없다는 생각이 퍼뜩 들었다.

"6동에 가신다는 분이 동에 번쩍 서에 번쩍이시네. 그런데 비 맞으면 감기 걸려요. 우산 빌려드릴까?"

"아저씨. 왓슨 하실래요?"

미리는 다짜고짜 물었다.

"왓슨? 그게 뭡니까?"

"중요한 거예요. 좋은 거고. 그러니까 좀 따라와 주세요."

미리는 광규의 손을 잡고 무작정 달리기 시작했다.

"뭐, 뭡니까? 우산 써야지, 우산. 머리 다 빠진다고요!"

그렇게 미소신경정신과까지 끌려간 광규는 미리로부터 지시를 들었다.

"병원은 휴진이라서 다른 사람은 없을 거예요. 그러니까 걱정 말고 안으로 들어와서 대기하세요. 일단 제가 먼저 진료실로 들어갈 테니까 아저씨는 문 앞에 서서 아저씨 핸드폰으로 대화 내용을 다 녹음해 주세요. 그런 뒤 적당한 타이밍에 들어오시면 돼요."

"아니, 무슨 일인지는 말을 좀 해 줘야 돕죠. 그리고 적당한 타이밍이라는 게….."

"믿을게요, 왓슨!"

미리가 결연한 표정으로 말하자 광규는 이번에도 엉겁결에 고개를 끄덕이고 말았다. 그런 후 미리와 함께 미소신경정신과로 들어가 지금까지 녹음을 하고 있었던 것이다.

"누, 누구….."

광규의 등장에 박도진은 적잖이 당황했다.

"일단, 왓슨입니다만."

광규는 훵한 이마를 긁적이며 말했다.

"빨리 나가세요! 왜 함부로 들어와서….."

"제가 다 들어 버렸는데 어떻게 그냥 나갑니까? 허허."

광규는 박도진을 향해 자신의 핸드폰을 들어 보였다. 희멀건 박도진의 얼굴이 아예 허옇게 질려 버렸다. 어쩔 줄 몰라 하는 박도진을 피해 광규는 창문에 선 미리에게로 다가갔다.

"아주머니. 위험하니까 빨리 내려오세요!"

광규가 미리를 향해 손을 뻗은 것과 박도진이 책상 위의 메트로놈을 집어 든 것은 거의 동시였다.

"죽어!"

박도진이 광규의 뒤통수를 향해 메트로놈을 휘둘렀다. 찰나의 순간, 정신을 차린 미리가 광규를 밀면서 진료실 안으로 뛰어들었다. 메트로놈은 허공을 갈랐다. 온 힘을 다해 휘둘렀던 박도진은 균형을 잃으며 앞으로 고꾸라졌다. 그때였다. 쓰러지지 않으려고 한 발을 더 내디뎠던 박도진이 미리의 다리에 걸리고 말았다.

"어?"

박도진은 뒤로 밀리며 허우적거렸으나 거짓말처럼 창문 아래로 떨어졌다.

"안 돼!"

미리가 재빨리 몸을 날리며 손을 뻗었다. 손끝에 박도진의 바짓가랑이가 닿았다. 그걸 움켜쥐려 했지만 박도진이 떨어지는 게 훨씬 빨랐다. 속절없이 떨어져 내리는 박도진의 모습이 똑똑히 보였다. 박도진은 웃고 있었다. 지금껏 봤던 것 중 가장 눈부신 웃음이었다. 투명한 얼굴에 어울리는 그야말로 투명한 미소.

쾅!

박도진은 건물 밖에 서 있던 승용차 지붕에 머리부터 떨어졌다. 끔찍하게 큰 소리가 났다. 승용차 지붕이 찌그러지며 경보음이 울려 퍼졌다. 떨어진 박도진 위로 빗줄기가 내리긋었다. 박도진은 허공을 향해 손을 뻗은 후 보이지 않는 무언가를 꽉 움켜쥐었다. 잠시 후 박도진의 팔이 툭, 떨어졌다. 미리는 그 모든 걸 멍하니 바라봤다. 너무나 비현실적이어서 오히려 생생한 현실감을 가지고 있는 그 묘하고 섬뜩한 장면을.

"죽었네요."

어느새 다가온 광규가 얼빠진 표정으로 중얼거렸다.

"네."

미리는 그렇게 대답하면서도 박도진에게서 눈을 떼지 않았다. 박도진이 지금이라도 벌떡 일어나 환하게 웃을지도 모른다는 말도 안 되는 생각이 들었기 때문이다.

박도진이야말로 진정한 스마일맨이었다.

스마일맨 주위로, 사람들이 몰려들기 시작했다.

주부탐정단

미리는 나무 뒤에 숨어 놈을 주시했다. 트렌치코트 깃을 세우고 싶었지만 이제는 너무 더워졌다. 트렌치코트를 입고 다닌다면 오히려 더 시선을 끌 것이다. 대신에 운동화 끈을 질끈 묶었다. 상황에 따라서는 추격전을 벌이게 될지도 모른다.

놈은 잠시 주위를 두리번거리다가 이상이 없다고 생각했는지 주머니에 손을 찔러 넣고 걷기 시작했다. 미리는 숨을 고른 후 놈의 뒤를 밟았다. 천천히, 일정한 간격을 유지하며.

해 질 무렵이었다. 어둠이 내려앉기 시작한 아파트 단지에는 띄엄띄엄 가로등이 켜졌다. 아직까지는 사람들이 많이 지나다니고 있었다. 놈은 모자를 눌러쓰고 고개를 숙인 채 걷기만 했다. 목적지가 분명하다는 뜻이었다.

미리는 무전기를 꺼내 조용히 말했다.

"놈이 움직이기 시작했다. 오버."

놈은 미행이 붙었다는 사실은 꿈에도 모른 채 놀이터 쪽으로 방향을 틀었다.

"놈이 놀이터 쪽으로 간다. 오버."

미리 역시 놈을 따라 놀이터로 향했다. 그곳이 목적지는 아닐 것이다. 놀이터에는 최근에 새 CCTV가 설치되었고 가로등도 하나가 더 생겼다. 놈이 바보가 아닌 이상 놀이터에서 일을 벌이지는 않을 것이다. 그리고 미리가 아는 한, 놈은 바보가 아니었다.

놈은 빠른 걸음으로 놀이터를 지났다.

"5동. 목적지는 5동인 것 같다. 오버."

미리의 예상대로 놈은 뒤편 산책로를 따라 5동 쪽으로 접근했다. 그저께 4동에서 일을 벌였으니 오늘은 5동일 거라 짐작하고 있었다. 그 두 곳은 CCTV의 사각지대이기도 했다.

"내가 5동이야."

경자가 무전을 날렸다.

"오버를 꼭 붙이도록. 오버."

미리가 말했다.

"오버하지 마."

그렇게 말한 후 경자는 다시 무전을 쳤다.

"오버."

미리는 흡족한 미소를 지으며 놈의 뒤를 따랐다.

놈을 특정해 낸 것은 사흘 전이었다. 조경 업체 인부들 중 조건에 맞지 않는 인물을 빼고 남은 것이 세 사람이었다. 이른바 소거법이었다. 덩치가 훌쩍 크다거나 나이가 훨씬 많다거나 사건이 벌어졌을 때 알리바이가 있었던 사람들은 모두 제외했다. 이 작업을 하는 데만 상당한 시간이 걸렸다. 누구도 눈치채지 못하게 비밀리에 조사를 했기 때문이다. 남은 세 사람 중에서 놈을 점찍는 데까지 또 사흘이 더 걸렸다. 이번에는 세 사람의 행동을 세심히 관찰했다. 돌아가면서 잠복을 했다. 그 결과 비로소 놈을 찾아냈다.

이십 대 후반의, 소심한 듯 보이는 평범한 남자.

"놈이 5동 가운데 라인으로 들어간다. 오버."

놈은 잠시 멈춰 서서 주위를 살피더니 5동으로 쑥 들어갔다. 미리는 그 뒷모습을 묵묵히 바라봤다. 이제 해는 완전히 졌다. 놈이 움직이기에 더할 나위 없이 좋은 환경이었다.

하나. 둘. 셋….

미리는 마음속으로 열까지 센 후 놈을 따라 가운데 라인으로 들어갔다.

"나도 들어간다. 오버."

미리의 무전이 끝나자마자 경자의 목소리가 날아들었다.

"나는 엘리베이터다. 오버."

띵.

엘리베이터가 1층에 멈추는 소리가 들렸다. 미리는 발걸음을 서둘렀다. 놈이 엘리베이터 앞에 서 있었다. 문이 열렸다. 놈은 엘리베이터에 오르려다가 잠시 멈칫했다. 안에 타고 있던 경자가 뒤로 물러섰다. 놈은 망설이는 듯하다가 엘리베이터에 올랐다.

"같이 가요."

미리가 잰걸음으로 다가가 닫히는 문에 손을 집어넣었다. 문이 다시 열렸다. 놈의 눈이 눌러쓴 모자 아래에서 날카롭게 빛났다. 미리는 놈에게서 등을 돌린 채 엘리베이터 문을 바라보고 섰다. 그러고는 5층을 눌렀다. 엘리베이터가 천천히 올라갔다. 끼익끼익 힘겨운 소리를 내면서.

"흠."

놈이 조용히 헛기침을 했다. 미리는 층 버튼 위에 달린 조그마한 거울을 바라봤다. 그 거울에 경자의 얼굴이 비쳤다. 두 사람은 시선을 마주쳤다.

그때였다.

놈이 미리와 경자 쪽으로 몸을 휙 돌렸다. 두 사람 역시 놈을 향해 고개를 돌렸다. 놈은 잠깐 눈치를 살피다가 운동복 바지에 손을 가져다 댔다. 그러고는 힘껏 바지를 내렸다. 동시에 경자의 걸쭉한 욕이 터져 나왔다.

"이 개새끼가 어디서 개수작이야!"

화들짝 놀란 놈은 그 자리에서 얼어붙었다. 바지는 내린 그대로, 고추는 덜렁거리면서.

"놈이 지금 바지를 벗었다. 범행 목격했음. 신고하도록. 오버."

미리가 무전기에 대고 이야기를 하자 놈의 눈이 튀어나올 듯 커졌다. 곧바로 지현의 응답이 날아왔다.

"오케이. 신고 완료. 오버."

"뭐, 뭐야? 당신들 뭐야?"

놈이 새된 목소리로 물었다. 그때 엘리베이터가 띵 소리를 내며 멈췄다. 5층이었다. 놈은 문이 열리자마자 바지를 채 올리지도 못하고 밖으로 도망쳤다. 미리와 경자는 서로를 향해 고개를 끄덕여 보인 후 동시에 엘리베이터를 박차고 달려 나갔다.

"잡아라!"

경자가 소리쳤다.

"놈을 뒤쫓고 있다. 오버."

미리는 무전을 날리면서 복도를 달렸다.

"잡아라!"

우렁찬 목소리와는 달리 경자는 금세 뒤처졌다. 미리는 생생했다. 튼튼한 두 다리를 쭉쭉 뻗으며 놈의 뒤를 쫓았다. 놈은 힐끔 뒤를 돌아본 뒤 혼비백산한 표정으로 더 빨리 달렸다. 중앙 계단 쪽으로 향한 놈은 한 번에 두세 계단씩 거의 날듯이 달려 내려갔다. 미리는 당황하지 않고 놈의 뒤를 따랐다. 착실하게 한 계단씩 밟으면서. 그 편이 안전했다. 미리는 물론이고 지현, 경자, 그리고 소희까지 더 이상 입원은 사절이었다.

스마일맨과 사투를 벌였던 그날 이후 두 달이 지났다. 네 사람 모두 2주가량 입원을 했다. 제일 심하게 다친 사람은 경자였다. 제일 빨리 회복한 사람도 경자였다. 스마일맨은 정신을 잃긴 했지만 병원으로 실려 가자마자 의식이 돌아왔고 입원한 상태에서 경찰의 조사를 받았다. 스마일맨은 비교적 순순히 범행 일체를 자백했다. 그는 자신이 죽였던 일곱 명에 대해 꼼꼼하게 기억하고 있었다. 어떤 옷을 입고 있었는지 어떤 식으로 애원하고 어떻게 죽어 갔는지 따위를 그 좋은 목소리로 덤덤하게 털어놓았다. 그리고 스마일맨의 집에서는 꽁꽁 언 일곱 개의 머리가 발견되었다. 머리는 김치 냉장고 세 개에 나눠서 보관돼 있었다. 이사할 때는 아이스박스에 담아 직접 차로 옮겼다고, 그 역시 스마일맨이 자백했다. 경찰은 책상 서랍에서 스무 개가량의 스마일 배지도 발견했다. 그걸 올해 안에 다 쓰는 게 목표였다는 스마일맨의 말을 듣고선 경력이 꽤 되는 노련한 형사들도 혀를 내둘렀다.

희대의 살인마를 잡아낸 평범한 주부들의 이야기는 언론에 대서특필됐다. 처음 일주일 동안에는 기자들의 전화가 하루에도 수십 통씩 걸려 왔다. 직접 병원으로 찾아오는 기자들도 많았다. 네 사람은 인터뷰에 응하지 않았다. 도저히 그럴 상황이 아니었다. 지현은 실제로도 너무 아팠고 소희와 경자는 매일 밤 악몽을 꿨다. 그리고 미리는 수면제를 서너 알씩 털어 넣지 않고선 잠을 이룰 수가 없었다. 네 사람의 상태는 오히려 패자 쪽에 가까웠다. 그래도 용케 기사는 나갔다. 어디서 알아냈는지 네 사람의 활약상이 자세히 담긴 기사가 실렸고 인터넷에선 난리가 났다. 한 달 정도가 지나면서 열기가 식었다. 끊임없이 쏟아질 것 같았던 스마일맨에 대한 기사는 점차 줄어들더니 곧 연예인들의 열애 소식과 재벌 2세의 마약 투여 사건에 묻혔다. 그렇게 네 사람에 대한 사람들의 관심도 서서히 사그라졌다.

그 사이 박도진은 세 번의 대수술을 받았고, 결국 살아남았다. 물론 끝내 의식은 회복하지 못했다. 의학적인 소견은 실외 투증후군, 이른바 식물인간이었다. 의사는 의식이 돌아올 확률은 희박하다고 말했다. 그랬기에 박도진에 대한 거의 모든 것은 광규의 녹음과 미리의 추리에 의존할 수밖에 없었다. 미리의 생각처럼 박도진의 DNA는 3년 전 살인사건의 용의자 DNA와 일치했다. 스마일맨의 증언 역시 미리의 추리를 뒷받침해 주었다. 스마일맨은 박도진으로부터 모든 것을 배웠다고 말했다. 경찰은 박도진이 스마일맨 연쇄살인사건의 배후라고 잠정적으로 결론을 내렸다. 그러거나 말거나 박도진은 자신만의 꿈나라에서 영원한 휴식을 누리고 있었다. 그러다가 가끔 미리의 꿈속으로 찾아왔다. 괴물의 형상을 하고서.

"놈이 1층으로 내려간다. 뒤편 주차장으로 갈 것 같으니 준비하도록. 오버."

미리는 야무지게 계단을 밟으며 무전을 쳤다.

"헉헉. 잡아라!"

저 멀리 한 층 위에서 거친 숨소리와 함께 경자의 외침이 들렸다.

놈은 2층 층계참을 지나 1층으로 내달렸다. 간격이 점점 벌어졌지만 미리는 침착했다. 이것은 혼자만의 싸움이 아니었다. 자신이 놓친다 해도 든든한 동료들이 기다리고 있었다.

5동을 빠져나가는 놈의 뒷모습이 보였다. 어디로 갈지는 뻔했다. 뒤편 주차장. 놈의 비밀 통로가 있는 곳.

스마일맨 사건이 터진 후 놈도 잠시 몸을 사렸다. 광선주공 아파트 곳곳에 경찰과 기자들이 포진해 있었으니 그럴 만도 했다. 하지만 지현의 말처럼 놈의 좀은 오래 참지 못했다. 두 달이 채 되지 않아서 다시 사건이 터졌다. 사건에 대해 알게 된 미리, 지현, 경자, 소희는 다시 의기투합했다. 바로 2주 전의 일이었다. 그때쯤에는 네 사람 모두 몸도 마음도 많이 회복한 상태였다. 무엇보다 주변 사람들, 특히 가족들에게 능력을 인정받은 게 컸다. 비공식이긴 했지만 경찰에서 주는 '용감한 시민상'을 받기도 했다. 상당한 액수의 포상금도 받았다. 사기가 하늘을 찌르는 지금이야말로 놈을 잡을 때였다.

"놈이 5동을 빠져나갔다. 오버."

미리가 무전기에 대고 외쳤다.

"제가 따라붙었습니다! 오버."

소희가 경쾌한 목소리로 대답했다. 소희는 제일 씩씩했다. 끔찍한 일을 겪었으면서도 금세 훌훌 털고 일어나 나이 많은 언니들을 독려했다.

미리 역시 5동을 빠져나가 뒤편 주차장을 향해 달렸다. 저만치 달려가는 놈과 그 뒤에 바싹 따라붙은 소희가 보였다.

"잡아라!"

이번에는 소희가 소리쳤다.

"경찰이 막 경비실 앞을 지났다. 오버."

지현의 무전이 날아들었다. 지현은 경비실에 앉아 CCTV로 상황을 관찰하고 경찰에 신고를 하는 임무를 맡았다.

"알았다. 오버."

미리는 재빨리 대답한 뒤 더욱 속도를 높였다. 경찰보다 먼저 놈을 잡고 싶었다. 아니, 꼭 그래야만 했다. 이건 명예가 걸린 일이었다.

놈은 한 치도 예상을 벗어나지 않았다. 뒤편 주차장을 지나더니 곧장 광선천과 통하는 문을 향해 달렸다.

"바로 지금! 오버."

미리가 눈으로 놈의 뒤를 쫓으면서 무전기에 대고 외쳤다. 놈이 흙더미를 돌아 문을 향해 거의 몸을 날리려는 순간이었다.

스윽.

어둠 속에서 튀어나온 발이 놈의 다리를 걸었다.

"악!"

놈이 외마디 비명을 지르며 나뒹굴었다. 놈은 바닥에 무릎부터 찧으면서 그대로 몇 번을 굴렀다.

"으으."

쓰러져 신음하는 놈을 바라보며 광규가 어둠 속에서 모습을 드러냈다.

"임무 완수했다. 오버."

광규는 씨익 웃으며 무전을 날렸다.

"신입이 큰 건 했으니 공짜로 복숭아 통조림 하나 주겠다. 오버."

지현의 목소리는 들떠 있었다. 그 사이 미리와 소희가 합류했다. 잠시 후 경자가 숨을 헐떡이며 도착했다.

"아이고 죽겠다."

경자는 괴로워하면서도 쓰러진 놈을 향해 제일 당당하게 다가갔다. 미리와 소희, 그리고 광규가 뒤를 이었다. 네 사람은 놈을 빙 둘러싼 뒤 내려다봤다. 무릎을 부여잡고 고통스러워하던 놈이 소리를 질렀다.

"당신들 진짜 누구야? 왜 이러는 거야?"

미리가 한 발 앞으로 나갔다. 그러고는 명탐정들이 으레 그러듯 검지를 쭉 뻗어 놈을 가리키며 말했다.

"쥐방울! 주부탐정단의 이름으로 널 체포하겠다."

"뭐?"

사이렌 소리가 들렸다. 더없이 달콤한 소음이었다.

경찰에게 쥐방울을 넘기고 돌아오는 길, 주부탐정단 다섯 사람은 지현의 슈퍼에 들러 하드를 하나씩 꺼내 물었다. 그러곤 잠시 평상에 앉았다. 선풍기가 돌돌돌 소리를 내며 돌아갔다. 열어 놓은 문으로 이제 막 식기 시작한 밤바람이 불어 들어왔다. 한여름 더위가 조금은 가시는 느낌이었다.

"다들 수고 많으셨습니다. 와. 우리 미리 아주머니 진짜 잘 뛰시네요."

광규가 너스레를 떨었다. 광규는 주부탐정단의 새 멤버가 됐다. 여자가 아니라도 집안일을 하는 주부라면 누구든 들어올 수 있어야 한다고 지현이 주장했기 때문이다. 아닌 게 아니라 광규는 노모를 모시면서 대부분의 집안일을 직접 했다. 게다가 미리를 도와 큰 활약까지 했다. 주부탐정단 멤버가 되기에는 충분한 자격이었다.

"다들 힘을 합친 덕에 쥐방울을 잡을 수 있었어요. 모두 고생했어요."

미리가 말하자 소희가 박수를 치기 시작했다.

"맞아. 다 수고했으니까 박수!"

경자가 환하게 웃으며 외쳤다. 주부탐정단 다섯 사람은 손바닥이 아프도록 박수를 쳤다. 하드를 입에 물고서.

"그나저나 이번에 쥐방울 현상금 받으면 다들 어디에 쓰실 거예요? 지난번 포상금으로는 거의 지숙 언니 도와줬으니까 이번에는 제일 하고 싶은 일 하면 어때요?"

소희가 눈을 반짝이며 물었다.

"저는 어머니 모시고 중국 여행이나 가려고요."

광규가 대답했다. 오래 묵혀 두었던 소원을 드디어 이루게 됐다.

"난 착실히 모아 둘 거야. 언제 남편을 버리고 먼 나라로 갈지 모르니까."

미리는 하드보다 더 차가운 투로 말했다. 하드보일드 영화 속 고독한 탐정처럼.

"전 철이랑 지낼 작은 방 하나 알아보려고요. 헤헤. 지현 언니는 뭐 하실 거예요?"

지현은 내내 아무 말 없이 앉아 있을 뿐이었다. 큼지막한 미소를 입에 걸고서.

"난 아주 멋진 계획이 있지."

지현이 대답했다.

"그게 뭡니까? 슈퍼 확장이라도 하시게요?"

광규가 물었다.

"아니. 확장은 무슨. 이 슈퍼… 팔아 버릴 거야. 벌써 부동산에 내놨어. 영감쟁이가 길길이 날뛰긴 했지만 자기가 어쩌겠어? 내가 내 돈을 보태서 일을 벌이겠다는데."

"무슨 일이요?"

미리가 물었다.

"나, 슈퍼 팔고 작은 프랑스식 카페 차릴 거야. 우리 주부탐정단 아지트도 할 겸 해서."

나머지 네 사람의 눈이 동그래졌다. 지현은 그런 네 사람을 재미있다는 표정으로 바라봤다. 그러곤 말을 이었다.

"더럽게 고생하긴 했지만, 난 지난번하고 이번 일을 하면서 진짜 내 삶을 산 것 같은 느낌을 받았어. 그러다 보니 앞으로 남은 인생 그렇게 길지도 않을 건데 꼭 하고 싶은 일을 해야겠다 싶지 뭐야. 슈퍼 팔리면 그 돈에다가 포상금하고 현상금 받은 돈 보태서 바로 작업 시작할 거야. 나 카페 이름도 정했어."

"뭔데요?"

네 사람이 동시에 물었다. 지현은 한껏 미소를 지은 뒤 천천히 대답했다.

"살롱 드 홈즈."

〈끝〉

작가의 말

나는 주류에서 벗어나 소외당하고 무시당하는 사람들의 이야
기를 좋아한다. 어릴 때부터 그랬다. TV에서 만화 영화를 볼
때도 주인공보다는 주인공의 친구를 더 좋아했다. 그런 친구들
은 대개 뚱뚱한 외모에 소심하고 겁 많은 성격으로 그려졌다.
혹은 아주 어둡고 비뚤어졌거나. 어느 쪽이건 나는 그들을 응원
했다. 하지만 언제나 스포트라이트를 받는 건 주인공이었다. 당
연한 일이겠지만 나는 그게 속상했다.

비범한 주인공이 성공하는 이야기, 이를테면 악당을 물리친
다거나 세상을 구하는 이야기는 너무도 많다. 태어난 후 지금까
지 한 번도 비범했던 적이 없던 나는 그런 주인공을 통해 대리
만족을 하면서도 한편으로는 아쉬웠다. 그들은 너무 먼 세계에
있었다. 내가 아무리 용을 써도 잡을 수 없는 세계.

소설가가 된 후 평범한 이들이 비범한 사건과 만나 아등바등
하는 이야기를 자주 쓴 것은 바로 그런 이유 때문이었다. 나는
내가 공감하고 애정을 쏟을 수 있는 이야기를 원했던 것이다.

이 이야기 역시 그런 이유로 쓰게 되었다. 집안일에 치이고 무시당하기 쉽고 때로는 가족을 위해 자신의 꿈마저 접어야 하는 주부들. 그런 이들이 함께 힘을 합쳐 무언가를 해내는 순간을 아주 재미있게 보여 주고 싶었다.

아내와 엄마라는 이름으로 규정되기 전, 그들 역시 큰 꿈을 가지고 생명력 가득한 표정으로 그것을 향해 전진하던 존재라는 걸 알려 주고 싶었다. 비록 꿈의 언저리에서 머물다 돌아왔을지언정 내면에는 여전히 불타는 야망과 뛰어난 재주가 살아 있다는 사실을 전해 주고 싶었다.

소설을 쓰는 동안 고민을 많이 했다. 여성들, 그중에서도 주부들의 일상과 심리를 표현하려면 고민과 공부가 많이 필요했기 때문이다. 아내와의 대화, 그리고 어린 시절 내가 봐 왔던 어머니의 모습에서 도움을 받았다.

좋은 기회로 인연을 맺게 된 출판사에 감사의 말을 전한다. 몽실북스가 아니었다면 이 기획은 소설로 이어지지 못했을 것이다. 자신의 작품과 딱 맞는 출판사를 만나는 일은 작가에게 큰 복이다.

언제나 그렇듯 독자 여러분에게 또다시 감사하다는 말을 하고 싶다. 독자 여러분이 있기에 이 소설 역시 완성할 수 있었다. 작가가 만든 세계에 들어와 같이 호흡하고 응원하며 몰입한다는 것은 더없이 신기하고 매력적인 일이다. 소설보다 자극적이고 재미있는 매체가 많아진 세상에서 여전히 우직하게 책을 집어 드는 당신 덕분에 작가는 오늘도 용기를 얻는다.

나는 현실 속 '주부탐정단'에게도 더 많은 '사건'이 생길 거라 믿는다. 이 소설이 주부탐정단의 끝이 아니라 더 많은 주부탐정단의 시작이 될 수 있기를 바라며 나는 또 이야기를 들으러 간다. 주류에서 벗어나 소외당하고 무시당하는 사람들의 이야기를….

전건우

살롱 드 홈즈

1판 1쇄 발행　2019년 12월　9일
1판 4쇄 발행　2023년 11월 20일

지은이·전건우
발행인·주연지

편집인·석창진 **편집**·최소라
디자인·김지영 **일러스트**·서세미

펴낸곳·몽실북스 **출판등록**·2015년 5월 20일 (제2015 - 000025호)
주소·서울 관악구 난향7길 52
전화·02-592-8969 / **팩스**·02-6008-8970
이메일·mongsilbooks_kr@naver.com
네이버 포스트·post.naver.com/mongsilbooks_kr
인스타그램·instagram.com/mongsilbooks

ISBN 979-11-89178-14-7 (03810)

몽실북스에서는 작가님들의 원고를 기다리고 있습니다. 자신만의 이야기를 책으로 만들고
싶다 하시면 언제든지 mongsilbooks@naver.com으로 연락처와 함께 기획안을 보내주세
요. 몽실몽실하게 기대하며 기다리겠습니다.